LA BASTIDE DE JENNIE

JEAN-CLAUDE MONTANIER

La Bastide de Jennie

En couverture :
La maison du Jas de Bouffan
(Paul Cézanne 1839-1906)

© 2019 Jean-Claude Montanier – www.jcmontanier.net

Éditeur : BoD-Books on Demand
12-14 rond-point des Champs-Élysées, 75008 Paris
Impression : Books on Demand, Norderstedt, Allemagne

ISBN : 978-2-3221235-8-2
Dépôt légal : Octobre 2019

À Emelyne, Charlotte et Aurore,
mes petites princesses du nord.

PROLOGUE

Louisiane

Dimanche 23 juin 1833

Après la chaleur torride de la journée qui s'était abattue sur Les Cannes Brûlées, Gaspard profitait de la clémence de cette soirée tout en se balançant dans son *rocking-chair* sur le devant de la maison. Il aimait la quiétude de celle-ci. De la terrasse en bois, légèrement surélevée pour éviter l'intrusion d'animaux de toutes sortes, il pouvait contempler le domaine qui s'étendait jusqu'aux rives du Mississippi. Seul le spectacle des cases à l'orée de la propriété jetait une ombre sur son rêve éveillé, il lui rappelait trop son passé, ce passé dont il ignorait beaucoup de choses.

Lorsque Nicolas Joseph Sabatier l'avait recueilli alors qu'il n'avait que seize ans et que sa mère venait de disparaître, sa vie avait basculé dans le milieu des Blancs. Lui le mulâtre avait quitté les cases des ouvriers pour découvrir la maison du maître. Mais sa couleur de peau ne le rangeait ni du côté des esclaves noirs ni tout à fait du côté des Blancs malgré la protection de Nicolas Joseph. Sa mère n'avait jamais voulu vraiment répondre à ses interrogations et aujourd'hui elle n'était plus là.

Ces questions tournaient dans la tête de Gaspard lorsqu'un bruit lointain et sourd brisa le silence de la nuit. Il prit bientôt la forme d'une cavalcade de cavaliers. Qui pouvait bien vouloir lui rendre visite à cette heure, se demanda Gaspard. Se levant de son siège pour tenter d'apercevoir les nouveaux venus, son appréhension s'apaisa à la vue du groupe de cinq hommes dont il reconnut celui qui était à leur tête.

Ils étaient coutumiers de frasques, surtout lorsque le rhum avait excité leurs sens. Gaspard pensa qu'ils poursuivaient leur tournée de beuveries. Ce qu'il redoutait c'était de les voir s'attaquer aux jeunes ouvrières noires de son domaine.

— Alors le mulâtre, tu te prends pour un propriétaire ?

À ces paroles, il comprit très vite que les intentions des intrus étaient autres. Ils se dirigèrent vers la maison et se retrouvèrent sur la terrasse avant que Gaspard n'ait pu esquisser le moindre mouvement ni appeler à l'aide. Ils le bousculèrent, le jetèrent à terre. Le meneur donna le signal en rouant de coups de pied le mulâtre sans défense.

— Voilà ce qui arrive, sale nègre, quand on veut prendre la place des Blancs ! Allez mes amis, faites qu'il s'en souvienne !

Les autres ne se firent pas prier pour prendre leur part à ce défoulement. Les cris et gémissements de Gaspard ne les arrêtaient pas, bien au contraire, ils provoquaient chez eux des cris et des sarcasmes à l'adresse de celui-ci. Il ne put bientôt plus tenter de parer les coups en se protégeant de ses bras. Tout désir de résistance avait été annihilé en lui, il sombra dans l'inconscience. Tout à leur violence et leur hystérie, ses bourreaux ne réalisaient même pas l'état de leur victime et continuaient à le frapper. La lampe à huile posée sur la table fournissait une faible lueur sur la terrasse, suffisante toutefois pour amplifier les ombres des agresseurs sur les murs en bois de la maison, rendant le spectacle saisissant et effrayant. L'un des agresseurs renversa la lampe, laissant l'huile chaude s'écouler sur le plancher. Se nourrissant du bois du mobilier, le feu se propagea très vite à la rambarde. Rien ne semblait pouvoir l'arrêter. Celui qui conduisait le groupe, réalisant les conséquences de leur acte, battit en retraite.

— Filons en vitesse, il a eu son compte !

Alertés par les bruits et la lumière des flammes qui éclairait le domaine, quelques ouvriers sortirent de leurs cases. Lorsqu'ils comprirent que le feu dévorait la maison de Gaspard, ils se précipitèrent sur les lieux. Leurs moyens étaient bien dérisoires, mais ils faisaient l'impossible. Celui qui avait le rôle de contremaître prit les affaires en main.

— Faites la chaîne avec les seaux !

— Toi, gamin, file chez les maîtres pour les prévenir qu'un malheur est arrivé ici.

Ils découvrirent alors le corps de Gaspard étendu sur le sol de la terrasse. Il semblait sans vie. Au mépris des flammes qui avaient dévoré une grande partie de la terrasse, le contremaître s'élança, un linge humide sur la bouche pour affronter la chaleur du brasier. Il parvint à extraire le corps de celui-ci, et avec l'aide de deux hommes le tira en bas des escaliers pour le mettre à l'abri. Des femmes se penchèrent sur lui pour essayer de lui apporter quelques soins.

— Il respire encore faiblement, constata l'une d'elles.

Le gamin, courant aussi vite qu'il put, atteignit la maison voisine des maîtres. Vincent Ycard, avait déjà aperçu la lueur rougeâtre montant dans le ciel. Il devinait qu'elle provenait de chez Gaspard et avait déjà fait atteler le cabriolet.

— Maître, maître, un grand malheur est arrivé chez monsieur Gaspard !

Nicolas Joseph avait rejoint Vincent. Les traits s'étaient tendus sur le visage du vieil homme à l'écoute des paroles du gamin.

— Je viens avec toi, mon garçon, décida-t-il en montant à côté de Vincent dans le cabriolet.

Vincent fouetta les chevaux, leur faisant mener un train d'enfer. Arrivés sur les lieux du malheur, ils ne purent que constater que la maison avait été la proie des flammes, malgré les efforts de tous les hommes. Ceux-ci, au-delà des différences de statut, avaient de la considération et du respect pour Gaspard. Ils avaient fait leur possible.

— Où est Gaspard ? demanda Vincent en sautant du cabriolet.

— Il est vivant, mais en très mauvais état. Je l'ai fait transporter à l'abri. Les femmes s'occupent de lui, lui répondit le contremaître.

— Conduis-moi, ordonna Vincent.

Nicolas Joseph contemplait les décombres. Depuis quelques années un destin funeste s'abattait autour de lui. Il avait déjà perdu son vieux compagnon, son frère de route, Barthélemy, avec qui il avait partagé tant d'aventures. Il ne s'en remettait pas. Anne, son épouse, la sœur de Barthélemy, s'en était allée elle aussi. Et maintenant Gaspard. Il essayait de comprendre ce qui était arrivé.

— Que s'est-il passé ? demanda-t-il autour de lui.

Seul un silence lui répondit. Ces hommes n'avaient pas l'habitude de parler au maître et encore moins de se mêler des affaires des Blancs.

Le corps de Gaspard était étendu sur une couche de bois, le visage recouvert d'un linge humide. Vincent s'approcha de lui.

— Tu m'entends Gaspard ? c'est moi, Vincent.

Gaspard avait repris quelque conscience, mais semblait absent. Des geignements répondirent à celui qu'il reconnut comme son ami, mais fut incapable d'articuler une parole.

— Nous allons t'emmener au domaine. Maria prendra soin de toi. Tu vas te rétablir. Aie confiance, tenta de le rassurer Vincent.

Gaspard ferma les yeux pour toute réponse, s'en remettant à lui. Au nom de Maria, les femmes hochèrent la tête en signe d'approbation. La gouvernante avait acquis une réputation de guérisseuse qui dépassait les limites du domaine. Pour certains, ses pouvoirs tenaient un peu du divin, mais en fait elle avait appris de sa mère et sa grand-mère tous les bénéfices qu'elle pouvait tirer de la nature pour soigner les maux les plus divers.

À la vue du corps de Gaspard, Maria poussa un long soupir. Elle ne savait pas si ses secrets médicinaux seraient à même de rendre la vie au jeune mulâtre. Son visage était brûlé en partie, dégageant une odeur insupportable, et le rendant méconnaissable. Des plaies maculaient son corps laissant le sang traverser ses vêtements. En dépit des pouvoirs surnaturels qu'on lui prêtait, Maria jugea que l'aide du docteur de la ville ne serait pas de trop. Ils le feraient venir dès le lendemain.

Les deux hommes s'interrogeaient.

— Ce n'est pas un accident ! Qui a bien pu lui en vouloir à ce point ?

— Le gamin m'a dit qu'ils avaient entendu des bruits de galop de chevaux avant de voir les flammes, intervint Maria qui avait pu recueillir les paroles du petit noir après l'avoir restauré et réconforté.

— Il vaut mieux laisser courir la rumeur de son état désespéré. Cela le protégera pour un temps, trancha Nicolas Joseph.

15

Avant que le docteur, prévenu par un messager de la plantation, ait pu se rendre au chevet du blessé, Maria avait fait son possible pour estomper les plaies de Gaspard. Elle avait envoyé une servante chercher les plantes dont elle avait besoin et qui viendraient s'ajouter, fleurs ou feuilles séchées, à celles qu'elle conservait précieusement. Après l'avoir déshabillé, elle avait lavé les traces de sang, appliqué les onguents dont elle avait le secret. Elle avait préparé une décoction qu'elle tentait de faire ingérer par le blessé au cours des rares moments où il sortait de l'inconscience dans laquelle il replongeait aussitôt.

Le bruit des roues d'un cabriolet annonça l'arrivée du docteur. Salué par Nicolas Joseph, il fut conduit auprès de Gaspard. Il prit son temps pour examiner le blessé qui geignait dès que l'on touchait une partie de son corps. Le verdict du docteur fut sans appel.

— Son visage a été gravement brûlé, mais avec les onguents de Maria il devrait pouvoir cicatriser. Malheureusement, il gardera des traces indélébiles, je crains qu'il ne soit défiguré à jamais. Toutefois...

Le ton de la voix du docteur se fit plus grave, hésitant, ce qui fit monter l'appréhension chez les présents.

— Il y a autre chose, n'est-ce pas docteur ? questionna Nicolas Joseph rompant le lourd silence ambiant.

— Il a de nombreuses plaies sur le corps. On dirait qu'il a reçu des coups violents. Il a une ou deux côtes de cassées. Ce ne peut-être le résultat de l'incendie !

— C'est ce que nous pensons aussi, acquiesça Vincent.

— Mais ce qui m'inquiète vraiment ce sont les traces sur l'arrière de son crâne et sur sa nuque. Ce sont elles qui sont la cause de son état d'inconscience.

— Va-t-il s'en sortir ?

L'inquiétude grandissait au fur et à mesure que le docteur énonçait son diagnostic.

— Il a subi un grave traumatisme, dont nul ne peut prédire comment il évoluera. Les prochains jours seront critiques. Je reviendrai le voir à ce moment. D'ici là les soins de Maria sont tout ce que l'on peut faire pour lui.

Les heures passèrent sans que l'état de Gaspard ne semble marquer d'évolution, ni en mieux, ni en pire non plus. Maria s'affairait autour de lui, le veillant en permanence. Elle changeait les compresses d'onguent, tamponnait son visage d'un linge humide pour contenir la fièvre qui agitait le blessé. Cette fièvre qui l'amenait à délirer et prononcer des paroles incohérentes :

— Cavaliers... Pas à ma place... Père... Jennie...

Maria, bien qu'elle ne comprenne rien à ce charabia, rapportait chacun des mots au maître. Il en tirerait peut-être un indice pour comprendre ce qui était arrivé à Gaspard. Seul le nom de *Jennie* qui revenait plusieurs fois dans le délire de Gaspard retenait son attention. Elle savait ce qu'il signifiait.

Lorsque le docteur revint au seuil du sixième jour, comme il l'avait prédit, l'état de Gaspard sembla marquer un net progrès. La fièvre avait disparu et le blessé était sorti de cette période d'inconscience dans laquelle il était plongé.

— Je crois qu'il est tiré d'affaire, se réjouit le docteur. Maria a fait des miracles !

— Que Dieu soit béni !

Nicolas Joseph et tous les siens sentir le soulagement s'installer malgré la fatigue, car ni les uns ni les autres n'avaient beaucoup dormi jusque-là. Le docteur s'approcha discrètement de lui, afin que personne ne les entende.

— Je crains toutefois que les séquelles soient importantes. Outre les brûlures de son visage qui vont le laisser défiguré, son traumatisme au crâne va lui occasionner des maux de tête très douloureux qui peuvent altérer son comportement. Sa période de rétablissement risque d'être longue.

— Nous prendrons soin de lui. Est-ce qu'il peut avoir gardé un souvenir de ce qui s'est passé ? ajouta-t-il.

— Il est évident que ceci n'est pas dû à un accident. À ce stade, il est impossible de dire s'il recouvrera la mémoire. Le souvenir des évènements lui reviendra peut-être par bribes.

Les jours et les semaines passèrent, une éternité pour Gaspard immobilisé sur son fauteuil d'osier. Malgré les efforts de Maria, il ne se départait pas de cet air qui le faisait croire absent, plongé dans une introspection permanente. Il ne parvenait toujours pas à articuler une phrase entière et ne s'exprimait que par mots hachés. Son sommeil était fréquemment perturbé par des cauchemars qui le réveillaient en sursaut, le laissant hébété, le corps en sueur.

Et puis, comme l'avait prévu le docteur, Gaspard recouvrait progressivement des moments de pleine conscience, avant de retomber dans cet état d'hébétude qui inquiétait tant ceux qui l'entouraient. Vincent tentait de réveiller les souvenirs de l'agression de la mémoire de Gaspard.

— Que s'est-il passé ce soir-là ? As-tu reconnu tes agresseurs ? tentait-il de questionner.

— Je ne sais plus... il faisait noir... ils m'ont frappé...

— Pourquoi ? As-tu des ennemis ? Avais-tu reçu des menaces ?

Gaspard détourna la tête, évitant le regard de Vincent. Il semblait vouloir enfouir au plus profond de lui ces évènements, se refermant dès que son ami abordait cette question. La voix et le visage du meneur lui étaient familiers, il l'aurait reconnu entre mille. C'est bien le seul vrai souvenir qu'il avait gardé de cette funeste soirée. Outre la couleur de sa peau qui lui attirait quelques haines profondes, mais il s'y était résigné depuis longtemps dans ce pays construit sur le travail des esclaves, il réalisait qu'il avait franchi un pas de trop dans le monde clos des planteurs blancs.

Nicolas Joseph restait très affecté par cet incident qui venait s'ajouter à la perte de ses proches, ceux avec qui il avait partagé une aventure qui l'avait conduit de sa Provence natale aux rives du Mississippi. Il passait de longs moments avec Gaspard, évoquant ce passé. Le jeune mulâtre appréciait ces moments qui lui faisaient découvrir l'histoire de cette terre qui était la sienne dorénavant. Avec lui il retrouvait le goût d'écouter, de s'intéresser aux autres, à leurs bonheurs passés, mais aussi leurs drames. Il redevenait un peu lui-même, alors que depuis son agression son caractère s'était aigri, l'égocentrisme dominait sa personnalité, son comportement laissait percer les frustrations qu'il ne parvenait plus à contrôler, la jalousie et l'agressivité transpiraient dans ses propos. Outre l'histoire de la vie de Nicolas Joseph, ce que Gaspard espérait recueillir de ces conversations, c'était sa propre histoire. Qui était-il ? Comment sa vie à lui s'est-elle trouvée mêlée, et même confondue avec celle de ces colons venus de Provence ? Jusque-là il n'avait jamais obtenu les indices qu'il attendait. Toutes ces questions tournaient dans la tête de Gaspard. L'une d'entre elles le taraudait plus que les autres : qui était son père ?

PREMIÈRE PARTIE

De la Provence à la Louisiane

Martigues

Dimanche 21 janvier 1781

Ce dimanche-là, Nicolas Joseph sortit de la maison familiale pour se rendre à l'office dominical de l'église Sainte-Magdelaine. Il huma l'air un peu humide de ce mois de janvier. Il leva les yeux vers le ciel où les nuages assez bas s'étaient installés en l'absence de la bise du nord pourtant habituelle en cette période. Réflexe du marin pour qui le vent rythme la vie ; ami lorsque son souffle régulier gonflait les voiles des tartanes des pêcheurs ou des navires de commerce ; ennemi lorsque sa vigueur devenait extrême et se transformait en tempête, vouant ceux qui l'affrontaient à leur perte. Bien qu'il ait déjà presque vingt ans, il habitait la maison de ses parents, dans la rue Galinière du quartier de l'Île. Comme la plupart des maisons du Martigues, elle ne respirait pas la santé. La façade faisait une avancée dans la rue et sans le soutien de quelques grosses poutres de bois, il était à craindre qu'elle ne s'effondre. C'est que vivre de la mer était chose difficile au Martigues. Jean, le père, y était aussi matelot comme l'était le grand-père. Bien qu'âgé d'un peu plus de quarante ans, Jean avait déjà l'allure d'un vieil homme, le visage buriné et ridé par le soleil et le sel. Il avait épousé Magdelaine, la fille de son patron Louis, ce qui lui assurait un embarquement régulier sur sa tartane. Mais la pêche aussi bien dans l'étang qu'en mer était moins prolifique. La faute à l'envasement des canaux et aux filets traînants qui dévastaient les fonds.

Nicolas Joseph avait lui aussi lié son sort à la mer. Il n'avait que quinze ans lorsque son père l'avait fait embarquer comme mousse. Encore pouvait-il s'estimer heureux, car il n'était pas rare que dès l'âge de douze ans, un père mette son fils sur un bateau, afin d'en retirer un petit pécule. En passant sur le quai Sainte-Catherine, il se souvenait de son premier embarquement où l'appréhension d'affronter la mer et ses dangers se mêlait à la fierté d'appartenir enfin à la famille des marins. Comme le temps avait passé depuis ce jour.

Il fut rejoint par son ami Antoine Bourrely qui, lui, avait la chance d'être issu d'une famille plus aisée. Elle lui avait permis de suivre des études et il se préparait à devenir apothicaire, comme son père, dont il comptait reprendre l'officine le jour venu. Mais il lui restait encore beaucoup de connaissances à accumuler sur la préparation et la composition des médicaments. Pourtant il lui arrivait quelquefois d'envier son ami, dont la vie plus aventureuse le faisait rêver en comparaison de l'image sur son avenir que lui renvoyait son père derrière son comptoir avec ses binocles.

Lorsqu'ils approchèrent de l'église Sainte-Magdelaine, une rumeur sourde enfla.

— Nicolas, approche ! s'entendit-il interpellé.

— Ils lèvent une nouvelle classe ! cria l'un des jeunes hommes au milieu du groupe qui se tenait devant la porte de l'église.

— Toi qui sais lire, dis-nous de quoi il retourne ! le supplia un autre.

Nicolas Joseph savait déjà ce qu'il en était. Tout marin, qu'il soit pêcheur ou navigant sur un bateau de commerce devait une année sur trois au Roi pour servir sa marine de guerre. À cet effet il avait l'obligation de s'enregistrer auprès du commissaire de l'Amirauté sur un registre où ils étaient répartis en plusieurs classes. Il y était inscrit depuis l'âge de quinze ans, son premier embarquement. Tous les ans on relevait d'une classe et chaque classe servait à tour de rôle. Ainsi, au fur et à mesure des besoins de la Marine royale, les commissaires choisissaient les hommes pour le service du Roi selon le temps de service déjà accompli par chaque marin. Pour être implacable, cette pratique était moins inhumaine que le « *système de la presse* » qui avait cours autrefois. Lorsque la Marine royale voulait former un équipage, elle envoyait la maréchaussée dans les ports pour ramasser tous ceux qui y traînaient afin de les enrôler de force. C'est ce que Nicolas Joseph expliqua au groupe de jeunes hommes devant l'église tout en s'approchant de l'avis placardé sous le porche. Sous les regards avides d'informations de ses compagnons, il lut à haute voix le texte. Le rôle mentionnait que sur ordre du Roi, la classe courante serait renforcée de marins supplémentaires. Monsieur le curé en donnerait lecture durant l'office.

— Est-ce qu'on va devoir faire la guerre ? s'inquiéta le plus jeune d'entre eux.

— Tu auras peut-être la chance de convoyer un navire marchand, tenta-t-il de le rassurer. C'est ce que j'ai fait la première fois où j'ai été enrôlé au service du Roi. Ou si tu es encore plus chanceux, tu travailleras à l'Arsenal de Toulon.

Du haut de ses presque vingt ans, il parlait d'expérience. Il y a trois ans, sa classe avait déjà été relevée et il avait embarqué à Toulon sur le *Caton*, une frégate armée de soixante-quatre canons. Il avait servi comme novice, il venait juste d'achever son apprentissage de mousse, au cours d'un voyage qui les avait emmenés à Constantinople. Il s'était aguerri à la manœuvre des voiles où il avait démontré de réelles qualités.

L'office s'achevait et le curé donna lecture de l'avis d'enrôlement des jeunes marins. Il énonça ensuite les noms des cinquante-sept martégaux qui figuraient sur la liste :

— Jean Achard, Pierre Achard, Joseph Adoul, ... , Nicolas Marbec, ... , Jean Volaire.

Une vraie litanie, chacun se signant à l'énoncé de son nom, les mères ou épouses essuyant des larmes.

À la sortie de la messe, les discussions reprirent sous le porche, les regards se portant à nouveau sur l'avis, comme s'il s'agissait d'un mauvais rêve, que leur nom serait effacé comme par miracle. Nicolas Joseph fut de nouveau entouré des plus jeunes, pour qui cet engagement était le premier et qui manifestaient leur appréhension cachant en fait ce qui était de la peur. Ils savaient bien que l'on ne revenait pas toujours de ces campagnes meurtrières. Ils avaient entendu les anciens raconter les souffrances subies sur les navires, les conditions de vie effroyables.

— Où allons-nous embarquer ? demanda l'un d'eux.

— Quand devrons-nous partir ? Qui va s'occuper de ma famille ?

Les questions fusaient de toute part.

— Moi je n'irai pas ! osa un autre.

Ce qu'ils ignoraient encore c'est que la guerre tonnait au loin, en Amérique et que la Marine royale avait un besoin pressant de tous ses marins. Le commissaire des classes du quartier maritime du Martigues avait reçu ses ordres, il lui fallait réquisitionner tous ceux qui pouvaient servir sur les navires, qu'ils soient matelots, gabiers, pêcheurs ou marins de commerce, ou même charpentiers et artisans de la construction navale. Il le faisait en essayant de nuire le moins possible aux activités de pêche et de commerce qui faisaient vivre les familles, mais les ordres venus de Toulon étaient de plus en plus pressants. Et ce n'était pas la solde du marin au service du Roi, inférieure à la moitié à celle d'un marin de commerce, qui pouvait attirer des volontaires. Et encore ne leur en remettrait-il que la moitié, le complément ne leur étant accordé qu'au retour de campagne, à condition qu'ils en reviennent.

Le jour suivant, il se rendit au quartier de l'Amirauté pour s'enregistrer auprès du commissaire des classes.

— Où serai-je affecté ? s'enquit-il.

— Compte tenu de tes états de service, tu rejoindras le port de Toulon où ton embarquement te sera signifié.

En même temps qu'il recevait son ordre de mission et son certificat de service, Nicolas Joseph se vit remettre un petit pécule équivalent à sa demi-solde et une somme pour la *conduite* afin de subvenir aux frais de route. Il soupesa la petite bourse qu'il lui parut bien dérisoire en regard des dangers qu'il allait affronter. Et ce n'était pas la perspective de se retrouver au Fort-de-Bouc avec la demi-solde des invalides, s'il était blessé ou estropié, qui lui rendit son sourire.

— Tu devras y être sous quinzaine sous peine d'être déclaré absent et recherché par la maréchaussée.

Ce délai lui laisserait le temps de faire ses adieux à sa famille à qui il laisserait une partie de la maigre somme qu'il venait de toucher. Il se dit que là où il allait, il n'en ferait pas un grand profit ! Il lui suffirait de quelques nippes et d'un hamac pour le temps de la campagne en mer. Après il se mettrait en route sans délai. Il partirait seul malgré l'invitation de ses compagnons à faire route ensemble. Il les connaissait, ils auraient passé leur temps à boire la demi-solde qu'ils auraient touchée et ce qu'ils n'auraient pas dépensé avant de partir, ils le dépenseraient en route.

Cinq jours déjà qu'il avait quitté le Martigues et pris la route de Toulon. Il emprunta le chemin royal qui depuis Marseille était assez encombré de tout un trafic de voyageurs et de charrettes. Ceux-là tentaient de se regrouper au moment de traverser la forêt de Cuges. Il se joignit à eux dans cet endroit dont la réputation était sinistre à cause du brigandage. C'est là qu'avait sévi la bande de Gaspard de Besse dont tous les voyageurs parlaient en ce moment, car il venait d'être arrêté et envoyé en prison à Aix. Autour de Nicolas Joseph, chacun y alla de son avis.

— Il n'a jamais tué ni blessé quiconque, dit l'un.

— Il n'a jamais volé les pauvres, au contraire il leur a donné de l'argent, renchérit un autre.

— Moi je trouve qu'il n'a que ce qu'il mérite, à détrousser les étrangers jusque dans nos campagnes, accusa un troisième.

Le col de l'Ange enfin franchi, le danger était passé et les diligences allaient enfin pouvoir faire étape à Cuges. Certaines se rendaient jusqu'en Italie et la route était encore longue et dangereuse, le repos des voyageurs à l'auberge serait le bienvenu. Nicolas Joseph, lui, n'avait pas les moyens de s'offrir ce luxe. Il se dit qu'il trouverait bien une grange où dormir et un paysan avec qui partager son pain.

Près d'une semaine qu'il était parti et il ne se trouvait qu'à deux lieues environ de Toulon. Mais la traversée des gorges avait été rendue pénible par la pluie diluvienne qu'il avait dû affronter. Aussi décida-t-il de faire une dernière étape dans le village d'Ollioules avant de plonger sur le port militaire. Ses pas le menèrent vers l'église et il se dit que le curé pourrait l'aider à trouver un gîte.

— Bonjour, monsieur le curé, je m'appelle Nicolas Joseph Sabatier. Je viens du Martigues et je fais route vers Toulon pour embarquer au service de la Marine royale. Pensez-vous que je puisse trouver une grange pour dormir cette nuit avant de reprendre mon chemin ?

— Bonjour mon fils. Eh bien justement, à l'office de dimanche j'ai annoncé à un enfant du pays sa réquisition. Il s'agit de Barthélemy. Allons voir son père, je suis sûr qu'il ne te refusera pas un hébergement. Ses champs d'oliviers sont à une demi-lieue d'ici. Je t'accompagne, j'en profiterai pour lui demander pourquoi je ne le vois pas beaucoup à la messe !

Un vent froid s'était levé, mais il avait chassé les nuages et la pluie du matin avait fait place à un soleil hivernal de fin d'après-midi qui faisait oublier à Nicolas Joseph ses fatigues du voyage. En route, le curé l'avait questionné sur son pays, sa famille, son métier de marin, jusqu'à ce qu'ils soient en vue de la maison. La ferme était perchée sur un petit monticule, à l'abri d'un bosquet d'arbres qui lui fournissait l'ombre nécessaire lors des grandes chaleurs. Devant, s'étendaient les plantations, pas seulement d'oliviers comme l'avait mentionné le curé, mais aussi d'orangers et de citronniers. À proximité de la maison, ils longèrent le coin réservé aux légumes qui devaient assurer la nourriture de la famille pour l'année. Entre les deux, une culture d'arbrisseaux sarmenteux qui retombaient sur le sol intrigua Nicolas Joseph.

— Quelle est cette plante ? demanda-t-il au curé.

— Il s'agit de câpriers, une culture très répandue dans le village. On peut utiliser soit le bouton floral, qui confit dans le vinaigre donnera les câpres, soit attendre le fruit, qu'on appelle le *câpron*. Ils servent à la maîtresse de la maison pour relever le goût de sa cuisine. Les femmes se transmettent aussi de mères en fille des recettes pour utiliser les écorces et les feuilles afin de traiter diverses maladies. Allons voir le père Balthazar maintenant.

Ils s'approchèrent du bâtiment aux murs de pierre assez rustiques, bien entretenus, mais construits sans luxe ni ostentation. Il comprenait un rez-de-chaussée et un étage auquel on accédait par un escalier extérieur. Le toit de faible pente était couvert de tuiles rondes comme tous ceux de Provence. Accolée sur le pignon, se trouvait une remise qui s'étirait perpendiculairement à l'axe du bâtiment principal. C'est là que l'on rangeait les charrues, charrettes et les instruments de culture. Mais c'est vers le rez-de-chaussée que le curé l'entraîna, car à cette heure il était sûr d'y trouver le père.

— Père Balthazar ? C'est moi, le curé.

— Monsieur le curé ? Ne me dites pas que vous venez jusqu'ici me faire des reproches pour avoir manqué la messe de dimanche ?

Le ton était amical, car Balthazar aimait bien le curé même s'il ne pratiquait pas beaucoup, laissant ce soin à sa femme. Mais le curé ne refusait jamais de donner un conseil ou de s'entremettre lorsque des affaires de voisinage risquaient de tourner au conflit.

— Ni à celle de dimanche, ni aux précédentes, mécréant ! Je vous amène Nicolas Joseph qui vient du Martigues. Il fait route vers Toulon pour rejoindre la Marine royale. J'ai pensé qu'il pourrait accompagner Barthélemy. Il cherche un gîte pour la nuit.

— Vous avez bien fait monsieur le curé. Barthélemy ne va pas tarder à rentrer des champs. Entrez un peu, il faut que je finisse de ranger les provisions et de m'occuper du cheval.

Pénétrant dans le rez-de-chaussée derrière le curé et le père Balthazar, il découvrait le lieu où le paysan rangeait ses récoltes et ses légumes, aulx et oignons mis en tresses, pommes d'amour, pommes de terre. À l'extrémité de la vaste pièce, seulement séparés par des cloisons de bois, le cheval et la chèvre trouvaient leur abri pour la nuit, le premier se reposant des labeurs de la journée, la seconde attendant la traite du soir.

— J'ai une petite liqueur à l'orange dont vous me direz des nouvelles, monsieur le curé !

— C'est vous qui la produisez ?

— Non, ça, c'est le domaine d'Anne, ma fille.

Anne entra dans la pièce portant un plateau avec trois petits verres à liqueur. Nicolas Joseph ne put s'empêcher de remarquer le beau regard de la jeune fille dont le visage hâlé qu'encadrait une longue chevelure brune témoignait de son activité au plein air. Elle salua le curé et sourit à l'hôte de son père avant de se retirer tout en discrétion. Toutefois elle prit soin de ne pas fermer complètement la porte derrière elle, ne voulant rien perdre de la discussion. Elle voulait surtout savoir ce qui pouvait bien amener ce beau jeune homme dans leur maison.

Ce fut le moment choisi par Barthélemy pour faire son entrée.

— Tiens voilà Barthélemy qui revient des champs. Monsieur le curé nous a amené un jeune homme qui doit embarquer à Toulon. Il a pensé que vous pourriez faire route ensemble. C'est comment déjà votre nom, jeune homme ?

— Nicolas Joseph Sabatier, monsieur. Je suis du Martigues et je vais avoir vingt ans. Je navigue depuis cinq ans déjà et j'ai fait plusieurs voyages en Italie sur des bateaux de commerce. Il y a trois ans, ma classe d'âge a été relevée et j'ai embarqué sur le *Caton* comme novice. Je me suis aguerri à la manœuvre des voiles et le chef voilier m'a décerné un certificat d'aptitude.

Le surlendemain, les deux garçons prirent la route de Toulon. Barthélemy fit ses adieux à son père qui tentait de garder une posture digne, alors que sa mère ne pouvait retenir ses larmes. Il embrassa affectueusement sa sœur. Anne en profita pour déposer un léger baiser sur la joue de Nicolas Joseph.

La rade de Toulon leur apparut au détour de la route, constellée de navires à quai où s'en approchant à voiles réduites. Tout autour du port la ville grouillait d'une population disparate. Marins cherchant un peu de réconfort auprès de filles faciles. Conducteurs de charrettes se dirigeant vers les quais portant leurs barriques ou leurs sacs de blé et criant à hue et à dia pour écarter les passants de leur chemin. Femmes tenant leur panier de victuailles. Badauds endimanchés. Gamins à l'affût d'une rapine. Forçats reconnaissables à leur habit et leur bonnet, un anneau terminé d'un bout de chaîne à un pied, l'air misérable dû aux travaux de force et au manque de nourriture.

— Ouah ! Je ne pourrais pas vivre comme ça ! s'exclama Barthélemy sans qu'on sache s'il faisait allusion à la vie de forçat ou tout simplement à celle du citadin.

— Tâchons de trouver le bureau de recrutement, décida Nicolas Joseph, qui avait hâte de retrouver l'air de la mer.

Après avoir demandé leur chemin, ils le découvrirent, niché près de l'arsenal. Une file s'était formée devant l'agent recruteur. Quand vint leur tour, ils déclinèrent leur identité.

— Je m'appelle Nicolas Joseph Sabatier du Martigues et voici Barthélemy Ycard d'Ollioules. Nous sommes requis par la Marine.

—Vous embarquerez pour Brest afin de rejoindre la flotte de la Royale. Votre affectation vous sera donnée dans ce port. Votre bateau largue les amarres demain, ne soyez pas en retard !

Pour Nicolas Joseph cette affectation s'inscrivait dans la continuité de son métier de marin. Son visage ne trahissait pas d'émotion particulière, même si au fond de son cœur il savait que le danger de la guerre s'ajoutait à celui de la mer. L'embarquement pour Brest signifiait à l'évidence que c'est de l'autre côté de l'Atlantique que leurs vies se joueraient. Barthélemy n'avait pas son expérience, ce qui se traduisait chez lui par deux sentiments contradictoires. L'insouciance de celui qui ne sait pas et ne mesure donc pas la gravité de la situation, d'un côté. L'appréhension sourde, au fond de lui-même, devant l'inconnu, de l'autre côté. La présence de son nouvel ami lui redonnait confiance et il s'accrochait à lui pour se rassurer.

La bataille de Chesapeake

Jeudi 22 mars 1781

La foule s'était rassemblée en nombre sur les quais du port de Brest pour assister au départ de la flotte française vers l'Amérique. L'escadre commandée par le Comte de Grasse qui avait établi son pavillon sur le *Ville de Paris* quittait la rade. Chacun des vingt-huit navires et trois frégates, suivis de cent vingt bâtiments transportant les trois mille deux cents hommes de troupe, passait tour à tour dans le Goulet avant d'atteindre la mer. Et la foule était encore massée sur les flancs de la rade pour ce défilé impressionnant, criant ses vivats à destination de ceux qui allaient braver l'océan, même si elle ne comprenait pas très bien les enjeux de cette expédition lointaine.

Barthélemy était bien loin d'entendre cette liesse populaire. Sitôt l'abri de la rade franchi, la houle s'était emparée des navires. Les vagues n'étaient pas vraiment formées, mais l'ondulation de la mer suffisait à provoquer un roulis propre à faire rendre son estomac à tout homme non aguerri aux choses de la mer. Et Barthélemy était de ceux-là. Il n'avait jamais mis les pieds sur un bateau et il devait à son désir de rester avec son ami, de se trouver embarqué dans cette aventure. Fort de ses états de service, Nicolas Joseph avait été affecté comme aide-voilier sur le *Caton*, navire qu'il connaissait bien pour y avoir servi lors d'une précédente campagne. Au bureau de recrutement, il avait insisté pour que Barthélemy soit affecté sur le même bâtiment. N'étant pas marin, il figurait donc au titre des soldats d'infanterie de ligne destinés à être débarqués sur les lieux de combats. Ils étaient environ soixante-dix soldats comme lui, entassés sur le pont inférieur, n'entrevoyant que des rais de lumière par les sabords des canons. L'odeur était pestilentielle, on entendait le râle des hommes penchés sur les seaux de sable, l'atmosphère était étouffante.

Nicolas Joseph, sous les ordres du maître-voilier, retrouvait la routine des manœuvres. Le *Caton* était un navire qui alliait la force et la légèreté grâce à ses dimensions, cent cinquante-cinq pieds de long, et son armement de soixante-quatre canons. Les voiles n'avaient plus de secrets pour lui. Comme aide-voilier il était plus spécialement en charge de la vergue de misaine. Au pied du mât, un marchepied permettait aux matelots de se tenir prêts à la manœuvre des voiles qu'ils hissaient ou abaissaient en fonction des ordres, en tirant sur les drisses qui s'enroulaient autour des balancines. Nicolas Joseph évoluait dans un environnement familier et ne songeait pas pour le moment aux dures épreuves qui attendaient la flotte.

Son quart terminé, il descendit sur le pont inférieur pour réconforter son ami Barthélemy. Il le retrouva difficilement au milieu d'un groupe d'hommes aussi mal en point que lui.

— Alors mon ami, l'air de la mer ne te convient pas ? plaisanta-t-il.

Mais Barthélemy n'entendait rien à l'humour de celui-ci.

— Je regrette déjà mes oliviers et mes câpriers, parvint-il à marmonner.

— Viens avec moi sur le pont supérieur, tu respireras mieux et reprendras des forces.

C'est en titubant et aidé par son ami que Barthélemy parvint à franchir l'échelle de bois menant à l'air libre. Une grande bouffée d'air frais emplit ses poumons et le ramena quelque peu à la vie.

— D'ici quelques jours ton corps sera habitué aux mouvements du bateau et tu n'y prêteras plus d'attention.

— Je veux bien partager ton optimisme, mais tu ne me feras pas croire que le pont de ton navire est plus accueillant que le plancher de mon étable !

— Dis-moi Nicolas, sais-tu où nous allons ? s'enquit Barthélemy qui retrouvait peu à peu quelque lucidité.

— J'ai entendu le maître-voilier dire que nous nous dirigions vers les Antilles, où nous devrions accoster d'ici un mois ... si l'on ne fait pas de mauvaises rencontres !

— Un mois ! mais j'ai dix fois le temps de rendre tous mes viscères ! grogna Barthélemy.

De fait la traversée se déroula assez calmement. L'importance de l'escadre la mettait à l'abri de toutes velléités belliqueuses de bâtiments anglais, à moins qu'ils ne rencontrent une flotte conséquente. Mais les informations que possédait le Comte de Grasse lui laissaient penser que les Anglais avaient mobilisé leurs forces sur la côte américaine. Les capitaines des navires en concertation avec le Comte de Grasse avaient décidé de contourner la zone du Pot au Noir. Cela allongerait le voyage de quelques jours, mais ils éviteraient cette région où l'on pouvait rester bloqué par les calmes de longues journées sous une chaleur accablante, à moins de mettre des chaloupes à la mer pour remorquer à la rame les navires au prix d'efforts qui épuiseraient les hommes.

Les jours s'écoulaient lorsque le gabier du haut du mât principal du *Ville de Paris* hurla le cri que tous attendaient :
— Terre ! Terre ! Terre droit devant !

Cri aussitôt répercuté sur tous les navires de l'escadre. Des hourras se firent entendre des matelots qui jetaient leurs chapeaux dans les airs pour saluer l'évènement. Cinq longues semaines de traversée avaient usé les organismes et tous n'aspiraient qu'à retrouver la terre ferme avec ses ports aux filles faciles et l'alcool abondant. Pourtant les matelots ignoraient que l'accès à terre ne serait ni proche ni facile. Barthélemy se rapprocha de Nicolas Joseph pour l'interroger sur la situation :
— Où sommes-nous ?
— Au large d'une île appelée la Martinique. On doit rejoindre le port de Fort-Royal, mais il y a un problème ...
— Ne me dis pas que l'on devra faire demi-tour ! rétorqua Barthélemy qui cachait derrière cet humour une véritable appréhension.
— Non, bien sûr ! Mais les navires anglais de Hood font le blocus de l'île et il va falloir les déloger.
— À coup de canon ?
— Peut-être bien.

Toutefois, l'impressionnante force de l'escadre française dissuada Hood, en moyens très inférieurs, d'entamer les hostilités. Il leva le blocus sans combattre laissant de Grasse poursuivre sa route et entrer dans Fort-Royal le 6 mai 1781.

La déception des marins fut encore plus vive lorsque les capitaines de navires déclarèrent que nul ne pourrait quitter le bord. Finis les filles et l'alcool ! Pas question de laisser plusieurs milliers d'hommes se déverser sur les quelques tavernes du port et encore moins de risquer nombre de désertions. D'autant que de Grasse avait d'autres plans pour son escadre. À peine le temps de procéder aux réparations nécessaires sur les bâtiments et au réapprovisionnement en vivres, la flotte reprit la mer.

L'appareillage mit Barthélemy de fort méchante humeur, lui qui n'aspirait qu'à retrouver la terre ferme.

— On n'en finira jamais avec ces maudits océans, geignit-il.

— Dis-toi que c'est pour la bonne cause, plaida Nicolas Joseph pour tenter d'apaiser son ami. Et puis tant que tu es à bord tu n'as pas à affronter les Anglais sur terre le fusil à la main !

— Je crois que je préfère le fusil au canon ! À ce propos, où allons-nous faire parler la poudre ?

— Le maître-voilier nous a informés que l'on mettait le cap sur l'île de Tobago pour la libérer.

— Tu penses qu'ils vont me faire débarquer avec les troupes pour reprendre l'île aux Anglais ? interrogea Barthélemy avec inquiétude, ne sachant plus s'il devait vraiment choisir entre le fusil et le canon.

— Non, je ne crois pas. Il s'agit de couvrir les troupes du gouverneur des îles françaises qui vont s'en charger.

De fait, le marquis de Bouillé fit débarquer trois mille hommes pendant que l'escadre de De Grasse pilonnait de ses canons les positions anglaises. La garnison anglaise fut forcée à une rapide capitulation le 2 juin 1781 alors que l'escadre de Rodney, arrivée en renfort, préféra ne pas engager le combat.

Le retour sur l'île de la Martinique fut de courte durée. Ordre fut donné à tous les équipages de prendre la mer le 5 juillet 1781. La mission : escorter un gros convoi marchand vers Saint-Domingue. Même si la menace de croiser la flotte anglaise n'était pas à écarter, cette mission ne semblait pas présenter de gros risques. L'inquiétude ne se lisait pas sur les visages des marins ou hommes de troupe embarqués à bord. Ils ne savaient pas encore que ce départ de la Martinique allait bouleverser l'ordre établi et changer la vie, lorsqu'ils la conserveront, de beaucoup d'entre eux.

Comme espéré la traversée jusqu'au port de Cap-Français au nord-ouest de l'île de Saint-Domingue se passa sans encombre et l'escadre put faire mouillage dans le port en toute sécurité.

— Monsieur le Lieutenant-Général, deux lettres vous attendent depuis plusieurs jours. La première vient de monsieur le Commandant en Chef Georges Washington et l'autre du Général Rochambeau. Cela semble très urgent.

L'aide de camp de De Grasse semblait très impressionné par les émetteurs de ces deux missives. Il pouvait l'être. Georges Washington était le Commandant en Chef des forces américaines, haut responsable de la guerre contre les Anglais et Rochambeau était le Lieutenant-Général des troupes françaises fortes de six mille hommes qui combattaient aux côtés de Washington.

— Faites-les porter dans ma cabine, ordonna de Grasse qui pressentait l'importance de celles-ci, et souhaitait en prendre connaissance dans l'intimité de son bureau.

Dans leurs missives les deux généraux dévoilaient la stratégie qu'ils avaient établie. Ils projetaient de marcher vers l'armée anglaise du sud plutôt que vers New York et d'isoler Cornwallis installé dans la presqu'île de Yorktown à l'entrée de la baie de Chesapeake. Pour cela il était impératif de tenir à distance de l'entrée de la baie la flotte anglaise, c'est la mission qu'ils demandaient à de Grasse d'assumer.

Celui-ci convoqua à bord du *Ville de Paris* tous les capitaines de son escadre afin de définir leur conduite.

— Voilà Messieurs ce que Washington et Rochambeau attendent de nous, dit de Grasse après leur avoir révélé le contenu des lettres reçues.

— Quels sont les ordres de Versailles ? s'enquit l'un des capitaines.

— Je n'ai pas d'ordres précis. Mon intention première était d'attaquer soit la Jamaïque, soit de remonter vers New York à la rencontre de la flotte ennemie.

— N'était-ce pas le Comte de Barras qui était chargé d'attaquer New York ?

— Barras est devant Newport, mais il a accepté de faire route sur Yorktown pour prendre en tenaille les Anglais. Avec ce renfort nous aurons la supériorité numérique sur l'ennemi, précisa de Grasse.

— Comment financerons-nous l'opération, car il faudra de l'argent pour les hommes et pour l'armement ?

— J'ai l'accord de banquiers espagnols pour un prêt de 500 000 piastres sur mon nom.

Ce dernier argument finit de convaincre les capitaines de la flotte, qui savaient que le moral des troupes, stimulé par les précédentes victoires, était très élevé et que les hommes étaient prêts pour de nouveaux combats.

— Nous pourrions tenter le passage du canal de Bahama pour être sur zone plus rapidement, suggéra le plus téméraire des capitaines.

— Nous ne l'avons jamais fait et il y a des écueils, s'inquiéta un autre.

— Messieurs, nous sommes donc tous d'accord pour faire route sur Yorktown et appuyer les troupes de Rochambeau et Washington. Notre escadre est assez forte pour que nous empruntions le canal de Bahama, trancha de Grasse. Je vais les informer sans plus attendre de notre décision.

De Frammont qui commandait le *Caton* réunit son équipage pour les informer de la stratégie retenue par le Lieutenant-Général. Les deux amis écoutaient attentivement, essayant de percevoir les dangers qui les attendaient dans les jours à venir.

— Je crois que cette fois les opérations sérieuses nous attendent, dit Nicolas Joseph dont la jeune expérience lui permettait toutefois de pressentir les évènements.

— Je le crains aussi, répondit Barthélemy. Il se pourrait bien que nous soyons séparés d'ici peu, toi à bord du navire et moi à terre.

Plusieurs jours furent encore nécessaires à de Grasse et ses capitaines pour organiser l'embarquement des sept régiments initialement prévus pour attaquer la Jamaïque, ainsi qu'un petit corps de dragons et d'artilleurs. Du matériel destiné à entreprendre le siège, des canons et des mortiers vinrent compléter l'armement présent à bord des navires. L'appareillage put enfin avoir lieu. Le chef d'escadre choisit, comme prévu, la route du canal de Bahama, afin de raccourcir les distances maritimes pour créer la surprise et surprendre un ennemi qui ne s'y attendrait pas. Le 30 août 1781, les vingt-huit navires et les quatre frégates de De Grasse se présentèrent à l'entrée de la baie de Chesapeake et jetèrent l'ancre devant Lynnhaven.

Barthélemy et les trois mille deux cents hommes de troupe se préparèrent à débarquer. Au moment d'accéder à l'échelle de coupée, il chercha du regard Nicolas Joseph. Leurs visages étaient marqués par l'appréhension des risques à venir. La chaloupe dans laquelle sauta Barthélemy s'éloigna peu à peu du *Caton* pour rejoindre la rive. En foulant le sol américain de ses pieds, Barthélemy se pencha pour toucher la terre et se signer. Il se doutait que la bataille serait rude, mais ne savait pas que dans l'attente de l'arrivée de l'armée de Rochambeau, la situation des Français serait précaire compte tenu de la forte supériorité numérique ennemie.

Sur le *Caton* comme sur les autres navires de l'escadre, les gabiers, perchés sur le haut du mât principal, veillaient sur l'horizon. Ils espéraient l'arrivée de la flotte de Barras de Saint-Laurent.

— Voiles à l'horizon !

L'appel retentit de façon quasi simultanée sur tous les bâtiments. Tous les marins affichèrent leur soulagement par des cris d'enthousiasme.

— Combien de bâtiments ? demanda l'officier.

— Une vingtaine, monsieur.

— Pouvez-vous distinguer leur pavillon ?

— Non, monsieur. Ils sont encore trop loin.

La réponse pourtant ne se fit pas attendre. Elle vint du chef d'escadre qui depuis le *Ville de Paris* faisait monter les fanions pour communiquer avec ses capitaines. Ce qu'il vit dans sa longue-vue ne le rassura pas. C'est une flotte ennemie qui était en vue.

— Flotte anglaise, monsieur. Dix-neuf navires et sept frégates.

L'instant était décisif pour les Français, qui d'assiégeants risquaient de se retrouver en situation d'assiégés, enfermés dans la baie entre les deux caps. De Grasse ne tarda pas à réagir. Sa décision était prise.

— Faites stopper le débarquement des troupes. Laisser filer les ancres. Mettez le cap hors de la baie. Préparez-vous au combat.

De Frammont, capitaine du *Caton*, répercuta les ordres. Nicolas Joseph fit exécuter les manœuvres des voiles commandées par le maître-voilier. Il eut une pensée pour Barthélemy laissé sur la rive américaine et dont il ne savait s'il le reverrait un jour. Par bonheur, les Anglais, trop sûrs d'eux, car ils avaient le bénéfice du vent, attendirent que les Français se déploient pour ouvrir le feu. De plus, l'avant-garde anglaise interpréta mal les signaux qui lui étaient transmis et s'éloigna du reste de l'escadre. La bataille dura quatre heures et se révéla indécise. La tombée de la nuit sépara les combattants. Nicolas Joseph et le *Caton* avaient été épargnés, car la canonnade s'était déroulée essentiellement entre les deux avant-gardes.

Barthélemy, resté sur la terre ferme avec quelque mille hommes qui n'avaient pu être rembarqués, entendit le bruit des canons venus de la mer. Il comprit que leur sort allait dépendre de l'issue de la bataille navale. Sinon ils seraient livrés à eux-mêmes face à une armée organisée et plus nombreuse. Pour l'instant ils installèrent un véritable camp retranché à la pointe du cap.

La flotte anglaise, durement éprouvée durant les premières heures de la bataille, cinq de leurs navires avaient été endommagés, esquivèrent pendant quatre jours l'escadre de De Grasse pour finalement renoncer et rejoindre New York afin de réparer. La nasse de Yorktown était fermée et l'armée anglaise ne pouvait plus espérer un renfort par la mer. Pour couronner cette victoire, la flotte de Barras, avec ses douze vaisseaux et dix-huit bâtiments de transport chargés du matériel de siège, fit son entrée dans la baie.

À terre, lorsque Barthélemy et ses compagnons, terrés dans leur retranchement, virent débarquer les deux mille cinq cents marins français en renfort, ils comprirent que l'issue de la bataille leur serait favorable. Douze jours et douze nuits d'efforts, à creuser des tranchées leur furent nécessaires pour s'approcher des positions tenues par les coalisés et permettre à l'artillerie d'entrer en action. Au feu terrestre s'ajouta le feu naval des navires de De Grasse. Les bateaux ancrés dans le port où étaient stockées les munitions étaient pris pour cible et détruits. Ils concentrèrent ensuite leurs tirs sur les deux redoutes tenues par les Anglais. Privée de vivres et de munitions, l'armée anglaise capitula le 19 octobre 1781, sans condition avec ses quatorze régiments. Barthélemy, bien qu'il n'ait jamais été engagé dans un combat direct, resta marqué par ce déluge de feu. Ce fut avec grande satisfaction et un sentiment de sécurité qu'il retrouva le *Caton* qui s'apprêtait à lever l'ancre pour les Antilles pour y passer l'hiver et continuer la guerre.

Nicolas Joseph, affairé à la manœuvre des voiles pour procéder à l'appareillage, guettait toutefois le retour à bord de la troupe, espérant y apercevoir Barthélemy. Il ne le reconnut pas immédiatement au milieu des hommes crottés, éprouvés, les traits marqués par le manque de sommeil. Ses craintes se dissipèrent à la vue de son ami qui lui adressa un clin d'œil en forme de :

— Tu vois, on s'en est sortis !

Le 29 novembre 1781, alors qu'ils avaient quitté leur Provence depuis près d'une année, ils posèrent enfin le pied sur les quais de Fort-Royal.

La séparation

Après la victoire de Yorktown, la guerre était terminée dans les treize colonies et un armistice de fait s'installa entre les belligérants, dans l'attente des négociations pour la paix. Pourtant le contrôle des Antilles demeura un enjeu essentiel pour le commerce colonial. Les quatre derniers mois écoulés n'avaient pas été favorables aux Français, malgré un succès au large de l'île de Saint-Christophe qu'ils libérèrent.

À bord du *Caton*, Nicolas Joseph et Barthélemy subissaient les évènements. Comme leurs compagnons ils étaient fourbus par les incessants combats que leur imposait de Grasse. Le chef d'escadre était de plus en plus contesté par ses capitaines, dont certains invoquaient des problèmes de santé pour rejoindre la France. C'est alors qu'une rumeur enfla sur les quais de Fort-Royal.

— Que se passe-t-il ? interrogea Barthélemy, pour qui le monde des marins restait toujours hermétique.

Nicolas Joseph entra dans la foule des matelots qui s'invectivaient entre eux, pour se mêler à leur conversation.

— Il semble que le convoi de ravitaillement et de renforts parti de Brest ait été attaqué par les Anglais, rapporta-t-il à son ami.

— Peut-être que l'on sera obligé de rester à quai plus longtemps, voulut se persuader Barthélemy.

Les ordres de Versailles qui parvenaient à de Grasse allaient anéantir l'optimisme de Barthélemy. Fort de ses trente-cinq navires, la mission de la flotte était d'entreprendre la conquête de la plus riche île anglaise des Antilles, la Jamaïque. Auparavant il s'agissait de convoyer un convoi de cent cinquante galions marchands vers Saint-Domingue qui rejoindraient ensuite les ports français de Nantes et Bordeaux.

Et le 7 avril 1782, le *Caton* reprit la mer. Il ne se passa pas deux jours avant que l'escadre anglaise ne repère le convoi et engage le combat. De Grasse de son côté, bien que diminué par des problèmes de santé, était déterminé à en découdre, c'étaient les ordres de Versailles. Le duel s'engagea avec ce qui s'avéra n'être que l'avant-garde de la flotte anglaise. Pourtant leurs onze navires parvinrent à semer le trouble dans l'escadre française. Ils bénéficiaient d'une innovation qui leur donnait un avantage certain, leur coque étant doublée de cuivre. Tout en luttant contre la prolifération des algues et des coquillages en empêchant leur incrustation, ils étaient plus rapides. Leur armement s'était lui aussi modernisé avec la caronade, un canon court de gros calibre monté sur le pont supérieur des navires et utilisé en combat rapproché.

Nicolas Joseph était aux ordres du maître-voilier dans ces moments essentiels où la manœuvre des voiles devait répondre immédiatement au besoin de l'officier-canonnier pour positionner le navire par rapport à l'ennemi. La bataille durait depuis une heure déjà. Sa concentration se mêlait à la peur devant le feu ennemi qui s'abattait sur le *Caton* et les autres bâtiments de l'escadre. Il aperçut Barthélemy ballotté sur le pont par les mouvements du navire. Au même moment, le feu d'une caronade, craché depuis un navire anglais, déversa un torrent de boulets balayant le pont. La vergue d'artimon hachée par la mitraille tournoya sur elle-même avant de s'affaler sur les hommes pris au piège. Des corps brisés jonchaient le pont. Nicolas Joseph, n'écoutant que son courage, courut vers l'arrière du navire.

— Barthélemy ! Barthélemy ! Où es-tu ? Réponds !

Seuls des geignements et des plaintes pouvaient encore lui répondre. C'est alors que le corps de Barthélemy, qui semblait sans vie, lui apparut coincé sous ce qui restait du mât.

— À l'aide ! À l'aide ! cria-t-il à destination des matelots restés valides. Aidez-moi à soulever le mât pour dégager les corps !

— Barthélemy, parle-moi !

Les yeux de Barthélemy s'ouvrirent lentement, reconnaissant la voix de son ami, son visage traduisant une intense douleur. Pendant que les hommes soulevaient le mât d'un demi-pied, il prit Barthélemy sous les épaules et le tira en arrière pour le dégager. Des cris insupportables se dégagèrent de la bouche du blessé qui retomba dans l'inconscience. Il ne put que confier son ami à la garde de ceux qui s'affairaient autour des blessés afin de panser leurs plaies, amputer une cuisse, couper un bras, malgré leurs moyens dérisoires et leurs compétences limitées.

Mais la gravité de la situation navale obligea Nicolas Joseph à retourner à son poste. Lorsque le combat marqua une pause alors que le vent tombait vers la fin de matinée et que plus personne ne voyait rien dans la fumée des canons, le *Caton* se retrouva vers l'arrière-garde. Après une manœuvre désespérée de Vaudreuil pour sauver le *Ville de Paris*, navire amiral de De Grasse, les bâtiments rescapés se regroupèrent et sous la conduite de Vaudreuil mirent le cap sur Saint-Domingue. Le *Caton* était de ceux-là.

Nicolas Joseph profita de ce répit pour s'enquérir des nouvelles de son ami. Les blessés étaient entassés dans le pont inférieur. Ce n'étaient que gémissements et cris de douleurs. Il parvint à distinguer Barthélemy qui avait repris conscience.

— Nicolas, je suis là !

— Comment te sens-tu mon ami ? Tu m'as fait une de ces peurs !

— Je ne me souviens de rien jusqu'à ce que je me retrouve ici, au milieu de cet enfer ! Je ne sens plus le bas de mon corps ! Crois-tu que je remarcherai un jour ?

— Il faudra bien, toi le terrien, car tu n'es décidément pas fait pour la mer ! répondit-il en plaisantant pour cacher l'appréhension qui étreignait les deux hommes.

De fait, les blessures de Barthélemy, les jambes brisées, étaient sérieuses, mais ne mettaient pas ses jours en péril. Des attelles de fortune, confectionnées à partir des chutes de mâts démantelés par les boulets, lui avaient été posées afin de l'immobiliser et d'amoindrir les douleurs causées par les mouvements du navire.

Quelques heures plus tard, Nicolas Joseph qui avait pu obtenir quelques informations revint auprès de son ami.

— Tu vas figurer sur la liste des blessés que l'on regroupera sur l'*Astrée* et qui pourront être soignés à Saint-Domingue.

Beaucoup d'autres, dont l'état était critique, n'auront pas cette chance. La plupart mourront en quelques heures et leurs corps rendus à la mer, la nuit pour ne pas trop effrayer les marins survivants.

— C'est la première fois depuis notre départ d'Ollioules, que nous allons être séparés, fit remarquer Barthélemy dont les yeux s'étaient embués.

— Nous nous retrouverons à Saint-Domingue, où ce qui reste de notre escadre doit accoster.

— Je redoute ce qui peut arriver. Tu l'as dit toi-même, je suis un terrien et toi un marin. Nos destins sont appelés à se séparer.

— Attendons la fin de cette guerre et de notre engagement. Nous déciderons ensuite. Et puis ...

— Et puis quoi ?

— Non, rien ! La vision d'Ollioules et de ta famille m'a traversé l'esprit.

— À propos de ma famille, fais-moi la promesse que tu iras les voir pour leur raconter notre épopée.

— Je compte bien que nous puissions y aller ensemble !

— Promets quand même !

Sept jours s'étaient écoulés depuis cet enfer naval au large d'îles qui en la circonstance portaient bien mal leur nom : les îles des Saintes ! Ce qui restait de l'escadre et qui faisait route vers Saint-Domingue ressemblait à un convoi de bêtes blessées. Vaudreuil avait pu regrouper les navires marchands accompagnés de quelques frégates et de quatre bâtiments de soixante-quatre canons, dont le *Jason* et le *Caton*. Cependant ces deux derniers avaient été endommagés lors de la bataille et peinaient à suivre le reste de la flotte, ralentissant leur progression.

Nicolas Joseph, sous les ordres du maître-voilier, faisait son possible pour compenser le manque de voilure. Des réparations sommaires avaient été effectuées dans la mâture pour pallier les dégâts causés par les boulets ennemis. Des voiles de rechange avaient été dressées, mais l'inquiétude se lisait sur le visage des officiers. Malgré tous leurs efforts, leur allure ne leur permettait pas de garder le contact avec le reste de la flotte.

Ils allaient entrer dans le Mona Passage, le détroit entre Puerto-Rico et Hispanolia, lorsque la vigie s'écria :

— Voiles ennemies à l'arrière !

Sur le *Caton* ordre fut donné de faire monter au maximum la voilure. Le bois de la coque crissa sous la tension des voiles, les efforts des hommes et des matériels étaient au maximum. Le *Jason* n'était pas en meilleure posture, naviguant au plus près afin de combiner leur puissance de feu. La flotte anglaise de Hood, qui avait reçu l'ordre de faire la chasse aux traînards français, se rapprocha rapidement des deux navires. Quelques bordées de canons furent échangées, mais la lutte était trop inégale. Les commandants du *Jason* et du *Caton* amenèrent leur pavillon pour éviter un massacre bien inutile de leurs équipages.

Sur l'*Astrée*, Barthélemy, allongé au milieu de nombreux blessés sur le pont inférieur, tentait de comprendre le déroulement des évènements. Le bruit assourdissant des canons et les cris des hommes lui parvinrent, rythmant les phases de la bataille. Ils étaient les seuls indicateurs pour deviner si le sort de cet engagement leur était favorable ou non. Pourtant tout semblait confus dans son esprit. Un temps, la fusillade des mousquets sur le pont lui fit croire que tout était perdu, les Anglais ayant pu passer à l'abordage. Et puis, les cris en français devinrent plus nombreux, lui redonnant l'espoir. La gîte du navire devint plus forte, le claquement des vagues sur la coque plus rapide, se pouvait-il qu'ils aient repris leur allure afin d'échapper à leurs ennemis ? Ce n'est qu'au bout d'un long moment d'attente que Barthélemy et ses compères apprirent qu'ils étaient saufs et faisaient route vers Saint-Domingue.

Nicolas Joseph partagea le goût âcre de la défaite avec ses marins en voyant les officiers anglais prendre le contrôle de leur bâtiment. Ils avaient partagé tant d'intenses moments sur ce navire qui avait été toute leur vie pendant ces longs derniers mois. Quel sort leur serait réservé dorénavant ? Au moins, ils étaient vivants, se disaient-ils. Mais pour combien de temps ? Il scruta la mer autour de lui. Maintenant que sa vie de marin était anéantie, ses pensées le portaient vers Barthélemy. L'*Astrée* avait-elle été prise au même piège ? Il lui semblait l'apercevoir au loin, tentant d'échapper, grâce à sa vitesse intacte, au feu des canons anglais. Il n'en vit pas plus, bousculé avec le reste de l'équipage dans les cales du navire par ses geôliers. Il était dorénavant un prisonnier et son sort très incertain, à tout le moins inconnu.

Les destinées s'éloignent

Décembre 1782

C'était l'hiver en Provence. Le vent venu du nord, le redouté mistral, soufflait sans relâche sur la rade de Toulon. Lorsque les hommes débarquèrent du navire, bien que marins aguerris, ils étaient harassés, ballottés sans cesse par les vagues courtes, mais si dangereuses de la Méditerranée. Il faut dire qu'après plusieurs mois de geôle en Angleterre après la défaite des Saintes, ni leur état physique ni leur mental n'étaient au beau fixe. Ils avaient vu le *Caton*, après une traversée mouvementée de l'Atlantique, mis à quai à Saltash en Cornouailles. Trop endommagé il avait été reconverti en navire-hôpital pour les prisonniers de guerre. Nicolas Joseph y avait séjourné jusqu'à la signature du traité de paix de Versailles le 3 septembre dernier qui avait marqué sa libération. Il avait vu son fier coursier des mers, démantelé, dégradé au rang de logements d'accueil pour les blessés. Les râles de ceux-ci avaient remplacé les cris de batailles, souvent conclus de cris de victoires des marins.

Aujourd'hui il ressassait ses souvenirs sur le quai de Toulon, là où deux ans plus tôt, accompagné de Barthélemy, leur aventure avait commencé, certes dans l'appréhension du danger, mais aussi dans l'espoir de vivre des moments intenses. Qu'était devenu son ami ? Barthélemy le ramenait à Ollioules où sa famille aurait peut-être de ses nouvelles. Et puis il y avait Anne, dont l'image s'insinuait peu à peu dans son esprit. Il avait été séduit par sa gaieté, l'expression d'un bonheur simple. À cette pensée une douce quiétude l'envahit, bien loin du tumulte des derniers mois, de la vision cruelle des guerres. Ollioules n'était qu'à quelques lieux, et il avait promis à Barthélemy de s'y arrêter à son retour. Il sourit en lui-même en s'avouant qu'il n'avait nul besoin de prétexte pour se diriger vers Ollioules. D'ailleurs ses pas avaient précédé sa décision !

À l'approche du village, il se dit qu'il serait bon d'aller voir le curé qui l'avait accueilli la première fois. En fait, dans l'ignorance de ce qui était advenu de Barthélemy, il redoutait de se retrouver seul devant sa famille. Franchissant le pas de l'église, il se dirigea vers la sacristie où le vieux curé était affairé à préparer son étole et ses ciboires pour la messe du soir.

— Bonjour monsieur le curé.

Il sursauta à l'arrivée de Nicolas Joseph, ne le reconnaissant pas immédiatement.

— Vous vous souvenez de moi ? Vous m'aviez accompagné chez les Ycard avant que nous embarquions, Barthélemy et moi, pour l'Amérique.

— Grand Dieu ! Bien sûr que je me souviens de toi ! Dieu soit loué, tu es de retour ! Mais ça fait combien de temps, déjà ?

— Presque trois ans, monsieur le curé.

Il n'osait pas poser la question qui taraudait son esprit, appréhendant d'apprendre de mauvaises nouvelles. Le curé le devança.

— Tu n'es donc pas resté avec Barthélemy ? Il paraît qu'il s'est installé en Amérique. Sa mère vient prier tous les jours pour lui, cachant mal son chagrin de le savoir éloigné.

— C'est une longue histoire, monsieur le curé. Mais je suis heureux d'apprendre que Barthélemy est sauf. Croyez-vous que je puisse saluer sa famille ?

— Bien sûr ! Je crois qu'ils seront ravis d'apprendre de ta bouche ce qu'a vécu leur fils. Ils n'ont plus qu'Anne à présent, tu comprends.

— Ah, oui, Anne, fit-il feignant de dissimuler l'attention soudaine qu'il prêta aux propos du curé.

— Elle n'est donc pas mariée ? s'entendit-il demander, regrettant presque aussitôt l'audace de sa question.

— Non. Peut-être attend-elle le prince charmant ! répliqua le curé en souriant, ne laissant aucun doute sur le fait qu'il avait perçu l'intérêt du garçon.

— Je ne peux pas t'accompagner, mon fils, car la messe du soir m'attend. Mais je suis sûr que tu te débrouilleras très bien tout seul !

Il prit la direction de la propriété des Ycard d'un pas pressé, ragaillardi par les propos du curé. Les champs d'oliviers, les vergers de citronniers et d'orangers, lui parurent un paradis, exhalant des senteurs qu'il avait oubliées. Des hommes tendaient des toiles sous les arbres, d'autres frappaient les branches avec des verges pour faire tomber les olives. Les femmes recueillaient les petits fruits noirs dans des paniers d'osier avant qu'ils ne soient portés au moulin pour être pressés et transformés en huile, l'élixir de la Provence. Une silhouette se détacha immédiatement du groupe de femmes, retenant l'attention de Nicolas Joseph. Son allure gracile, ses mouvements vifs la distinguaient des autres femmes à l'allure paysanne. Était-ce Anne ? Il ne l'avait pas vue depuis près de trois ans ! À cet âge les jeunes filles changent. Ce ne pouvait qu'être Anne ! Tournant soudainement le regard vers lui, elle l'aperçut. Son visage d'abord frappé d'étonnement s'éclaira tout à coup.

— Nicolas ! cria-t-elle, incrédule. Quelle joie !

Les deux jeunes gens coururent l'un vers l'autre, s'enlaçant, ne trouvant pas les mots pour décrire le bonheur de se retrouver. Anne se détacha pourtant, consciente que son attitude pouvait trahir des sentiments qu'une jeune fille bien élevée devait savoir réfréner. Elle ne put toutefois empêcher une larme de couler sur sa joue, qu'elle effaça vivement.

— Anne, je suis si heureux de te revoir.

La tenant par les mains, tout en s'écartant quelque peu, il la regarda, comme pour la redécouvrir.

— Tu es une femme, maintenant, dis-moi ! Et de plus très belle !

Nicolas Joseph parut gêné par ce bonheur qui prenait possession de lui, pensant à Barthélemy qui n'était pas là et qui devait tellement manquer à cette famille pour qui ce retour risquait d'exacerber leur peine. Anne devança ses pensées.

— Père et Mère vont être si heureux de te revoir, et que tu leur parles de Barthélemy.

— À propos de Barthélemy, il y a des mois que je n'ai pas eu de ses nouvelles. Sais-tu où il est maintenant ?

Le regard d'Anne s'assombrit quelque peu.

— Nous avons reçu une lettre il y a plusieurs semaines. Il est en bonne santé, mais ... . Père t'en dira plus, viens.

Le père Balthazar lui parut plus voûté que la première fois où il l'avait rencontré, et ce n'était pas seulement l'effet des ans. Il avait toutefois gardé son ton chaleureux.

— Père ! Regardez qui vient nous rendre visite ! s'exclama Anne qui ne parvenait pas à dissimuler sa joie.

Balthazar leva la tête, quelques secondes lui furent nécessaires pour reconnaître Nicolas Joseph et faire ressurgir ce passé qui avait éloigné son fils.

— Nicolas Joseph ! Grand Dieu ! Nous ne pensions jamais vous revoir ! Vous devez avoir tant de choses à nous raconter. Entrez vite !

La famille se rassembla autour de la cheminée. Le père s'installa dans son vieux fauteuil près de l'âtre, il disait que c'était bon pour ses rhumatismes. Sa femme vêtue de noir se faisait discrète à ses côtés. Mais c'est bien elle qui veillait au bon fonctionnement de la maisonnée.

— Nicolas Joseph, vous allez rester quelques jours avec nous, n'est-ce pas ? Anne va vous préparer la chambre de Barthélemy.

— Oui, renchérit le père, vous avez besoin de vous refaire des forces après toutes ces épreuves. Restez le temps qu'il vous faudra. Anne, si tu nous servais un peu de ta liqueur d'orange qu'il avait tant appréciée la dernière fois.

Avec cet accueil, il retrouvait la chaleur d'une famille, cette atmosphère qu'il n'avait plus connue depuis si longtemps. Il pensa à sa famille qui l'attendait au Martigues et qu'il avait hâte de retrouver. Cependant un fil invisible le retenait ici, dans cette demeure. Était-ce l'effet de la liqueur d'orange ? Ou plutôt de celle qui la confectionnait ?

La veillée se poursuivit tard dans la nuit. Le père avait lu la longue lettre que Barthélemy leur avait adressée il y a plusieurs semaines de cela, profitant d'un navire qui avait traversé l'Atlantique jusqu'à Toulon. C'est ainsi que Nicolas Joseph avait appris que son ami, après avoir été soigné à Saint-Domingue, avait trouvé à s'engager dans une plantation. Il y était heureux, sa vocation était sur la terre pas sur la mer ! Il pensait que peut-être il pourrait s'y établir, car les perspectives étaient florissantes. La lecture de ce passage fit passer une onde de tristesse sur les visages de la famille, partagée entre le soulagement de le savoir en bonne santé et heureux, et l'appréhension de ne plus le revoir.

— Il vous doit la vie, nous vous en serons toujours reconnaissants, dit le père.

En signe d'acquiescement, la mère se signa et lui adressa un sourire plein d'attendrissement. Anne en profita pour poser sa main sur celle de Nicolas Joseph afin de se joindre à ces signes de gratitude. Elle la laissa peut-être plus longtemps que ce seul sentiment pouvait justifier.

— Demain, ce sera à vous de tout nous raconter sur votre aventure en Amérique.

Les jours passaient. Durant chaque veillée, il n'en finissait plus de narrer les évènements que Barthélemy et lui avaient affrontés depuis leur départ de Toulon, deux ans auparavant. La traversée, que Barthélemy, victime du mal de mer, avait vécue dans l'antre du navire, ce qui fit tout à la fois rire ses parents et leur tirer des exclamations de compassion. Les batailles navales contre les Anglais, dont il s'attacha à gommer les épisodes les plus cruels. La grande victoire de la baie de Chesapeake, mais aussi la défaite de Mona Passage qui avait causé leur séparation. Les questions fusaient pour savoir dans quelles circonstances il avait sauvé la vie de Barthélemy, pourquoi avaient-ils été séparés ? Et puis, la vie de prisonnier en Cornouailles, les geôles jusqu'au traité de paix qui avait mis fin à sa captivité.

Durant la journée, il se joignait au groupe des hommes qui récoltaient les olives. Anne n'était jamais très loin. Les deux jeunes gens pouvaient ainsi échanger sur leurs goûts, leurs rêves de futur, et ainsi mieux se connaître. La complicité entre eux leur attirait les rires amusés des femmes, jamais avares d'une allusion. Elles n'avaient pas tort, car ils ne purent cacher très longtemps leur attirance l'un pour l'autre. Voulaient-ils vraiment la cacher en fait ? Leur bonheur éclatait aux yeux de tous, et devint perceptible bien vite aux yeux de la mère d'Anne. Les mères n'ont-elles pas un sixième sens pour ces sentiments-là ?

— Je crois qu'Anne éprouve plus que de l'amitié pour ce garçon, et qu'il le lui rend bien, avança la mère alors qu'elle se trouvait seule le soir avec son époux.

— Je me doutais bien de quelque chose, sans vouloir le voir, concéda le père. C'est un garçon bien qui la rendrait heureuse, j'en suis sûr. Mais ce métier de marin ! Et puis, nous n'avons plus qu'elle, maintenant que Barthélemy est parti.

— Tu sais bien que c'est le bonheur de nos enfants qui est le plus important. Laissons-les choisir leur destinée.

Leur futur, les deux tourtereaux en parlaient bien sûr, bien qu'ils vivent l'instant présent avec passion. Jusqu'à ce jour, Nicolas Joseph ne s'était pas imaginé un autre destin que celui de la mer. Pourtant il connaissait la rudesse du métier de marin, et surtout l'angoisse permanente du danger qu'il faisait naître dans les familles. Devait-il se résoudre à faire vivre cela à Anne ? Ces jours passés auprès d'elle, au milieu des siens dont l'horizon était la terre, les oliviers et les vergers, lui faisaient prendre conscience d'autres valeurs. La sérénité des lieux s'inscrivait en contraste avec la violence des flots de la mer. Son esprit était brouillé, il lui fallait reprendre le contrôle de ses sentiments.

— Anne, lui dit-il, je pense qu'il me faut maintenant retrouver mes parents et mes amis au Martigues.

À l'idée de le voir s'éloigner, le visage d'Anne se referma. Elle détourna la tête pour ne pas montrer la larme qui coula sur sa joue.

— Tu sais, ils n'ont pas de nouvelles de moi depuis plus de deux ans maintenant. Ils ne savent même pas si je suis encore en vie.

— Oui, bien sûr, je comprends. Pardonne-moi si je me suis montrée égoïste.

— Et puis, cela nous permettra à tous les deux de réfléchir sur l'avenir.

À ces paroles, Anne fondit en larmes. Pour elle, son avenir ne pouvait être qu'à ses côtés. Elle n'imaginait plus qu'il puisse en être autrement. Pourquoi aurait-elle besoin d'y réfléchir ? Poser la question, n'était-ce pas une façon pour Nicolas Joseph de montrer ses doutes ? Anne se sentit désemparée. D'un côté elle était sûre qu'il partageait ses sentiments. De l'autre elle réalisait que, bien qu'il ait déjà vécu une vie mouvementée, il n'en était qu'à l'aube de son existence d'homme. Elle admit en elle-même qu'il fallait le laisser libre de ses choix. Son bonheur était sans doute à ce prix.

— Reviens vite Nicolas, je t'attendrai.

Sur cette promesse, Anne déposa un léger baiser sur sa joue, résistant au désir de l'embrasser plus passionnément.

Nicolas Joseph reprit la route. Les pensées se mêlaient dans sa tête. L'approche du Martigues lui remémorait l'image de sa famille, de ses amis, qu'il s'apprêtait à retrouver. Elle ne le détachait pourtant pas d'Ollioules où, il le savait maintenant, il reviendrait chercher Anne.

De Martigues à La Nouvelle-Orléans

Janvier 1793

La nouvelle de l'exécution du Roi se propagea comme une traînée de poudre à travers la France et parvint au Martigues en cette fin de janvier 1793.

Depuis la suppression des confréries par l'Assemblée législative, Nicolas Joseph s'était rapproché de ces nouvelles sociétés populaires qui se créaient un peu partout. Il y retrouvait régulièrement son ami Antoine Bourrely. Il était loin le temps où tous deux avaient mis leurs espoirs dans les Etats-Généraux, croyant que les doléances du peuple seraient écoutées, les injustices réduites pour le bien de tous, sous la conduite d'un Roi bienveillant garant de l'ordre dans cette nouvelle Société. À l'Assemblée du Tiers-Etat du 26 mars 1789, ils avaient été choisis comme députés de leur corporation, Antoine représentait les Apothicaires et Nicolas Joseph le corps des Boutiquiers.

À son retour des Amériques, Nicolas Joseph avait abandonné le métier de la mer qui l'éloignait trop de sa bien-aimée Anne. Après leurs noces, ils s'étaient établis au Martigues dans le négoce, essentiellement le vin et le tabac. Les nombreuses relations qu'il avait conservées avec les maisons de commerce de Marseille lui avaient permis de tisser un réseau marchand qui s'étendait jusqu'à La Nouvelle-Orléans.

Sa position en vue au Martigues, l'avait amené à participer activement à la vie de la cité. Il avait soutenu l'élection du premier maire de la ville. Et puis, à Paris, la Constituante avait fait place à l'Assemblée législative, et avec elle, la lutte entre les différentes fractions. Lorsque la Société patriotique des Amis de la liberté et de l'égalité, d'obédience girondine, s'était constituée le 12 août 1792 dans la chapelle des Pénitents Blancs de l'Île, Nicolas Joseph et Antoine avaient hésité sur la conduite à tenir. Toutefois, ils y avaient trouvé une certaine réminiscence du passé qu'ils avaient connu avec les confréries. L'organisation suivant une hiérarchie rigoureuse garantissait l'ordre. Le déroulement des séances avec la lecture des courriers, journaux, papiers publics, leur fournissait l'information dont ils étaient friands. Les débats permettaient à chacun d'intervenir en montant à la tribune pour défendre ses idées.

C'est au cours de l'une de ces réunions que fut annoncée l'exécution du Roi. Tous deux furent pétrifiés par la nouvelle. Les derniers mois avaient vu les luttes entre les fractions jacobine et girondine s'exacerber. Marseille, la ville voisine, était tombée sous l'emprise du club jacobin, qui avait été jusqu'à créer un tribunal populaire. Le temps des violences, des procès, des exécutions voire des pendaisons s'était installé.

— Où crois-tu que cela va nous mener, interrogea Antoine ?

— J'ai bien peur que nos grandes idées généreuses du début laissent la place à des idéologies sans concession.

— Et aussi à des luttes sans merci entre ces différentes parties...

— Avons-nous encore un rôle à jouer dans ce paysage funeste ?

— J'espère que nous ne le jouerons pas sur l'échafaud, ajouta sans rire Antoine.

— Lors de mon dernier voyage à Marseille pour mon commerce, on m'a rapporté que les jacobins avaient pendu aux lanternes plusieurs suspects accusés de complot royaliste.

— Même le père Nuirate, qui était du Martigues, a été pendu !

Le dimanche suivant, Nicolas Joseph décida d'emmener Anne à la séance publique de la Société patriotique. Ce jour-là en effet les hommes, les femmes et même les enfants pouvaient y assister dans le but de leur permettre de développer leur sens civique. Anne fut surprise par l'atmosphère nouvelle qui y régnait et la place que les symboles patriotiques tenaient désormais. Le port du bonnet phrygien était de rigueur, on se devait de répéter sans cesse les serments révolutionnaires, il fallait subir la lecture des « bons journaux », l'Antifédéraliste ou le Père Duchesne. Tout cela inquiétait Anne.

— Je ne me reconnais pas dans cette mascarade, murmura-t-elle à l'oreille de son époux. Se soucie-t-on vraiment du bien du peuple ?

— Regarde autour de toi ! Tu ne lis pas d'enthousiasme dans les yeux des participants. Mais pas non plus d'opposition. Juste une certaine indifférence, à moins que ce ne soit de la lassitude.

Antoine portait un regard identique sur ce mouvement qui les entraînait sans qu'ils en perçoivent la portée.

— Nicolas, ce désintérêt bienveillant que tu remarques traverse toute la population. Elle reste attachée à ses traditions et il n'est pas sûr que la tourmente révolutionnaire puisse ébranler ses structures.

— Je voudrais vous croire tous les deux, intervint Anne dont la gravité se lisait sur son visage. Mais comment ignorer les excès de cette nouvelle idéologie qui ne reconnaît d'autre culte que celui de la raison. N'avez-vous pas vu que les églises ont été transformées en Temple de la Raison et qu'à leur frontispice était gravé : « *Temple à l'Être Suprême et à l'immortalité de l'âme* » !

Pour Anne, très ouverte aux idées généreuses qu'avait fait naître le début de la Révolution, la ligne rouge avait été franchie avec la chasse aux prêtres et à la religion en général, elle, dont l'éducation avait été marquée par la croyance en Dieu.

— Donnons-nous un peu de temps, les Girondins et la Convention sont des gens raisonnables qui sauront nous éviter le pire, conclut Nicolas Joseph.

— Prenez garde à vous deux, je crains que les déchirements de la société n'apparaissent au grand jour et ne vous entraînent, prévint Anne qui ne partageait pas la sérénité des deux amis.

Bien vite ils déchantèrent lorsque les violences se déchaînèrent. Nicolas Joseph et Antoine, qui avaient toujours soutenu le maire Puech, sentirent le vent tourner lorsque celui-ci fut dénoncé, menacé, et sa liberté entravée. La rivalité entre Salon et Martigues avait viré à l'avantage de la première lors du transfert du District. Pourtant son acharnement se poursuivit contre la municipalité martégale, suspecte d'accueillir des immigrés et de manquer de patriotisme.

Il ne fallut pas attendre longtemps pour que les prédictions d'Anne s'avèrent fondées. Si à Paris les députés montagnards à la Convention faisaient arrêter leurs homologues girondins, à Marseille, ville jacobine, c'est l'inverse qui se produisit. Le département considéra que la représentation nationale avait été violée, les clubs jacobins et les sociétés populaires furent fermés, l'opposition au pouvoir révolutionnaire de la Convention s'organisa.

Dans un premier temps, Nicolas Joseph et Antoine virent dans ces évènements l'espoir qu'une transformation pacifique de la société était encore possible et que le mouvement dit Fédéraliste qui s'installait en Provence en serait le meilleur guide.

— Nicolas ! La municipalité du Martigues vient de déclarer son soutien au mouvement fédéraliste et suit celle de Marseille, l'interpella Antoine. La Société populaire a été dissoute.

— Espérons que la raison finisse par l'emporter, soupira Nicolas Joseph. Mais les craintes d'Anne n'étaient peut-être pas vaines, admit-il.

— Irons-nous à la Fête de la fédération ce 14 juillet, demanda Antoine ?

Il savait bien que l'attitude de tout citoyen était dorénavant épiée et qu'un faux-pas pouvait avoir des conséquences funestes.

— N'a-t-elle pas été interdite par la Nation ? s'étonna Nicolas Joseph.

— C'est exact, mais ne peut-on rester fidèles à nos principes, même s'ils apparaissent aujourd'hui un peu surannés ? plaida Antoine.

— Ce peut être dangereux. Je dois penser à Anne, tu comprends. Tu es libre, toi, tu n'as pas de famille.

Il réalisa qu'en disant cela il reniait un peu de ses idées et qu'en plus il peinait son ami Antoine dont l'activité d'apothicaire était tributaire de celle de son père, le prix à payer pour sa liberté. Antoine fit mine d'ignorer la remarque de son ami.

— Pourquoi ne la fais-tu pas conduire à Ollioules chez ses parents, le temps que les évènements se clarifient ? Elle y serait en sécurité.

— Je vais lui en parler, concéda Nicolas Joseph.

Anne ne se laissa pas convaincre facilement, sachant qu'il serait exposé et qu'elle hésitait à le laisser livré à lui-même durant cette période trouble. Son pressentiment de jours noirs à venir ne l'avait pas abandonné.

— Si la situation devait empirer, je partirais chez mes amis marseillais, promit-il pour tenter de rassurer son épouse. Et puis je pourrai toujours te rejoindre.

Ainsi fut fait. C'est alors que les évènements se précipitèrent au Martigues comme dans toute la Provence. L'insurrection fut déclarée contre la Convention et l'on forma une armée départementale. Ce 14 juillet 1793, malgré l'interdiction de la Nation, Nicolas Joseph et Antoine rejoignirent la population sur la place Saint-Sébastien, devant l'Autel de la Patrie, pour entendre la municipalité renouveler son engagement au pacte fédératif. L'enthousiasme n'était pas vraiment de mise et la levée de volontaires pour l'armée départementale se heurtait à ce qui était considéré comme un manque d'esprit patriotique.

Quelques semaines passèrent lorsqu'Antoine, à la nuit tombée, vint frapper à la porte de la maison de Nicolas Joseph.

— Nos forces viennent de quitter précipitamment la ville, s'écria Antoine. On annonce l'arrivée imminente de l'armée de la Nation dans la ville. Tout est à craindre à présent. Qu'allons-nous faire ?

— Reste ici ce soir. Demain nous irons prendre les nouvelles à la Maison commune, tenta de le rassurer Nicolas Joseph.

Le lendemain, l'agitation dans la ville ne laissa aucun doute sur la gravité de la situation. À l'approche de la Maison commune, de nombreux soldats en armes prenaient position.

— C'est l'avant-garde de l'armée de Carteaux, souffla Antoine. Ils ont pénétré dans la ville.

— Tentons d'approcher et d'avoir des nouvelles.

Un petit groupe s'était agglutiné près du porche de l'entrée de la Maison commune. Un avis était placardé. La municipalité regrettait son erreur passée et faisait amende honorable. Elle reconnaissait la nouvelle Constitution. Elle ordonnait l'illumination générale de la ville pour fêter l'arrivée de l'armée de la Nation et invitait la population à un soir de liesse ce dimanche.

— Je n'aurai pas le cœur à tirer les boîtes, se désola Antoine.

Les fêtes faisaient partie des traditions de la cité et à la tombée de la nuit *on tirait les boîtes*, sortes de pétards. Ce 25 août 1793 quelques cris « *Vive la République, vive la Montagne* » retentirent parmi la population.

— Ces ralliements vont paraître bien tardifs au nouveau pouvoir, mon cher Antoine. Nous vivons nos derniers jours de tranquillité. Les craintes d'Anne étaient avérées. Je l'espère à l'abri, loin du tumulte que l'on connaît ici.

— Ne devrais-tu pas songer à la rejoindre ?

— Je dois tout d'abord régler mes affaires. J'irai dès demain à Marseille pour écouler mon stock de marchandises auprès de mes marchands. Retrouvons-nous d'ici quelques jours à mon retour et nous aviserons de la conduite à tenir.

De son côté, Antoine apprit la reconstitution de la Société populaire qui avait été dissoute quelques semaines plus tôt. Il assistait discrètement aux séances qui se déroulaient certains jours de la semaine et qui, tenues en patois, étaient ouvertes à une plus large audience. Ce qu'il y vit et entendit lui fit réaliser que le ton révolutionnaire était désormais de mise et qu'il n'était pas bon d'être taxé de modéré encore moins de contre-révolutionnaire. Le président coiffé du bonnet rouge faisait crier « *Vive la Montagne, vive la République, vive les Sans-culottes* » à chaque ouverture de séance. Le manquement au port de la cocarde devint passible de la Loi. Pire, un Comité de salut public fut chargé de pourchasser les suspects. Un registre fut ouvert pour établir la liste des citoyens absents ou émigrés ou détenus pour cause de fédéralisme. L'étau se resserrait autour des anciens sympathisants du mouvement et qui à tout moment pouvaient se voir dénoncer par leur voisinage.

Dès le retour de Nicolas Joseph, Antoine l'informa des derniers développements de la situation au Martigues.

— La traque des anciens fédéralistes a commencé. Nous ne sommes plus en sécurité. Tous les membres de l'ancienne municipalité ont été arrêtés ou sont en fuite. Notre tour va venir !

— Tu as raison, Antoine. Mon voyage à Marseille m'a permis de solder mes affaires. Plus rien ne me retient au Martigues. Ils peuvent bien mettre les scellés sur ma maison !

— Je partirai avec toi. Les clubistes se réunissent ce soir, les rues seront donc sûres. Profitons-en pour rassembler quelques affaires et organiser notre fuite.

— Mes amis nous hébergeront quelques jours. Mais je ne peux pas leur faire courir de risque en restant trop longtemps.

L'activisme du Comité de salut public à Marseille battait son plein et fournissait son lot de condamnés à la guillotine installée au bas de la Canebière. Il frappait indistinctement l'honnête citoyen d'esprit modéré et le fédéraliste contre-révolutionnaire. Nicolas Joseph et Antoine auraient pu y croiser nombre de leurs anciens amis ou connaissances du Martigues, si, grâce à leurs soutiens marseillais, ils n'avaient trouvé refuge dans les calanques entre Cassis et Marseille, cachés dans un cabanon.

— Antoine, notre situation ne peut pas durer ainsi. Je vais tenter de rejoindre Ollioules pour retrouver Anne. Nous aviserons alors.

— Mais tu n'as pas de sauf-conduit !

— Je voyagerai à la nuit tombée, je connais les chemins.

— Je veux t'accompagner ! Que deviendrais-je sans toi ?

— Non, ce serait trop dangereux ; à deux nous avons plus de risque de nous faire repérer. Demain, j'irai voir nos amis à Marseille qui pourront nous apporter leur aide.

Lorsqu'il rentra le lendemain soir, il put apporter de meilleures nouvelles à son ami Antoine. Celui-ci pourrait être hébergé sous une fausse identité chez un apothicaire de la ville, qui avait connu le père d'Antoine.

— Tu y seras en sécurité. De plus, lors de notre rencontre ils m'ont assuré qu'ils pourraient nous trouver un passage sur un bateau pour quitter le pays, s'il le fallait. Tu te souviens que j'avais un commerce régulier avec La Nouvelle-Orléans, ce sera peut-être notre salut.

Il prit à nouveau la route d'Ollioules en passant par les hauteurs de Cuges. Il connaissait parfaitement l'itinéraire, mais il lui fallait éviter les chemins trop passagers où le risque de se faire contrôler et arrêter comme déserteur ou émigré était trop important. Il voyagea à la tombée de la nuit, se terrant le reste de la journée. Plus il approchait de sa destination et plus le nombre de soldats de l'armée de la République s'accroissait, sans qu'il en comprenne vraiment la raison.

Après plusieurs journées éprouvantes, il atteint enfin Ollioules, retrouvant Anne, sa femme. Les retrouvailles furent pleines de chaleur après ces longues semaines d'éloignement.

— Nicolas ! Enfin te voilà ! J'ai été dans l'angoisse tout ce temps ! Que se passe-t-il au Martigues ?

— La Terreur s'est abattue sur la population. Tous nos amis qui n'ont pu fuir ont été arrêtés et la plupart condamnés à l'échafaud. Je ne pouvais plus rester.

— Et Antoine ? s'enquit Anne.

— Il est en sécurité à Marseille chez une connaissance de son père qui est aussi apothicaire. Et toi, ma chérie, parle-moi d'ici.

— Nous avons la chance d'être un peu éloignés de la ville. Mais depuis que Toulon s'est livrée aux Anglais, il y a des soldats de l'armée de la République un peu partout. On dit qu'ils en préparent le siège.

— As-tu des nouvelles de Barthélemy ?

— Père a reçu une lettre de La Nouvelle-Orléans, qui datait de plusieurs mois déjà. Il a quitté l'île de Saint-Domingue, à cause d'une révolte des esclaves qui a chassé tous les planteurs, et s'est installé en Louisiane qui offre des terres aux nouveaux arrivants. Il s'est établi dans une plantation de sucre et disait que nous pourrions le rejoindre.

— Pourquoi ne le ferions-nous pas ? l'interrogea Nicolas Joseph. Nous n'avons plus rien à espérer ici.

— Cette terreur déversée tout au long de ces derniers mois ne va pas s'arrêter de sitôt. Et puis ce serait la promesse d'une nouvelle vie, se mit à rêver Anne.

— Je vais rester ici quelques jours pour un peu de repos. Et puis tu m'as tellement manqué, ajouta Nicolas Joseph dont la mine attendrie ne laissait aucun doute sur le désir qui l'animait. Il sera temps de prendre notre décision ensuite.

À l'écart de la ville, ils jouissaient d'une relative tranquillité, mais restaient dans l'ignorance des évènements qui se déroulaient autour d'eux. Anne décida de se rendre à Ollioules pour y obtenir quelques informations, mais il était hors de question qu'il puisse l'accompagner, sa situation étant bien trop précaire.

Les nouvelles qu'elle lui rapporta étaient d'importance, et elle n'en finissait plus de lui narrer tout ce qu'elle avait appris. Le siège de Toulon avait trouvé son épilogue en cette fin d'année 1793 par la fuite des Anglais. Mais ceux-ci avaient laissé la désolation dans la ville, les navires brûlés, l'arsenal dévalisé, s'enfuyant avec la moitié des équipages de la flotte.

— Il ne ferait pas bon traîner dans le port maintenant, constata Nicolas Joseph, qui avait envisagé l'idée de s'y embarquer pour l'Amérique.

Ils avaient pris leur décision. Tout ce tumulte ne leur laisser rien espérer de bon.

— Demain, je retournerai à Marseille, trancha Nicolas Joseph. J'irai organiser notre départ grâce à mes contacts marseillais. Le commerce du vin et du tabac que nous faisions avec La Nouvelle-Orléans sera pour nous cette fois ! osa-t-il plaisanter. Dès le plan mis en place, je reviendrai te chercher.

— La dernière fois où tu l'as fait, c'était pour m'épouser ! Cette fois encore je t'attendrai, mon Nicolas.

La Nouvelle-Orléans

Février 1794

La traversée fut longue et pénible depuis qu'ils avaient quitté le port de Marseille. Deux mois de navigation s'étaient écoulés, mais le plus difficile avait été le franchissement de la barre à l'entrée du fleuve Mississippi formant une patte d'oie. De petites embarcations avaient dû alléger le navire de son chargement avant d'affronter la barre et comme celle-ci changeait souvent de place, l'opération était assez périlleuse.

Le navire de commerce sur lequel ils avaient trouvé un passage n'offrait aucun confort, livrant ses quelques passagers à la promiscuité. C'est qu'ici, la cargaison avait plus d'importance que les êtres humains. Ils ne se plaignaient pourtant pas, trop heureux d'avoir trouvé le chemin de l'exil qui était celui de l'espoir. Ils fuyaient un monde où la violence et la vengeance avaient pris le pas sur les idées.

Antoine Bourrely n'avait pas hésité une seconde, il avait lié son destin à celui de Nicolas Joseph. Il avait profité d'une nuit calme pour se rendre au Martigues dire adieu à son père et l'informer de son départ pour l'Amérique. Ce dernier savait qu'il s'exposerait sans doute aux représailles des révolutionnaires, mais l'avenir de son fils lui importait plus que tout. Il avait alors remis à Antoine le pécule en or qu'il conservait précieusement, son fils en ferait un meilleur usage que lui.

A leur arrivée, tous trois prirent pension au cœur de la ville de La Nouvelle-Orléans, le temps de localiser Barthélemy et de lui faire parvenir un courrier afin de l'informer de leur arrivée. Des formalités les attendaient également afin de permettre leur installation dans ce nouveau pays qu'ils espéraient une terre d'accueil.

Les retrouvailles avec Barthélemy donnèrent lieu à un débordement d'effusions. L'émotion était vive entre les deux amis, plus de dix années s'étaient écoulées depuis leur séparation dans ce maudit détroit du Mona Passage. Quant à Anne, sa sœur était devenue une jeune femme accomplie. Avec sa pudeur naturelle, Antoine restait un peu en retrait, découvrant tout ce qui unissait ses compagnons.

Barthélemy, dont l'implantation en Louisiane était pourtant récente, s'affirmait déjà en véritable citoyen de cette colonie espagnole et maîtrisait tous les arcanes de son administration.

— Lorsque je suis arrivé de Saint-Domingue, dit-il, on m'a donné une terre pour établir une plantation. C'est à quatre lieues d'ici, aux Chapitoulas près des Cannes-Brûlées. Je suis sûr que tu pourras obtenir les mêmes facilités, car il y a plein d'espace disponible tout autour.

— Nous sommes bien décidés, Anne et moi, à nous établir ici pour entamer une nouvelle vie. Qu'en penses-tu Antoine ?

— Je ne suis pas aussi sûr que vous de vouloir lier mon sort à cette terre pour toujours ; une petite moue s'afficha sur son visage. Mais je serai très heureux de pouvoir vous accompagner et vous assister. Ici au moins nous sommes en sécurité.

— Alors, profitons de ce que nous sommes en ville pour entreprendre les démarches, décida Barthélemy.

Bien que très modeste, la demeure de Barthélemy était assez vaste pour accueillir les nouveaux arrivants. Les soirées furent particulièrement animées, chacun narrant à l'autre ses aventures depuis leur séparation qui remontait à une décennie.

Seule une légère claudication trahissait chez Barthélemy les séquelles de ses anciennes blessures. Il raconta comment il avait été soigné à Saint-Domingue où il avait ensuite décidé de s'installer.

— J'ai trouvé du travail dans une plantation de canne à sucre, un retour à la terre en somme !

— Je me souviens très bien, Barthélemy, que tu n'as jamais eu le pied marin ! le railla gentiment Nicolas Joseph.

— Mais avec l'arrivée au pouvoir de Toussaint Louverture, les Noirs se sont mis à se révolter et la situation dans la plantation est vite devenue précaire. J'ai fui l'île avec d'autres planteurs et me suis réfugié ici en Louisiane. Même si c'est une colonie espagnole, il y a beaucoup de Français et nous pouvons obtenir facilement une terre le long du Mississippi.

— Mais nous ne connaissons rien à l'agriculture de la canne ! objecta Anne qui ne se départait jamais de son bon sens pratique. Nous sommes plus habitués au négoce !

— Quant à moi, ajouta Antoine en riant, je ne connais ni l'agriculture ni le commerce. Moi ce sont les fioles et les remèdes mes domaines de compétence !

— J'ai mon idée sur ce que nous pourrons entreprendre ensemble. On en reparlera plus tard quand votre installation sera terminée.

Anne avait encore une question qui lui taraudait l'esprit.

— Les Noirs qui sont sur ton domaine ... ce sont des esclaves ?

— C'est comme cela que fonctionnent toutes les plantations, tu sais. En échange, ils ont du travail et peuvent nourrir leur famille. Mais ici, la plupart sont des Noirs libres qui ont fui également Saint-Domingue.

— Et tu ne t'es pas marié ? questionna prudemment Anne, tout en jetant un coup d'œil furtif en direction de la jeune servante qui semblait pourvoir à l'entretien de la maison.

Barthélemy tourna la tête en devinant le regard de sa sœur puis éclata de rire.

— Tu veux parler de Maligaie ! Non ! Non ! C'est la fille des Toussaint, un couple de travailleurs de la plantation qui assure mon service, mais je t'assure que c'est tout ! Pour le reste je n'ai pas eu le temps de penser à fonder une famille. Mais je compte sur toi pour me présenter tes futures amies !

Antoine avait suivi cette partie de la conversation avec plus d'intérêt qu'il ne le montrait. La petite créole lui était apparue effectivement très agréable. Son visage brillait de fraîcheur et annonçait une aimable innocence. Ses lèvres vermeilles tranchaient de contraste avec ses dents très blanches. Sa parure était simple et sans coquetterie, mais les couleurs vives de sa robe tournoyaient lorsque Maligaie se déplaçait de sa démarche légèrement chaloupée.

Ils consacrèrent les semaines et les mois qui suivirent à régulariser leur établissement et acquérir les terres qu'ils convoitaient dans le prolongement de celles de Barthélemy. Car ce dernier avait un plan qu'il exposa sans tarder à ses amis.

— Nous pourrions transformer mon petit domaine en une véritable plantation. Jusqu'à présent mes moyens sont trop limités et je dois me contenter d'exploiter la canne pour les sucreries des grands propriétaires. Je fais bien un peu de *tafia*, mais cela ne suffit pas. À nous trois on pourrait cultiver une plus grande surface et installer notre propre sucrerie.

— Ce projet me paraît bien séduisant ! s'enthousiasma aussitôt Nicolas Joseph. Toi, Barthélemy, tu connais tout de la culture de la canne, moi, je peux m'occuper du négoce, et je suis sûr qu'Antoine pourrait superviser l'installation de la sucrerie.

Le pécule qu'ils avaient ramené de France leur permit de devenir propriétaires sans trop de difficulté. Barthélemy avait ajouté son écot tiré des bénéfices qu'il avait engrangés depuis son arrivée en Louisiane. Antoine n'avait pas souhaité participer au capital de l'association, car il ne se voyait toujours pas engager sa vie durablement hors de sa Provence natale. Il avait toutefois mis à la disposition de ses amis la bourse d'or laissée par son père afin de financer les frais liés à l'établissement de leur nouvelle exploitation. Nicolas Joseph et Barthélemy étaient donc dorénavant associés dans cette nouvelle aventure.

Il fut décidé que tous habiteraient dans la demeure de Barthélemy que l'on étendrait et aménagerait en conséquence. La maison principale était située assez loin des cases des travailleurs des champs, au vent de celles-ci pour éviter le bruit, les odeurs et les risques d'incendie issus de ces quartiers. On construisit un nouveau bâtiment fait de charpentes en cyprès. L'été, le Mississippi s'élevant au niveau de ses rives et les franchissant même en certains endroits, on en avait profité pour sortir les bois des cyprières et les faire flotter jusqu'à proximité de la demeure à agrandir. Les charpentes furent posées sur des pilotis pour éviter l'excès d'humidité, et les espaces entre poutres furent remplis de brique pour les pièces de vie, et de boue séchée, le *bousillage* comme l'on disait ici, pour les autres. La cuisine fut bâtie séparément de la maison afin de contenir un éventuel feu. Il ne resta plus qu'à recouvrir le toit de bardeaux de bois.

Le nouveau domaine de Barthélemy et Nicolas Joseph n'atteignait pas, et de loin, l'importance des grandes plantations que l'on rencontrait le long du Mississippi. Aussi son organisation n'en était que plus simple. Les cases les plus rudimentaires, bâties de paille et de bois, étaient occupées par les esclaves qui s'y entassaient par deux ou trois familles. Puis venaient les habitations des ouvriers et des Noirs libres. Ceux-ci bénéficiaient d'un statut privilégié leur permettant de cultiver un lopin de terre et d'élever des poules autour de leur maison. Un *commandeur*, généralement un mulâtre, était désigné pour veiller sur la population des travailleurs et organiser le travail aux champs.

Anne, quant à elle, s'était vite rendue indispensable pour diriger la maisonnée. Son caractère bien trempé allié à ses idées toujours empreintes d'humanité, lui avaient permis non seulement de s'imposer, mais surtout de se faire aimer de tous ceux qui l'entouraient. Une nouvelle servante était venue s'ajouter à Maligaie, à qui l'on confierait la tâche de la cuisine.

— Maintenant que notre installation est bien avancée, ne devrions-nous pas inviter nos voisins pour fêter celle-ci, suggéra Anne.

Elle n'avait d'ailleurs pas attendu ce moment pour aller à la rencontre de ceux-ci. Elle avait demandé à Barthélemy de les accompagner, elle et Nicolas Joseph, dans les plantations voisines pour les présenter et lier connaissance. Anne avait noté l'empressement de son frère Barthélemy à lui proposer de rendre visite d'abord aux Grima qui possédaient une plantation près de chez eux. Comme beaucoup d'autres propriétaires de la contrée, ils cultivaient l'indigo. Elle mit rapidement un nom sur cette soudaine ardeur, elle s'appelait Eugénie ! Barthélemy l'avait rencontrée lors d'une réunion de planteurs tenue chez les Grima et il avait été plus absorbé par la contemplation de la jeune fille que par la teneur des débats. Plusieurs fois leurs regards s'étaient croisés le dimanche à la sortie de l'église. Mais il n'avait pas encore eu l'opportunité de pouvoir s'adresser directement à elle. Lorsqu'Anne et Eugénie se lièrent d'amitié, cette dernière trouva un prétexte très opportun pour se rendre au domaine et ne cachait pas le plaisir qu'elle en éprouvait.

Barthélemy avait intrigué adroitement auprès d'Anne pour que lors de cette grande fête d'installation, Eugénie soit à ses côtés. Cela amusa beaucoup Anne, qui, en fine mouche qu'elle était, avait bien vite noté l'intérêt réciproque des deux jeunes gens.

— J'avais plutôt pensé que tu souhaiterais faire la conversation à l'aînée des Tourville, dit-elle en riant.

— Oh non, on dirait une vieille fille et en plus elle est laide ! se défendit Barthélemy.

— C'est vrai qu'Eugénie, elle, est jeune et jolie ! se moqua Anne. Je verrai ce que je peux faire ... encore faudra-t-il qu'elle accepte ! Tu m'as l'air bien sûr de toi !

La fête battait son plein. Les danses s'organisaient sur la musique jouée par un groupe de Noirs du domaine. Si Antoine et Nicolas Joseph profitaient de ce rassemblement pour prendre d'utiles conseils auprès des autres planteurs et nouer des contacts pour renforcer leur établissement, Barthélemy avait d'autres préoccupations. Nul ne prêta attention lorsqu'Eugénie fit sa réapparition, les joues plus rosies qu'à l'habitude, ni lorsque Barthélemy lui emboîta le pas quelques minutes plus tard. Personne, sauf madame Grima, la mère d'Eugénie. Elle se pencha vers son mari et lui glissa quelques mots à l'oreille. Elle appréciait Barthélemy et celui-ci était dorénavant un beau parti. De plus leur situation financière s'était largement dégradée ayant quasiment perdu les deux dernières récoltes d'indigo, la faute à un insecte ravageur. Et Eugénie était leur fille unique. Le père Grima se leva et s'approcha de Barthélemy. Il lui posa amicalement la main sur l'épaule.

— Dites-moi, jeune homme, j'ai l'impression que ma fille vous porte quelque intérêt ! Je me trompe ?

Barthélemy, désarçonné par une approche aussi directe, s'empourpra. Il redouta de bredouiller une réponse qui lui ôterait toutes ses chances en le rendant ridicule. Au contraire il s'entendit répondre avec assurance, mais cette voix était-elle vraiment la sienne ? Un regard vers Anne qui suivait la scène de loin lui confirma qu'il s'agissait bien de lui !

— Ce que je sais, c'est que j'admire beaucoup Eugénie, et qu'avec votre permission j'aimerais lui demander si c'est réciproque.

— Topez-là mon ami, car je ne doute pas de sa réponse ! Et madame Grima sera ravie j'en suis sûr. Allez donc retrouver Eugénie.

Avec l'arrivée d'Eugénie dans la famille, la maison principale devint trop exiguë pour abriter les deux familles et Antoine. De leur côté les Grima se laissèrent convaincre que la culture de l'indigo n'avait plus d'avenir et que tôt ou tard c'est la canne à sucre qui prendrait le relais. Ils décidèrent de s'installer en ville à La Nouvelle-Orléans et de laisser leur habitation et leur plantation au jeune couple.

Eugénie mit au monde un garçon, Vincent, dont Nicolas Joseph serait le parrain.

Les rôles entre les trois amis étaient dorénavant bien répartis. Barthélemy s'occupait de tout ce qui concernait la culture. La tâche était immense et rendue difficile par les crues du fleuve en été et le gel des terres en hiver. Il fallait constamment veiller au bon drainage du terrain pour éviter la pourriture des plants. Le champ de cannes donnant généralement trois récoltes, celui-ci était séparé en trois parties, un tiers en plants, en tiers en souches de première année et un tiers pour celles donnant pour la seconde fois des rejetons. Il fallait ensuite passer la charrue et mettre de nouveaux plants. Avec la multiplication par boutures et la coupe des cannes, le temps était compté. Nicolas Joseph tenait la fonction de régisseur et avait pris en charge le négoce. Au début de l'établissement, il s'agissait de vendre le sirop obtenu à partir du jus de canne après que les tiges aient été broyées dans le moulin. Il lui faudrait bien vite apprivoiser les circuits de commercialisation du sucre, car c'était bien là leur ambition commune. C'est à Antoine justement que revenait la lourde responsabilité de faire évoluer la plantation en intégrant un atelier qu'on appelait ici une sucrerie.

Antoine avait assisté, il y avait maintenant plus de trois ans, à l'expérience menée par un de leur voisin, Jean-Etienne de Boré. Lui aussi avait décidé de convertir sa plantation d'indigo en culture de la canne à sucre. Il se souvenait de l'enthousiasme soulevé par la réussite de l'opération après que les cannes aient été portées à la sucrerie pour y être écrasées et roulées, que le jus de canne fut bouilli et devint sirop. L'anxiété des présents, et ils étaient nombreux, était palpable. Le sirop odorant deviendrait-il du sucre ? Granulerait-il ?

— Il granule ! s'écria-t-on.

Bientôt, comme sur leur domaine, les terres de Basse-Louisiane furent couvertes de champs de cannes dont les tiges vertes semblables à des lances se balançaient sous la brise du sud en s'entrechoquant dans un rythme harmonieux.

Les trois compères étaient fiers du travail accompli. Ils avaient mené à bien la transformation du domaine agricole en une véritable plantation, et y avaient ajouté une petite sucrerie. Un premier hangar abritait le moulin où les cannes étaient broyées pour obtenir le *vesou*, le jus sucré, et récupérer la *bagasse*, le résidu fibreux. Le deuxième atelier était occupé par les chaudières où l'on recueillait le sucre cristallisé. Antoine, qui n'avait pas oublié sa formation d'apothicaire, avait mis un point d'honneur à élaborer une fermentation suivie d'une distillation du *vesou*, qui leur donnerait quelques fûts de ce rhum, le *tafia*, dont ils prenaient plaisir à déguster un verre le soir venu.

— Que de chemin parcouru depuis notre arrivée ici ! se félicita Nicolas Joseph. C'est grâce à toi, Barthélemy, que notre vie a pu prendre un nouveau visage. Et je suis heureux que tu aies pu convertir le marin en terrien ! J'en arriverai presque à en oublier la Provence.

— Je n'oublie toutefois pas que nous avons dû laisser nos familles derrière nous.

Les yeux de Barthélemy s'embrumèrent un peu au souvenir de ses parents laissés à Ollioules et dont il n'avait pas de nouvelles. Étaient-ils tout simplement encore en vie ?

Antoine demeurait silencieux, l'air préoccupé. Nicolas Joseph l'interpella :

— Et toi, Antoine ? Ne songerais-tu pas à ton tour à fonder une famille en Louisiane.

— J'ai appris en ville qu'un Arrêté avait été pris en France, autorisant le retour des émigrés. Et mon père me demande de rentrer pour reprendre la boutique familiale. Je ne sais trop quoi faire...

— Même une jolie fille ne saurait te retenir ? risqua Anne.

Antoine se rembrunit, se demandant si Anne soupçonnait sa liaison avec Maligaie. La petite créole avait succombé au charme plein de discrétion d'Antoine. Lorsqu'un soir, il lui avait pris la main, doucement, sans un mot et qu'il l'avait conduite chez lui, sans la brusquer, elle ne s'était pas refusée. Chaque fois que son travail dans la demeure le lui permettait, elle s'infiltrait discrètement dans la chambre d'Antoine. Sa peau cuivrée attirait le regard et excitait les sens de son amant. Elle apprit très vite les gestes qui les menaient tous deux vers l'extase.

C'est bien ce qui retenait Antoine. Pourrait-il se passer de Maligaie ?

Les Cannes Brûlées

1802

Aux années exaltantes de l'établissement de la plantation, succédait une période de gestion de l'exploitation moins riche en aventures. Leur intégration dans la communauté louisianaise avait été accomplie, et ils faisaient partie de cette petite société toujours imprégnée de la culture française.

Ce bel équilibre avait toutefois bientôt été mis à mal. Tout avait commencé avec le départ d'Antoine, dont l'appel du pays avait été le plus fort. Les adieux avaient été déchirants, car Nicolas Joseph et lui avaient tant de souvenirs à partager, en particulier lorsqu'ils avaient traversé les affres de la Terreur pendant la Révolution au Martigues. Peut-être que si Maligaie lui avait révélé qu'elle attendait un enfant de lui, aurait-il changé sa décision. Elle avait sans doute jugé qu'elle ne devait se mettre en travers du destin d'Antoine, ce qu'il lui aurait reproché un jour ou l'autre. Alors elle s'était tue. Anne, avec son instinct féminin, fut la première à percevoir la transformation de la jeune femme. Maligaie ne voulut pourtant rien révéler de l'identité du père, mais Anne était trop fine mouche pour ne pas avoir compris qu'Antoine était celui-ci. Elle respecta le secret de Maligaie. À la naissance d'un garçon, qui fut prénommé Gaspard et qui porterait le nom de Toussaint, celui de sa mère, Anne décida, d'un commun accord avec Nicolas Joseph, qu'ils devraient prendre sous leur protection la mère et l'enfant. Ils le firent d'autant plus volontiers que le couple savait qu'ils ne pourraient jamais avoir de descendance eux-mêmes. Maligaie fut affranchie et Gaspard pénétrait dans le monde des hommes libres.

Leur pays, la France, leur paraissait bien loin. Huit ans que Nicolas Joseph et Anne avaient quitté la Provence pour les rives du Mississippi. Quant à Barthélemy, cela faisait plus de vingt ans. Autant dire qu'ils n'avaient les uns et les autres plus aucune notion de ce que pouvait être la vie là-bas. À peine s'ils étaient informés des développements politiques. À vrai dire cela ne les préoccupait pas vraiment, car c'est ici, dans cette contrée de Louisiane que le présent et aussi leur avenir s'inscrivaient.

La cession de la province par la France à l'Espagne n'avait apporté aucun changement à la situation des colons français déjà installés. Ils étaient simplement passés d'une province à une autre. À l'arrivée de Barthélemy et Nicolas Joseph, la province était espagnole, mais c'est la langue française que l'on parlait et les nouveaux venus étaient chaleureusement accueillis.

Pourtant les Louisianais n'en avaient pas fini avec les bouleversements politiques. La rétrocession de la Louisiane à la France par l'Espagne était actée le 1er octobre 1800 par le traité de San Ildefonso. Mais le traité était secret et l'information fut dévoilée avec un tel retard qu'un évènement de plus grande importance avait déjà bouleversé la situation. En effet, la Louisiane redevenait officiellement française alors que Bonaparte l'avait déjà vendue aux États-

Unis ! Les Louisianais apprendront le 8 août que la Louisiane était devenue américaine depuis le 30 avril.

C'est par le *Moniteur de la Louisiane* qu'ils suivirent la narration de cette passation. Ce journal avait été créé par Louis Duclot à peu près au moment de l'arrivée de Nicolas Joseph, mais ce n'est que récemment que son édition faisait partie intégrante de leurs lectures, ce qui leur permettait de recueillir la relation des évènements en Europe. Ils avaient ainsi suivi la progression de Napoléon Bonaparte dans ses campagnes militaires, notamment contre l'Angleterre, qui de ce côté-ci de l'Atlantique, restait l'ennemi haï. Pour l'occasion, les deux familles s'étaient réunies, et Nicolas Joseph entreprit la lecture du dernier numéro en sa possession. Il était daté du lundi 2 janvier 1804.

« *Le citoyen Laussat descendait de l'Hôtel de Ville avec MM. Claiborne & Wilkinson ; ils se sont rendus devant la ligne des Milices, & le citoyen Laussat y a dit :*

''Miliciens de La Nouvelle-Orléans & de la Louisiane, vous avez donné des preuves d'un grand zèle & d'un dévouement filial au pavillon français, ces jours derniers, pendant le peu de temps qu'il a paru sur vos rivages : je le redirai à la France & à son Gouvernement ; je vous en adresse en leur nom des remerciements. Voici les Commissaires des États-Unis : je leur transmets à cette heure votre commandement : obéissez-leur désormais, comme aux Représentans de votre légitime Souverain'' ».

— Cela signifie-t-il que nous ne sommes déjà plus français ? s'enquit Barthélemy d'un air incrédule.

— Il semble bien que Napoléon ait cédé définitivement la Louisiane à l'Amérique ! ne put que confirmer Nicolas Joseph.

— Que dit d'autre *Le Moniteur* ? demanda Anne, impatiente de l'entendre poursuivre sa lecture.

« *Un assez gros peloton d'Américains rassemblé à quelques pas de l'Hôtel de Ville a crié "Hurra", en agitant leurs chapeaux ; mais en général on voyait régner l'immobilité & le silence. Mille personnes ont observé & répétaient, le reste de la journée, qu'à la vue de ce drapeau français ramené & disparaissant du haut des airs, la douleur & l'émotion se peignaient sur la plupart des visages, & on voyait de toutes parts des larmes rouler dans les yeux.* »

À cette évocation, les larmes coulèrent aussi sur les visages des deux couples. Non pas qu'ils redoutaient que leur sort en soit réellement changé, mais c'était le symbole que dorénavant leur émigration était derrière eux, comme la France, et que leur destin s'appelait à présent : les États-Unis d'Amérique.

Ils obtinrent automatiquement la citoyenneté américaine et entrèrent dans l'Union avec les mêmes droits et prérogatives que les autres Blancs de Louisiane. Des interrogations demeuraient toutefois sur le statut qui serait réservé aux gens de couleur.

Nicolas Joseph et Barthélemy différaient quelque peu sur la question de l'esclavage. Le fait que l'un soit venu de France directement, et que les créoles appelaient *The Foreign French*, alors que Barthélemy avait, dès Saint-Domingue, intégré le système de l'esclavage comme un mode d'exploitation acceptable, expliquait leurs divergences, mais ils parvenaient toujours à les surmonter.

Bien que les Noirs libres n'obtiennent aucun droit politique à l'entrée dans les États-Unis, de fait ils conservèrent le statut particulier qu'ils avaient acquis sous la colonisation française. Quant aux esclaves ils furent maintenus dans la servilité, toujours soupçonnés d'être de potentiels dangereux meneurs. Les révoltes de Saint-Domingue restaient de funeste mémoire chez les propriétaires, y compris chez Barthélemy. De toutes les tâches de la fonction de régisseur de Nicolas Joseph, celle du commerce d'esclaves était celle qui le rebutait le plus, mais il fallait bien s'y résoudre. La population des travailleurs vieillissait et il devait veiller à la remplacer pour maintenir une efficacité dans l'exploitation. L'agrandissement de la plantation nécessitait aussi une main-d'œuvre supplémentaire. Il surveillait les annonces dans le *Moniteur de la Louisiane*. L'une d'elles retint son attention : « *A vendre : un nègre 18 à 20 ans du Congo, bon nègre de champs – un duo, créole âgé de 15 ans, jolie figure, charretier, rameur – un duo de 12 ans – une négresse francisée, jolie figure, un peu couturière et marchande, âgée de 14 ans – plusieurs autres esclaves des deux sexes, ils seront tous garantis de maladies et de défauts* ». Pour ces transactions il se faisait toujours accompagner de son *commandeur*, plus à même d'apprécier les qualités de chacun, mais surtout de déceler les défauts de leur comportement. La réputation des nègres africains était bien meilleure que celles des créoles, dont on déplorait la paresse, et toujours enclins à fuir.

Le rattachement aux États-Unis ne changea pas le quotidien de Nicolas Joseph et Barthélemy. On notait bien quelques frictions entre la communauté française et les nouveaux arrivants anglophones et protestants. Toutefois, c'est sans arrière-pensée qu'ils célébrèrent l'intégration de la Louisiane dans l'Union en 1812, une étoile supplémentaire apparaissant sur la bannière étoilée, marquant ainsi définitivement son intégration dans les États-Unis d'Amérique.

Le répit fut de courte durée, les bouleversements en Europe auront vite une répercussion sur le nouvel État. L'Angleterre n'avait pas abandonné son objectif de prendre le contrôle de La Nouvelle-Orléans, dont la situation à l'estuaire du Mississippi lui conférait une position stratégique pour s'approprier la Louisiane et paralyser un axe de communication important du pays. Les Anglais comptaient aussi sur le fait que peu d'Américains y étaient installés et donc prêts à la défendre.

Le *Moniteur de la Louisiane* relaya en 1814 une information qui fit l'effet d'une bombe et l'objet de toutes les discussions parmi la communauté française : Napoléon avait abdiqué et avait été exilé sur l'île d'Elbe ! Libérés des conflits en Europe, il ne fallut que quelques mois aux Anglais pour rassembler leurs forces et entreprendre la conquête de La Nouvelle-Orléans et au-delà, de la Louisiane.

Dès la mi-décembre de cette même année, la rumeur enfla : les Anglais ont débarqué sur l'île de Poix et ne sont qu'à trente miles de la capitale. En l'absence d'informations, l'anxiété augmenta jusqu'à ce qu'un messager venu de La Nouvelle-Orléans apporte quelques nouvelles :

— Des tracts ont été distribués en ville par des hommes de couleur. Ils sont rédigés en français et en espagnol et émanent du Général anglais Keane. Il appelle les communautés françaises et anglaises à rester chez eux, leurs seuls ennemis déclarés étant les Américains.

— Où sont les Anglais ? cherchait-on à savoir.

— On dit qu'ils se sont installés sur la plantation Villeré.

— Est-ce loin d'ici ?

Chacun cherchait à mesurer la distance qui les séparait du danger.

— À moins de dix miles au sud de la ville.

On calcula mentalement que les Cannes Brûlées se trouvant à quatre ou cinq lieues au nord, seule la ville les protégeait de l'ennemi. Personne ne croyait que les seules victimes seraient les Américains, si peu nombreux d'ailleurs sur ce territoire. Les divergences entre les communautés laissèrent la place à l'union sacrée contre les Anglais, même le pirate Jean Lafitte mit ses forces au service de la jeune nation.

Personne n'eut le cœur de fêter Noël et l'année qui s'ouvrait était pleine d'incertitude. Ce n'est qu'au lendemain du huit janvier, que la nouvelle se propagea jusqu'aux Cannes Brûlées : les Anglais avaient été défaits et s'étaient retirés sur Mobile.

Nicolas Joseph, qui s'était attaché à maintenir le contact avec ses amis planteurs, était de toutes les réunions que ceux-ci tenaient pour évaluer la situation. Au cours de l'une d'entre elles, il avait pris le risque de se rendre jusqu'aux abords de La Nouvelle-Orléans, il avait pu recueillir la narration des évènements de la bouche même du major Villeré qui avait vécu une drôle d'aventure. Les Anglais de Keane avaient débarqué, un peu avant Noël, sur la rive est du Mississippi. Personne n'avait vu venir l'avant-garde, le temps étant entièrement obstrué par la brume. Ils s'étaient installés sur les terres de la plantation de son père. Il avait réussi à s'échapper et trouver refuge dans une plantation voisine. De là, grâce au cheval qu'on lui avait fourni, il avait pu prévenir les troupes américaines de Jackson.

Le reste de cette furieuse bataille, Nicolas Joseph l'avait apprise dans les colonnes du *Moniteur de la Louisiane* qu'il parcourait avec Barthélemy. Comme d'habitude c'est lui qui en faisait la lecture.

— C'est au cours de la nuit du vingt-trois décembre que le sort de la bataille s'est joué, résuma-t-il.

— N'est-ce pas cette nuit-là que le bruit des canons est parvenu jusqu'à nous ? se remémorait Anne.

— Oui, en effet. C'est le soir où les armées américaines ont attaqué sur trois fronts : Jackson par le nord, Coffee par la rive du lac Borgne, et ce que nous avons entendu, c'étaient les canons de l'*USS Carolina* qui bombardait le camp anglais retranché sur la plantation Lacoste.

— Mais l'attaque ne fut pas décisive, puisque la bataille a duré jusqu'au huit janvier ! lança Barthélemy. Que s'est-il passé ensuite ?

— C'est effectivement dans la première semaine de l'année que tout s'est joué. Jackson a fait fortifier le canal Rodriguez pour empêcher les Anglais d'accéder au fleuve. Ceux-ci ont bien tenté d'attaquer les fortifications en profitant du brouillard qui les masquait, mais subitement le temps a joué en notre faveur. Le brouillard s'est levé et a mis à découvert les assaillants. Ils ont été foudroyés par les défenses américaines.

La bataille de La Nouvelle-Orléans avait fait des milliers de victimes, tués, blessés, prisonniers ou disparus. Ce que tous ignoraient alors, c'est que sur le continent européen, les belligérants avaient signé la paix de Gand depuis le vingt-quatre décembre, mais que l'ordre d'arrêt des hostilités mettra un mois avant de parvenir aux combattants de Louisiane !

Les épreuves étaient pour de bon derrière eux maintenant. L'essor de la plantation occupait à nouveau tous les esprits et les deux familles vivaient dans une aisance matérielle qui les récompensait de leurs efforts. D'exploitation purement agricole lorsqu'il fallait porter les cannes chez un propriétaire qui, lui, pouvait en assurer la transformation, ils étaient devenus eux-mêmes exploitants. D'ailleurs c'était à leur tour de recevoir les cannes des petits planteurs. Pourtant beaucoup restait encore à faire.

Certes, Antoine avait réussi à implanter un moulin de broyage et quelques chaudières de fabrication de sucre. Mais depuis son départ, il y a presque quinze ans, rien n'avait changé. Le hangar abritait toujours la presse composée de deux cylindres verticaux, un engrenage assurant leur couplage, et dont le mouvement rotatif était assuré par un palan mû par un ou deux chevaux. Le *vésou* obtenu coulait le long d'une rigole jusqu'à une grande marmite en forme de parabole surmontant un four que l'on chauffait avec la *bagasse* séchée. La suite des opérations respectait la méthode traditionnelle, celle que l'on appelait du *Père Labat* du nom de ce Père dominicain à qui l'on devait l'invention du rhum. Il avait été tour à tour explorateur, commerçant, écrivain et même capitaine de vaisseau pourchassant les riches galions espagnols. On racontait qu'un jour où il tomba malade, il fut sauvé de la fièvre de Malte en ingurgitant une infusion de tabac vert mélangée à de la *guildive sucrée*, nom que l'on donnait aux premiers alcools de canne à sucre dans les Antilles. De ce jour il se consacra à élaborer une nouvelle méthode de fabrication de ce breuvage ! Et depuis, la chaîne des opérations était immuable, passant par une succession de cinq chaudières, chacune portant un nom et possédant une fonction spécifique. Le jus de canne était en premier lieu recueilli dans la *Grande*, puis il passait dans la *Lessive* où il était clarifié par l'ajout de cendre ou de chaux, dans le *Propre* où le jus était nettoyé de son écume à l'aide d'une louche, dans le *Flambeau* où il était réduit une première fois, et enfin le sirop obtenu terminait sa cuisson dans la *Batterie* pour y être concentré afin de donner le *sirop de batterie*. Ce sucre liquide était alors versé dans de grands bacs en bois, les *rafraîchissoirs*, où il se cristallisait en se refroidissant. Des orifices percés au fond des bacs permettaient l'écoulement du sirop résiduel. Il fallait encore attendre quatre semaines avant que le sucre ne soit purgé de tout son sirop et soit prêt à être exporté. Le sirop, quant à lui, serait recueilli pour être distillé et produire du rhum.

C'est Vincent, le fils de Barthélemy, qui aurait la lourde responsabilité d'étendre et de moderniser l'exploitation. Dès son plus jeune âge il avait été confié à une *gardienne* qui s'en était occupée avec sollicitude. Ne pouvant lui apporter l'enseignement nécessaire, elle s'était surtout attachée à lui enseigner les valeurs de la vie. Son éducation avait été faite grâce à un précepteur que l'on avait fait venir sur le domaine. Ils avaient relevé cette annonce dans le *Moniteur de la Louisiane* : « *une personne d'âge mûr capable d'enseigner les éléments de la langue française et latine, les règles du calcul ainsi que l'histoire et la géographie voudrait trouver à se placer chez un habitant* ». Ils l'envoyèrent ensuite parfaire sa formation à La Nouvelle-Orléans. Vincent avait tout de suite manifesté une curiosité pour ce qui était nouveau. Il ne se lassait pas d'apprendre. Plus tard il entreprendrait un voyage à travers les plantations pour découvrir de nouvelles voies d'amélioration. Vincent avait toutes les qualités pour mener à bien cette phase de modernisation.

Nicolas Joseph et Barthélemy, dont l'âge commençait à se faire sentir, auraient pu éprouver quelque appréhension à imaginer ces transformations. Il n'en était rien. Ils encourageaient Vincent dans cette voie, allant à le harceler de questions chaque fois qu'il revenait d'un de ses longs déplacements.

— J'ai entendu dire, commença Barthélemy, que de nouvelles espèces de cannes étaient plantées.

Barthélemy gardait ses prérogatives sur la partie agricole de l'exploitation. Lorsqu'il s'était établi en Louisiane avec les autres planteurs qui avaient fui Saint-Domingue, c'est la canne créole qui prédominait, celle qu'il connaissait le mieux en fait.

— C'est vrai, confirma Vincent. Beaucoup pensent que la canne créole, bien que très riche en jus, est trop tendre pour notre climat. Certains ont fait des essais avec la canne Otahïti, venue des Antilles, mais il semble que ce soit la canne à rubans qui donne les meilleurs résultats.

— Nous pourrions en planter sur un tiers du domaine pour voir ce que cela donne, proposa Barthélemy, abondant dans le sens de son fils.

— Quelles autres innovations as-tu découvertes au cours de tes voyages ? On entend parler de révolution industrielle !

— J'ai effectivement vu de nouveaux moulins de broyage. Ils ont trois rouleaux et donnent jusqu'à soixante-dix pour cent de jus alors que les nôtres n'en produisent qu'à peine plus de cinquante.

Nicolas Joseph et Barthélemy étaient suspendus aux paroles de Vincent. Tous deux éprouvaient à son égard une légitime fierté et étaient heureux de penser que celui-ci saurait conduire ces changements. Mais ils n'étaient pas au bout de leur surprise.

— Mon oncle, vous avez parlé de révolution industrielle. Vous ne pensez pas si bien dire. Savez-vous que les moulins sont maintenant entraînés par des moteurs pour remplacer les chevaux ; que les chaudières sont remplacées par des appareils à cuire dans le vide ; qu'on pourra donc raffiner le sucre en Louisiane et remplacer celui de Cuba ! Cette révolution porte un nom : la vapeur !

Les héritiers

1818

Ce furent des années heureuses jusqu'à ce que les disparitions emportent les uns et les autres.

Maligaie s'était éteinte, sans bruit, comme elle avait vécu. Jusqu'à son dernier souffle, elle avait serré dans ses mains une petite gourmette en argent où une lettre avait été gravée maladroitement. Gaspard avait alors seize ans et la disparition de sa mère faisait de lui un homme.

— Gaspard, lui dit Nicolas Joseph, dorénavant tu seconderas Vincent pour la conduite de l'exploitation. Il faut te préparer à devenir *commandeur*.

— C'est parce que je suis un mulâtre ? objecta Gaspard.

Le garçon, était bien sûr reconnaissant à Nicolas Joseph de l'avoir considéré comme son fils pendant toutes ces années, mais son caractère excessif le portait à montrer des signes d'agressivité. Il avait gardé la précieuse gourmette en argent dans sa poche et elle ne le quittait jamais. Son intuition lui disait qu'elle le conduirait peut-être à son vrai père dont sa mère n'avait jamais voulu lui révéler l'identité. Il en était même venu à soupçonner Nicolas Joseph d'être celui-ci, ce que ce dernier rachetait peut-être en lui offrant sa protection.

— C'est parce que tu as ma totale confiance et que tu pourras plus facilement obtenir celle des travailleurs des champs.

— Je ferai tout pour la conserver, père.

Gaspard avait pris l'habitude de l'appeler ainsi, mais l'intonation plus forte qu'il y mit cette fois-ci, en disait long sur les interrogations du jeune homme. Nicolas Joseph préféra éluder le questionnement pour l'instant, mais se promit d'en parler à Anne. En attendant, Vincent saurait prendre en main le garçon. Il lui avait déjà enseigné tous les rudiments des métiers de la plantation, il lui restait à en apprendre les arcanes du commandement. Mais il était encore bien jeune, et avec le temps Vincent ne doutait pas qu'avec son caractère bien trempé, Gaspard réussirait dans cette voie. De son côté Gaspard avait une grande confiance en Vincent et voyait en lui, plus un guide qu'un rival.

Eugénie s'en était allée à la suite d'une grossesse malheureuse. Lorsque Anne s'était éteinte à son tour, c'est toute l'âme de la maison qui s'était envolée. Et puis ce fut Barthélemy, son compagnon, avec qui il avait bâti une nouvelle vie de l'autre côté de l'Atlantique. Avec lui il avait traversé les épreuves de la guerre, de l'émigration et de l'installation en terre inconnue.

Nicolas Joseph sentit que le moment de passer la main était venu. Trop d'évènements douloureux avaient eu raison de son entrain et de son dynamisme passé. Il était seul dorénavant.

À soixante-sept ans, il lui fallait maintenant s'effacer à son tour et puis, songea-t-il, la relève était prête. Il réunit Vincent et Gaspard pour leur faire part de ses intentions.

— Voilà, dit-il, il est temps pour vous de prendre la responsabilité du domaine. J'ai demandé au notaire de venir pour enregistrer les dispositions que je veux prendre à cet effet.

Il éprouvait un certain détachement à l'énoncé de ses volontés. Non pas qu'il se désintéressait du futur, mais la lassitude avait fini par le gagner.

— Vincent, tu as déjà hérité de la moitié des parts venant de ton père. Mais je n'oublie pas que tu es aussi mon neveu. Quant à toi, Gaspard, je t'ai toujours considéré comme mon fils adoptif. En conséquence, j'ai décidé de répartir mes propres parts entre vous deux, bien que j'en conserve l'usufruit jusqu'à ma disparition.

Gaspard ne put empêcher un léger pincement au cœur le traverser. D'un côté, lui le mulâtre, devenait propriétaire. Mais c'est Vincent qui serait le véritable propriétaire du domaine. Il serra plus fort la gourmette au fond de sa poche et se dit que sa mère serait fière de le savoir pleinement établi dans le monde des Blancs.

— Gaspard pourrait s'installer ici dans cette maison, il sera plus proche de la plantation. Et vous, mon oncle, que diriez-vous de venir loger dans l'Habitation Grima, elle avait conservé son nom initial, où je me sens bien seul depuis la disparition de mes parents ?

Ainsi fut fait. Dans sa fonction de *commandeur*, Gaspard révéla bien vite un comportement assez ambivalent vis-à-vis de ses travailleurs et de ses esclaves. D'un côté il leur manifestait une certaine compassion allant jusqu'à prendre des initiatives pour adoucir leur sort. Il veillait à ce qu'ils soient bien nourris et bien habillés. Il les autorisait à cultiver une petite parcelle de terre pour produire les légumes et le maïs dont ils avaient besoin. Mais d'un autre côté, il se montrait très exigeant, voire excessif dans le travail qu'il leur demandait. Les sarcleurs et coupeurs étaient soumis à rude épreuve au moment de la récolte. Les femmes étaient utilisées comme amarreuses pour constituer les tas de cannes que l'on porterait à la sucrerie. Les enfants étaient constitués en petites bandes pour étaler le fumier, enlever les feuilles sèches des cannes. Les plus délurés d'entre eux participaient à la conduite des *cabrouets*, les charrettes à bœufs, en marchant devant eux pour les guider pendant que l'*aiguillonneur* armé de son aiguillon d'acier fouettait les bêtes ou les piquait pour les faire avancer. Tout semblait montrer dans le comportement de Gaspard sa difficulté à se situer dans un monde ou dans l'autre. Mulâtre il était, mulâtre il se comportait.

Gaspard s'ouvrait fréquemment auprès de Vincent de son ressentiment sur la condition de l'esclavage. Il plaidait avec conviction pour un adoucissement de leur sort et souhaitait même qu'on les affranchisse.

— Tu sais Vincent, on obtiendrait plus d'eux s'ils y trouvaient un intérêt, alors que sous la contrainte ils se montrent fainéants !

— Tu as peut-être raison, et je suis également en faveur de plus d'humanité vis-à-vis des esclaves. Mais on ne peut changer le système de travail dans les plantations à nous seuls. Essayons de trouver un juste équilibre.

Si le plaidoyer de Gaspard trouvait un certain écho chez Vincent, celui-ci savait aussi que ces idées étaient loin d'être répandues chez les planteurs de la contrée. La plupart des propriétaires voisins se montraient extrêmement durs, voire cruels envers leurs esclaves. Lors des nombreuses réunions et réceptions que cette petite société organisait, nul ne se cachait pour défendre les bienfaits de l'esclavage. Pendant que leurs épouses échangeaient sur les dernières modes à La Nouvelle-Orléans, les discussions allaient bon train. Certains allaient même jusqu'à affirmer que cette condition était un bienfait apporté par les Blancs aux esclaves, sans quoi ils resteraient à l'état sauvage. Les plus modérés préféraient ne pas trop étaler leurs convictions, de sorte que l'opinion qui prévalait lors de ces soirées était toujours en faveur d'une grande fermeté pour le maintien du système actuel. Le souvenir des révoltes de Saint-Domingue était encore présent dans l'esprit des planteurs et nul n'avait envie de voir s'allumer une fièvre comparable, ici en Louisiane.

— Je suis invité à une réception chez les Prieur, veux-tu m'y accompagner ? demanda Vincent à Gaspard, sachant bien qu'il ne goûtait pas spécialement ce genre d'évènement.

— Pourquoi pas !

Vincent se retourna, surpris de cette réponse, s'attendant plutôt à une réplique du genre : « *ce monde-là n'est pas fait pour moi !* ». Ce que Vincent ne savait pas, c'est que Gaspard avait entrevu une jeune fille montant fièrement à cheval sur la route qui longeait le domaine. Il s'était enquis de son identité auprès d'un de ses contremaîtres :

— Qui est donc cette intrépide cavalière ?

— Il me semble reconnaître la fille des Prieur.

Gaspard avait une très belle allure et n'échappait pas aux regards. Ceux des femmes étaient en général plus amènes et sensibles au charme de la couleur de sa peau. Ceux des hommes, outre qu'il pouvait s'avérer un rival, voyaient plutôt en lui un mulâtre s'insérant dans leur monde à eux. Toutefois le fait qu'il accompagne Vincent et qu'il soit son associé lui procurait un préjugé favorable. Lorsque son tour vint d'être présenté à Jennie Prieur, il reconnut immédiatement la cavalière.

— Vous montez remarquablement bien à cheval ! lui lança-t-il.

— Je monte depuis toute petite, je n'ai pas de mérite. J'adore parcourir la campagne, surtout le long du fleuve.

Jennie marqua soudain une pause, comme si elle venait d'être prise en faute.

— J'espère au moins que je n'ai pas causé quelques dégâts dans votre plantation ?

— Pas le moins du monde, répondit en riant Gaspard.

Sa satisfaction était double, car il venait de réaliser qu'elle savait qui il était !

— Je serai encore plus honoré si lors d'une prochaine chevauchée, vous vous arrêtiez pour prendre le thé ! osa-t-il, regrettant déjà sa témérité.

— Je ne suis pas très mondaine, vous savez. Mais peut-être pourrez-vous accompagner ma prochaine promenade, si j'enfreins encore les limites de votre domaine ! répondit-elle d'un air mutin.

La suite de la soirée ne permit pas à Gaspard de s'approcher de Jennie. Bien qu'elle se déclarât peu encline aux mondanités, force était de constater qu'elle rayonnait lorsqu'il s'agissait de converser, passant de groupe en groupe, s'attardant vers l'un plutôt que l'autre. Il lui sembla d'ailleurs qu'elle s'approchait de Vincent, et leur conversation devait être plaisante, car elle souriait. Mais ce qui torturait Gaspard, c'était de la voir danser. Ce divertissement lui était étranger, et la voir virevolter d'un cavalier à l'autre lui arrachait le cœur. Déjà il aurait voulu qu'elle ne s'intéresse qu'à lui.

— Il te faudra développer tes qualités artistiques pour te montrer à la hauteur des usages de la société ! glissa en riant Vincent à l'oreille de Gaspard, ayant observé la mine renfrognée de celui-ci.

— Décidément ce monde-là n'est pas fait pour moi !

— Je m'attendais à cette réplique depuis longtemps ! Peut-être devrais-tu chercher à le comprendre et l'apprivoiser.

Le travail à la plantation occupa l'esprit de Gaspard dans les semaines qui suivirent. Pourtant il se surprit à observer, plus souvent qu'à l'accoutumée, la route qui longeait le domaine, espérant y voir le déboulé d'une jeune cavalière.

Jennie tint parole. Une fin d'après-midi, alors que le soleil commençait à décliner, elle fit son apparition.

— Bonjour, lança-t-elle à l'adresse de Gaspard.

Il était planté au milieu du chemin, donnant ses instructions pour le lendemain à ses contremaîtres. Elle perçut un ton sec et cassant s'adressant à eux, les gestes accompagnant les paroles. Mais la voix se fit soudain plus douce dès qu'il la vit.

— Bonjour mademoiselle Jennie. Auriez-vous encore l'intention de fouler le sol de mon domaine, questionna-t-il en riant ?

— Je me disais que nous pourrions peut-être le parcourir ensemble, si votre invitation tient toujours ?

— Ce sera avec le plus grand plaisir.

Sans attendre, Jennie partit au galop et Gaspard eut toutes les peines du monde à suivre son rythme. Ce n'est qu'au bout de quelques minutes de chevauchée, alors que Jennie tirait sur la bride de son cheval pour le ralentir, que Gaspard parvint à revenir à sa hauteur.

— Eh bien, dites-moi ! À cette allure je n'ai aucune chance de vous décrire la plantation !

— Veuillez m'excuser. J'éprouve un tel sentiment de liberté lorsque je monte à cheval que je ne sais pas me réfréner, tenta-t-elle de se justifier.

En réalité, Jennie faisait partie de ces femmes toujours désireuses de montrer leur capacité à se dépasser et encore plus s'il s'agissait de dépasser un homme.

Les deux jeunes gens mirent pied à terre un moment. Jennie était curieuse d'en savoir plus sur cet homme dont la condition, et la couleur ne prédisposaient pas vraiment à diriger un domaine. Gaspard se confia sans détour, gagné par la confiance que lui inspirait Jennie. Il lui raconta que Nicolas Joseph l'avait adopté à la mort de sa mère et en avait fait son héritier aux côtés de Vincent. Celle-ci remarqua la gourmette d'argent attaché au poignet du mulâtre. Gaspard devina son interrogation.

— C'est tout ce qui me rattache à mon vrai père. Une lettre à demi effacée y est gravée.

— Monsieur Sabatier ne vous a donc jamais révélé le nom de celui-ci ?

— Il m'a dit que ma mère lui avait fait promettre de n'en rien faire. Il a respecté cette promesse. Tout juste m'a-t-il dit que celui-ci était retourné en France sans avoir eu connaissance de mon existence.

Jennie comprenait mieux à présent ce qui rongeait Gaspard. Marqué par les racines de sa naissance il ne parvenait pas à s'intégrer pleinement dans le monde où il avait été éduqué.

Suivant les conseils de Vincent, Gaspard s'ouvrait plus facilement au monde des réceptions que les planteurs organisaient, se déplaçant les uns chez les autres. Il s'enhardissait peu à peu, en prenant part aux discussions. Si dans un premier temps il se contentait de se détourner du groupe lorsque les propos tenus vantaient trop outrageusement les bienfaits de l'esclavage, il ne parvenait pas toujours à surmonter l'irascibilité de son caractère.

Un soir, la discussion s'envenima. Gaspard étalait ses convictions, ce qui fit froncer le sourcil des vieux propriétaires présents. Mais un jeune homme ne le prit pas ainsi. S'approchant de Gaspard, il l'invectiva :

— Sans l'esclavage, les gens de couleur seraient encore à l'état de sauvages. Au diable ceux qui voudraient faire prévaloir les idées qui ont emporté Saint-Domingue ! Il serait bon que tous les propriétaires de cette contrée en soient convaincus. Au besoin on y veillera ! tonna-t-il enfin d'un ton menaçant.

— Bien parlé Jean-Jacques, firent en chœur plusieurs voix.

Gaspard blêmit sous la charge et décida de tourner les talons. Décidément, se dit-il, ce monde n'est vraiment pas fait pour moi. À cet instant pourtant, la vision de Jennie lui vint à l'esprit. Elle n'est pas comme eux, se dit-il, essayant de se convaincre lui-même. Se rappelant l'aisance qu'elle affichait sur la piste de danse, virevoltant autour de ces mêmes jeunes hommes, le doute s'instillait malgré tout en lui.

La rumeur de l'altercation vint aux oreilles de Vincent. Les plus sages de ses voisins l'informèrent à mots couverts de l'attitude de Gaspard. Elle exaspérait, lui expliquaient-ils, certains des plus virulents. Vincent, tout en plaidant l'excès de la jeunesse fit remarquer que vouloir apporter un peu d'humanité dans le traitement des esclaves n'était pas forcément critiquable. Il promit qu'il parlerait à Gaspard, pour le bien de la communauté des planteurs. Il savait l'importance des liens entre les propriétaires et ne voulait pas se les mettre à dos. La pérennité de son domaine en dépendait, au risque de mettre un mouchoir sur ses idées.

Jennie avait appris l'incident qui avait opposé Gaspard à son frère Jean-Jacques. Connaissant les deux hommes, elle n'avait pas été surprise. Au cours des promenades à cheval qu'elle avait effectuées en sa compagnie, elle avait noté l'empathie que Gaspard manifestait aux esclaves et elle ne doutait pas qu'il était pénétré d'idées progressistes rejetées dans cette contrée. Quant à son frère, elle ne voyait en lui qu'un oisif qui se complaisait dans la débauche. Il ne cachait pas ses idées sur la supériorité de la race blanche, ce qu'il clamait haut et fort surtout lorsque l'effet du rhum, le *tafia*, lui montait à la tête.

Ce soir-là, la maison des Prieur raisonnait des vociférations proférées par Jean-Jacques. Comme souvent il avait trop bu et ne maîtrisait pas ses propos. L'incident des jours précédents occupait tout son esprit.

— Ce sale nègre vient nous narguer jusque dans nos salons pour prêcher la liberté des esclaves ! Si ses idées progressistes se propagent, les noirs viendront bientôt nous marcher dessus. Comme à Saint-Domingue !

Jennie tenta de calmer la furie de son frère.

— D'abord ce n'est pas un nègre, mais un mulâtre ! Son père était un Blanc, comme nous ! Ensuite, ce n'est pas parce qu'il manifeste un peu de compassion vis-à-vis des esclaves qu'il prône la révolte.

L'effet fut inverse et Jean-Jacques s'emporta contre sa sœur cette fois-ci.

— Ne me dis pas que tu le défends ! On m'a rapporté que les pas de ton cheval t'avaient portée jusqu'au domaine de ce nègre ! Je t'interdis, tu entends, je t'interdis de te montrer une fois encore avec lui !

Louis-Antoine Prieur était resté silencieux jusque-là. Il attendait que l'orage passe, bien que sachant son frère et sa sœur aussi entiers l'un que l'autre et peu enclins aux concessions. Il était l'aîné et donc le chef de famille. À ce titre il lui faudrait prendre les décisions qui s'imposaient.

Les Prieur

1829

Vincent s'était ouvert auprès de Nicolas Joseph des tensions que l'attitude de Gaspard avait créées au sein de la communauté des planteurs. Il savait qu'il avait été très lié dans le passé avec la famille Prieur et il souhaitait en savoir plus.

Nicolas Joseph ne se fit pas prier pour évoquer l'histoire de cette famille qui avait des points communs avec sa propre destinée.

— Comme moi, commença-t-il, la famille Audibert, les arrières grands-parents des Prieur d'aujourd'hui, était originaire du Martigues en Provence. Cela crée des liens forcément. J'ai eu maintes fois l'occasion de rencontrer Marie Audibert, la grand-mère, une femme de caractère s'il en était.

— Alors, on sait de qui tient Jennie, sa petite-fille ! Qu'est-ce qui les a amenés en Louisiane ?

— Leur parcours tient de l'aventure. Ils ont traversé l'Amérique du Nord au Sud et dans une période particulièrement troublée, endurant les pires tourments.

Jean-Jacques Audibert, l'arrière-grand-père, n'a que dix-huit ans lorsqu'il décide de quitter le Martigues à la recherche sinon de la fortune, du moins d'un monde meilleur. C'est vers l'Acadie que le destin l'entraîne en cette année 1700, et plus particulièrement Port-Royal. Il n'y trouvera que la guerre et les Anglais qui, vainqueurs, le condamnent à un nouvel exil. Il se retranche dans le village de Beaubassin au fond d'une baie qui reste concédée aux Français. Il touche enfin à la tranquillité espérée. Il épouse Marie-Jeanne qui lui donnera dix enfants.

— C'est là que naît Marie, la plus jeune des enfants du couple, la grand-mère dont je te parlais tout à l'heure. Elle n'eut pas un début d'existence très facile ! Devenue veuve, la mère de Marie se remarie. Marie n'a pas sept ans, lorsque les Anglais délogent les Français de Beaubassin qu'ils considèrent être leur et en font le Fort Lawrence. La famille subit la déportation forcée des populations acadiennes et suit les Français qui se replient sur l'isthme pour y ériger le Fort Beauséjour.

— Leur répit ne sera que de courte durée. Ils sont contraints à l'exil une nouvelle fois, car les Anglais ont décidé de prendre le contrôle de la contrée et d'en expulser les Acadiens. Lorsqu'elle évoquait ces épisodes devant moi, Marie Audibert avait les yeux qui s'embuaient. Elle se souvenait que bien peu d'entre eux avaient survécu. Les uns avaient été tués par la guerre, plus encore par la maladie, d'autres naufragés dans des bateaux délabrés et surchargés.

— On dirait bien que la guerre n'a jamais lâché cette famille. Est-ce à ce moment qu'ils ont rejoint la Louisiane ?

— Leur aventure était loin d'être terminée. Passant la vallée du Saint-Laurent, c'est vers le Québec qu'ils se dirigèrent. La famille Audibert se joint à un groupe de deux cents familles acadiennes, sous la protection du Commandant de Boisrobert, et arrive à Québec.

Nicolas Joseph poursuivait son récit.

— Un nouveau malheur vient frapper Marie. Épuisés par le voyage sa mère et son mari décèdent la laissant orpheline. Elle se retrouve seule, à dix-huit ans. Heureusement elle rencontre François Prieur qu'elle épouse aussitôt.

— C'est donc lui le grand-père de Jennie et des deux frères Prieur ?

— C'est exact. Il était originaire de Normandie et comme moi il officiait sur un bateau avant de s'installer sur l'île des Grues à Québec. Il devint cultivateur tout en œuvrant comme *boute-à-port* en référence à ses anciennes fonctions.

— *Boute-à-port* ? demanda Vincent pour qui les métiers de la mer étaient une énigme.

— C'est l'officier de port qui inspecte et contrôle le rangement des bateaux. Il est aussi chargé de remonter les rivières pour préserver le chargement.

— Sachant qu'ils sont parvenus jusqu'en Louisiane, j'imagine que leur installation à Québec n'a pas duré ! remarqua Vincent.

— Marie eut pourtant le temps de mettre un enfant au monde, François, le père de tes amis. Mais où qu'ils aillent, la guerre les rattrape ! Et toujours ces maudits Anglais qui veulent conquérir la totalité du territoire.

La ville de Québec est assiégée, endommagée par les bombardements, dévastée et tombe finalement aux mains des Anglais. Marie n'est qu'une jeune femme de dix-neuf ans, avec un bébé de six mois et elle n'aura connu qu'une vie de fugitive ou de réfugiée. Avec son époux, elle choisit encore le chemin de l'exil. Il les emmène cette fois en

Louisiane où François obtient une terre en concession. Sachant lire et écrire, François occupe rapidement une position en vue dans la petite société locale.

— Son histoire est un peu la nôtre, dit Nicolas Joseph, même si notre parcours fut moins dramatique. Marie Audibert est morte peu de temps avant ma chère Anne, ta tante. Nous avions alors beaucoup de plaisir à l'entendre raconter son épopée.

— Je ne suis pas sûr que ses propres petits-enfants sachent ce qu'ils lui doivent, persifla Vincent.

Louis-Antoine Prieur dirigeait la plantation d'une main ferme. D'un caractère autoritaire, il veillait à ce que rien ne vienne entraver le développement de son domaine. S'il n'était pas loin de partager les idées de son plus jeune frère, convaincu que seul le principe de l'esclavage leur permettait d'obtenir le rendement qu'il exigeait de ses travailleurs, il condamnait la cruauté de certains de ses voisins dans l'exploitation de leurs esclaves. Il redoutait que cela ne donne prétexte à une révolte dont on ne mesurerait pas les conséquences. Il connaissait Vincent, qui avait à peu près le même âge que lui. Il lui apparaissait un homme raisonnable avec qui on pouvait s'entendre. Il lui parlerait.

— Des mots ! Encore des mots ! Ce sont des actes qu'il nous faut !

La conciliation que se proposait d'entreprendre son frère avait réveillé la fureur de Jean-Jacques Prieur. Même sa décision d'interdire à Jennie de poursuivre ses chevauchées hors du domaine familial et de revoir Gaspard n'avait pas réussi à le calmer.

Jennie avait été contrainte d'accepter la décision de son frère aîné. C'était lui le chef de famille. Elle redoutait toutefois, les pressentait-elle, que d'autres évènements ne viennent troubler leur existence.

L'éloignement

Dimanche 23 juin 1833

La maison des Prieur fut réveillée au milieu de la nuit par des bruits de chevaux, des cris d'hommes ayant manifestement abusé du *tafia*. Louis-Antoine n'y prêta pas plus d'attention, habitué qu'il était des frasques de son frère. Il se fit la remarque cependant, que cette fois-ci, le vacarme dépassait l'acceptable. Il ne manquerait pas de le rappeler à l'ordre demain matin.

La nouvelle enfla durant la journée : la maison Sabatier avait brûlé la nuit dernière.

Mis au courant, Louis-Antoine eut un mauvais pressentiment. Il se remémora les bruits de la nuit dernière. Il décida d'envoyer un messager chez son voisin pour recueillir des informations et éventuellement apporter son aide. Quelques heures plus tard, celui-ci revint avec le peu de renseignements qu'il avait pu glaner auprès du contremaître de l'exploitation.

— La maison où habitait Gaspard Toussaint a entièrement brûlé ! rapporta-t-il.

— Sait-on ce qui s'est passé ? s'enquit Louis-Antoine qui redoutait la réponse.

— Ils ne savent pas vraiment. C'est peut-être un accident. Sauf que...

— Tu as appris autre chose ?

— On a retrouvé Gaspard Toussaint dans un piteux état. On ne sait même pas s'il est encore vivant à cette heure. Et le contremaître m'a dit que ce n'était pas les brûlures qui paraissaient les plus graves.

— Que veux-tu dire ?

— Il était en sang lorsqu'ils l'ont sorti de la maison.

Le pressentiment éprouvé par Louis-Antoine se faisait de plus en plus insistant. Il lui fallait en avoir le cœur net. Il fit appeler son frère. On mit du temps à le réveiller et à le faire habiller, car les vapeurs du *tafia* ingurgité la veille avec sa bande d'amis ne s'étaient pas encore dissipées.

Louis-Antoine avait l'œil noir des mauvais jours ce qui n'impressionna pas plus que cela Jean-Jacques qui avait retrouvé son air bravache.

— Dis-moi que tu n'es pour rien dans cette expédition nocturne !

Jean-Jacques ne chercha même pas à nier.

— Nous lui avons donné une bonne leçon. Il n'a eu que ce qu'il méritait.

— Jusqu'à le tuer ? s'emporta Louis-Antoine.

Le frère cadet marqua le coup sur cette révélation. Il n'avait pas imaginé les conséquences de leur action punitive.

Aux bruits de la conversation qui résonnaient dans la maison entière, Jennie se précipita.

— Que se passe-t-il pour vous mettre dans un tel état ?

— Ton frère a voulu faire régner sa justice ! Il a mis le feu à la maison de Gaspard Toussaint !

— Tu n'as pas fait ça ? demanda, incrédule, Jennie. Et Gaspard ?

— On ne sait pas s'il est vivant ou mort, répondit Louis-Antoine.

Jennie sentit ses jambes se dérober. Elle prit appui pour s'asseoir, regardant son frère avec effarement, ne pouvant articuler la moindre parole. Elle ne savait pas quels sentiments réels elle éprouvait pour Gaspard, mais elle avait été touchée par sa sensibilité. Les promenades qu'ils avaient effectuées ensemble à cheval leur avaient permis d'échanger sur de nombreux sujets, même si celui du sort des esclaves revenait le plus souvent dans la bouche de Gaspard. D'un autre côté, son caractère renfermé, souvent empreint de frustration, lui faisait quelquefois peur. Elle avait bien décelé chez Gaspard qu'il portait à son égard des sentiments qui dépassaient la simple convivialité. Elle se reprochait maintenant de ne pas l'en avoir dissuadé. Son attitude était peut-être en partie responsable des évènements tragiques d'aujourd'hui.

On eut dit que Louis-Antoine lisait dans les pensées de sa sœur.

— Tu as eu grand tort, Jennie, de t'afficher aux côtés de cet homme. Il ne se passera pas beaucoup de temps avant que les ragots ne se déversent les soirs de réception.

Se tournant maintenant vers Jean-Jacques, sa colère s'amplifia, marquée par une pointe de dédain pour les inconséquences de son jeune frère.

— Tu voulais faire valoir tes idées d'un conservatisme extrême, et tout ce que l'on retiendra c'est que tu as agi en représailles aux fréquentations de ta sœur. Non seulement tu as trahi le code d'honneur des propriétaires de cette contrée, mais tu as compromis ta sœur.

Jean-Jacques avait perdu de sa morgue, réalisant tout à coup la portée de son expédition nocturne. Son frère avait raison. Ce n'est pas tant le sort de Gaspard qui le préoccupait que la réputation de sa famille qui pourrait être entachée. Il s'en remettrait à la décision de Louis-Antoine.

— En attendant, j'exige de vous deux que vous ne sortiez pas de cette maison, le temps que les choses se calment et que l'on y voie plus clair. Quant à toi, Jennie, je dois te parler.

Louis-Antoine reprenait les choses en main et son ton ne laissait pas place à la réplique.

— Tu te souviens de cet officier du port à La Nouvelle-Orléans ? Nous les avions rencontrés, lui et sa femme, à plusieurs réceptions. Il me semble qu'il appréciait particulièrement ta compagnie ! Il a quitté la Louisiane l'année dernière pour reprendre la propriété familiale en Provence, à la mort de ses parents.

— En quoi cela me concerne-t-il ? s'enquit Jennie, qui ne voyait pas où son frère voulait en venir.

— Il se trouve qu'il m'a adressé un courrier il y a quelques semaines auquel je n'ai pas encore répondu. Sa femme est décédée dès leur retour en France et ton souvenir ne l'a pas quitté. Il me demande si tu accepterais de le rejoindre et de l'épouser.

— Mais il est vieux !

— Oui, mais il est riche ! Tu n'en auras que plus de liberté ! D'ailleurs il me semble que tu le trouvais charmant à l'époque !

Pour toute réponse, Jennie ne put que verser quelques sanglots.

— J'ajoute que si tu acceptes, je t'accorderai une dot très confortable qui te permettra de conserver ton autonomie. Les évènements récents m'incitent à penser que le moment est opportun pour accepter sa proposition, insista Louis-Antoine. Qu'en penses-tu ? Je ne ferai rien sans ton accord, concéda-t-il toutefois. Prends le temps d'y réfléchir.

Jennie se trouvait désemparée par ces évènements et l'exigence de son frère. Elle n'avait plus la lucidité lui permettant d'en mesurer les conséquences. Elle se reprochait intérieurement d'avoir pu, par son attitude, en être la cause. Mais ce qui revenait sans cesse à son esprit, c'était la décision de son frère de l'éloigner. Pouvait-elle se résoudre à quitter cette contrée qui l'avait vu naître et grandir ? Quel sort l'attendait dans un pays qu'elle ne connaissait pas ? Elle tentait de se remémorer cet homme à qui voulait la destiner son frère. Bien qu'elle le trouvât beaucoup plus âgé, elle gardait le souvenir d'un officier à la belle prestance, agréable en société et dont elle appréciait la conversation.

D'un autre côté, elle réalisait qu'à la suite de ces évènements, sa vie en Louisiane pouvait être dans une impasse. Ne risquait-elle pas d'être montrée du doigt et sa réputation entachée ? Par ailleurs, la perspective de passer son existence en compagnie de l'un de ces jeunes fats qui lui tournaient autour ne l'enchantait guère. Leur seul désir était de la mettre dans leur lit et de l'exhiber dans leurs salons lors des réceptions mondaines.

Une nouvelle vie en Europe lui offrirait peut-être l'opportunité d'exister par elle-même et d'en être l'actrice plutôt que la spectatrice.

Jennie se résigna à obéir aux injonctions de son frère.

— Peut-être est-ce mieux pour tout le monde, accepta-t-elle. Ces derniers évènements m'ont bouleversé et ma place ici ne sera plus jamais la même.

— Je vais immédiatement rédiger une lettre pour mon ami d'Alvort. Le *Bordeaux-Packet* part après-demain et je la ferai porter pour le sac aux lettres du capitaine.

— Quand devrais-je partir ? Me faudra-t-il voyager seule vers ce pays que je ne connais pas ?

Par ces questions, Jennie ne voulait pas s'opposer à la volonté de son frère, elle appréhendait simplement d'affronter seule cette épreuve.

— Ton frère Jean-Jacques t'accompagnera et te chaperonnera jusqu'à d'Alvort. Cela l'éloignera d'ici le temps que l'affaire soit oubliée et peut-être saisira-t-il une nouvelle chance là-bas. Vous prendrez un bateau pour l'Europe lorsque l'occasion se présentera. On dit que la Provence est un pays merveilleux et son climat méditerranéen très agréable. Je suis sûr que tu te plairas là-bas.

DEUXIÈME PARTIE

Marseille

De La Nouvelle-Orléans à Marseille

Novembre 1833

Ils avaient quitté le port de La Nouvelle-Orléans depuis plusieurs semaines déjà. Leur frère avait bien fait les choses, leur réservant une cabine très confortable grâce à ses relations avec l'agent Fernet & Fils sur le port. La navigation avait connu des moments agités, le navire ayant dû affronter quelques tempêtes. S'étaient aussi succédé des moments de grand calme, où le vent tombait, et le temps semblait s'éterniser. Jean-Jacques n'avait pas tardé à trouver des compagnons de jeu et il y passait le plus clair de son temps. La chance lui souriait la plupart du temps, mais Jennie était dans la crainte qu'il ne dilapide l'argent que leur frère leur avait donné avant le départ pour couvrir leurs frais de voyage. Ce soir-là, le capitaine du *Cérès* avait invité les deux jeunes gens à sa table afin d'honorer les membres d'une des familles notables de La Nouvelle-Orléans. Un homme de belle prestance malgré son âge partageait leur compagnie. Le capitaine avait les plus grands égards à son encontre. Il fit les présentations :

— Monsieur Nairac, permettez-moi de vous présenter monsieur Prieur et sa sœur qui se rendent en France. Se tournant vers Jean-Jacques et Jennie, il ajouta à leur intention : monsieur Nairac est l'armateur du navire.

L'atmosphère un peu mondaine de la soirée dépaysa Jennie pour qui la traversée s'avérait peu confortable et plutôt austère. Le repas pris, Jean-Jacques céda à ses démons et après s'être excusé rejoignit le cercle de jeux qui s'était improvisé sur le bateau.

— Que diriez-vous d'une promenade sur le pont, mademoiselle Prieur ? proposa Nairac. La soirée s'avère particulièrement clémente, et vous pourriez m'en dire plus ce qui vous amène dans notre beau pays.

Jennie était heureuse de pouvoir rompre la monotonie du voyage et accepta de bonne grâce.

— Eh bien, mademoiselle Prieur, resterez-vous à Bordeaux après notre débarquement ?

— Mon frère et moi devons nous rendre à Marseille.

— Un long voyage vous attend donc encore. Est-il indiscret de vous demander ce que vous comptez y faire ?

— Me marier ! répondit spontanément et assez ingénument Jennie.

— Vous marier ! L'heureux élu a beaucoup de chance ! Il doit avoir de grandes qualités pour que vous ayez accepté de quitter la Louisiane pour lui.

Jennie avait compris que le terme *qualité* devait avoir le sens de *fortune* dans l'esprit de monsieur Nairac.

— Il était officier de port à La Nouvelle-Orléans avant de retourner en France pour y reprendre la propriété familiale.

— Officier de port ? Ne serait-ce pas Robert d'Alvort par hasard ? la surprise d'une telle coïncidence se lisant sur le visage de Nairac.

— En effet ! Vous le connaissez ? C'est extraordinaire !

— Il se trouve qu'en tant qu'armateur je rencontre très fréquemment les autorités des ports. J'ai en effet côtoyé plusieurs fois D'Alvort et je savais qu'il était rentré en France. Mais ...

La phrase de Nairac resta en suspens. Il se souvenait parfaitement du personnage, mais dans sa mémoire il était marié !

Il était trop tard, car déjà Jennie l'invitait à poursuivre.

— Peut-être n'est-ce pas le même après tout ...

— Je pense que si. Il est veuf à présent, c'est pourquoi vous l'aviez peut-être confondu.

— Alors je serai très honoré si la future madame d'Alvort acceptait de séjourner dans ma demeure à Bordeaux le temps que vous puissiez organiser votre voyage en Provence. Mon épouse serait charmée de faire votre connaissance et de faire découvrir la Louisiane à ses amies à travers vous.

— Mon frère et moi en serions enchantés et je vous en suis très reconnaissante. D'autant que je suis un peu effrayée d'arriver dans un pays que je ne connais pas !

Avant d'accoster au port, le navire s'engouffra dans l'estuaire. De là, la ville parut immense à Jennie, trois ou quatre fois La Nouvelle-Orléans, se dit-elle. Les maisons en bois de la Louisiane, pimpantes et colorées, faisaient place ici à de grandes bâtisses en pierre. Tout était démesuré à ses yeux.

— Mes gens s'occuperont de vos malles. Retrouvons-nous sur le quai où ma voiture nous attend.

Jennie remercia machinalement monsieur Nairac, mais son regard ne quittait pas cette effervescence sur les quais.

— Bordeaux est une ville très active, expliqua Nairac qui remarquait la fascination de Jennie découvrant un monde inconnu pour elle.

Plusieurs navires étaient accostés en même temps. Les charrettes se pressaient pour décharger les marchandises et les conduire dans le nouvel entrepôt où l'on stockait les denrées coloniales sous douane. Des marchands avaient installé leurs étals pour profiter de cette manne que représentaient les voyageurs récemment débarqués.

— Voyez-vous ce grand bâtiment en face de nous ? C'est la Bourse, là où se régule tout notre commerce.

— On dirait un palais ! s'exclama Jennie.

De fait, la majesté de l'immeuble avec ses colonnades et ses hautes fenêtres laissait plus à penser à une résidence royale qu'à un lieu où l'on débattait du prix des marchandises. Il était conçu pour impressionner ses interlocuteurs !

La voiture de Nairac les entraîna le long des quais en direction de sa demeure. Une population nombreuse se pressait aux alentours, les hommes portant chapeau et un long veston tombant sur un pantalon noir, les femmes coiffées de blanc aux robes de couleur plutôt foncée.

— Je crains que mes robes très chamarrées ne détonnent un peu dans cette ville, s'amusa Jennie !

— Madame Nairac se fera un plaisir de vous conduire en ville pour vous mettre à la mode d'ici. Il est vrai que si la ville est très active, elle est restée assez austère comparée à La Nouvelle-Orléans.

Dès le lendemain, Jean-Jacques entreprit de rédiger une lettre à l'intention de D'Alvort. Il l'informait qu'ils avaient opportunément trouvé refuge chez les Nairac et qu'ils se mettraient en route dès la réception de sa missive. Ainsi ils espéraient arriver à Marseille pour le milieu du mois prochain. Mais ni Jennie, ni Jean-Jacques ne montraient une grande hâte à quitter le cocon de la demeure Nairac. Lui, avait renoué des contacts avec ses amis de rencontre faits au cours de la traversée. Avec eux il avait retrouvé le chemin des maisons de jeux et découvert quelques lieux encore moins recommandables. Quant à Jennie, grâce à madame Nairac, elle s'émerveillait devant les boutiques de modistes, et se convertissait très rapidement à la mode française ! Elles parcouraient ensemble les quais de la Gironde dans l'*Omnibus à chevaux* que la Société des Maîtres Cochers venait d'inaugurer entre le Passage de Lormont et la Place Richelieu, qui constituait le véritable siège de la vie économique de Bordeaux.

Le temps vint où il fallut tout de même songer à organiser le voyage jusqu'à Marseille. D'autant qu'un courrier venant de D'Alvort leur parvint. Celui-ci savait gré aux Nairac s'avoir hébergé les deux jeunes gens. Il était impatient de les accueillir à Marseille et les priait de l'informer dès leur arrivée dans la cité phocéenne.

— Quel moyen de locomotion nous conseillez-vous ? demanda Jean-Jacques à Nairac, ne pouvant, même dans ces circonstances, s'empêcher d'adopter son ton un peu hautain.

— Vous pourriez attendre qu'un navire parte de Bordeaux pour Marseille. Cela risque de prendre un peu de temps et le passage devant les côtes barbaresques n'est pas dénué de risques. Je n'aimerais pas apprendre que mademoiselle Prieur a été faite esclave dans un harem du sultan !

— Brrr !!! J'en frémis à l'idée... s'affola Jennie. Je suis sûre que vous avez une meilleure idée !

— Vous pourriez toutefois faire voyager vos malles sur ce navire. Vous les récupérerez à Marseille, vos robes n'intéresseront pas les pirates salétins, dit en riant Nairac.

— Je vous suggérerai bien de naviguer sur le canal du Midi.

— Qu'est-ce donc ? demanda Jean-Jacques.

123

— Une embarcation vous mènerait de Toulouse à Sète. Elle est plutôt destinée au transport des marchandises, mais elle prend en charge également des passagers. Elle est tirée par des chevaux depuis le chemin de halage qui longe le canal. Il vous faudrait tout de même aller à Toulouse en diligence et reprendre un bateau à Sète pour Marseille. Mais vous y gagneriez en confort. En diligence seule par contre, le voyage vous conduirait de Toulouse en Avignon avant de rejoindre Marseille.

Ainsi fut fait. Ils optèrent pour un voyage en malle-poste entre Bordeaux et Toulouse. Le coût en était le double du tarif de la diligence, mais elle était beaucoup plus rapide, car prioritaire aux relais. Les derniers préparatifs achevés, leurs malles prêtes à être embarquées sur un navire en partance pour Marseille, l'heure du départ avait sonné. Ils placèrent le minimum dont ils considéraient avoir besoin, ce qui représentait tout de même un volume important, dans des bagages conçus spécialement pour le voyage en malle-poste et dont ils avaient fait l'acquisition avant leur départ en suivant les recommandations de madame Nairac. Ils avaient, de plus négocié l'achat des trois sièges du coupé fermé à l'avant, au lieu de deux, ce qui leur garantissait un confort amélioré et moins de promiscuité. Seul un autre passager avait pris place dans le cabriolet, là où l'on disposait le courrier dans la cabine aux sacs postaux. La malle-poste était tirée par quatre chevaux conduits par le postillon qui, juché sur le siège avant, faisait claquer son fouet de la main droite tout en tenant les rênes de la main gauche et menait grand train. Il faut dire que si leur aspect extérieur n'était pas très pittoresque, les malles-poste avaient l'avantage sur les diligences d'être posées beaucoup plus bas, d'être équipées de roues plus petites, et surtout de ne pas être encombrées sur le toit d'un lourd chargement de bagages. Tout cela les rendait plus sûres et plus rapides.

De Bordeaux à Toulouse, le voyage promettait d'être long. Il leur faudrait s'arrêter à pas moins de trente-cinq relais de poste. Jean-Jacques et Jennie se familiarisèrent très vite à ce qui ressemblait à un ballet. Après avoir parcouru les deux lieues qui séparaient chaque relais, le postillon dételait les chevaux et après leur avoir fait profiter de quelque repos il repartirait à son point d'origine. D'autres chevaux seraient attelés et un nouveau postillon prendrait la place du premier. Cette étape donnait aussi l'occasion aux passagers de se dégourdir les jambes. Le soir venu, ils pouvaient se restaurer dans une auberge où ils passeraient la nuit. Tandis que Jean-Jacques passait le temps à faire des réussites avec le jeu de cartes qui ne le quittait jamais, Jennie s'attachait à observer le paysage qui défilait sous ses yeux. Elle découvrait de petits villages nichés dans une campagne verdoyante, tellement différente des grands espaces de la Louisiane. Elle tentait d'apprivoiser le nom de ceux-ci : Langon, Marmande, Agen, Montauban. Après quatre journées de voyage, ils arrivèrent enfin à Toulouse. Ils décidèrent d'y séjourner un jour ou deux, afin de se reposer et d'effacer les courbatures contractées durant le voyage, mais aussi parce que Jennie, intriguée par toutes ces maisons en briques de couleur rose qui donnaient cette tonalité si particulière à la ville, souhaitait en connaître davantage. Elle put ainsi admirer le décor uniforme offert par les façades structurées par des arcades en rez-de-chaussée. Et ce Pont-Neuf qui autorisait la traversée d'une rive à l'autre, n'était-il pas majestueux avec ses sept arches de granit enterrées dans la Garonne ? Chaque pile était ouverte par un dégueuloir et protégée par des crêtes. Le pont avait été conçu pour résister à toutes les attaques du fleuve !

125

Ils allaient maintenant découvrir un autre moyen de transport, pour le moins original pour eux qui n'avaient même jamais navigué sur le Mississippi ! Ils se rendirent donc au port de l'Embouchure. Aux pieds des Ponts-Jumeaux s'étiraient le canal de Brienne et celui du Midi. C'est sur ce dernier qu'ils allaient voyager. L'embarcation était longue d'une trentaine de mètres environ et offrait tout le confort, en tout cas pour les personnes aisées. La plupart des passagers prenaient place dans la salle commune de deuxième classe ou sur le pont qui n'était protégé que d'un simple abri. Jean-Jacques et Jennie avaient eu les moyens de s'offrir un salon privé dans l'espace de première classe. Le service de malle-poste sur le canal fonctionnait à peu près de façon identique à celui sur terre. Le bateau était tiré par des chevaux sur le chemin de halage qui longeait le canal. Jennie, toujours intéressée et curieuse de tout ce qui était nouveau pour elle, voulait s'enquérir auprès du maître de la barque des postes, de son fonctionnement.

— Comment les chevaux peuvent-ils tirer une telle masse ? s'étonna-t-elle auprès de lui.

— Ne vous inquiétez pas, mademoiselle, ils sont capables de tracter jusqu'à cent vingt fois leur poids ! Et puis on les remplace toutes les deux ou trois lieues.

— Combien de temps nous faudra-t-il pour atteindre Sète ?

— Quatre jours très exactement. Notre service a l'avantage de la régularité et de la rapidité. Et puis, sur le canal, nous n'avons pas à redouter l'attaque de bandits de grand chemin !

Ce que le maître de postes cacha soigneusement à Jennie toutefois, c'est qu'il arrivait que lesdits bandits sévissent lors des escales dans les auberges. À tel point que certains aubergistes acceptaient de servir un dîner sur le bateau aux passagers de première classe dans leur salon.

L'autre découverte que fit Jennie peu après le départ fut ce que le maître de poste appelait le passage des écluses. Ils n'en franchirent pas moins de seize durant la première journée de voyage ! Chacune était équipée de deux portes en bois à doubles vantaux, manœuvrées pas l'éclusier à l'aide d'une grande roue entraînant une crémaillère. Le principe était simple : l'embarcation entrait dans le sas, on ouvrait la vantelle, une vanne qui coulissait dans son cadre, pour évacuer l'eau, le bateau montait avec le flot entrant et atteignait alors le niveau du canal qui faisait face au bateau ; les portes étaient ouvertes et il pouvait reprendre sa progression. Le moins drôle pour les passagers, c'est que lorsque le dénivelé était trop important il fallait changer d'embarcation, la manœuvre prenant trop de temps vu les impératifs imposés aux malles-poste. Le premier soir venu, après le passage de l'écluse de l'Océan, les voyageurs furent invités à débarquer pour la nuit.

Le maître de poste s'approcha de Jennie chez qui il avait décelé un vif intérêt pour son mode de navigation. Il en tirait une certaine fierté, car la plupart du temps les passagers étaient plutôt enclins à de plaindre.

— Nous sommes ici à un point singulier, lui apprit-il.

— Je n'y vois pourtant qu'une écluse comme les nombreuses que nous avons franchies tout au long de la journée !

— Pas tout à fait. Celle-ci marque la séparation des versants de l'Atlantique et de la Méditerranée.

— Je crains de ne pas comprendre, s'excusa Jennie.

— Eh bien, toutes les eaux recueillies jusqu'à ce point vont se déverser dans l'Atlantique. C'est pourquoi toutes les écluses de ce jour nous ont obligés à faire monter l'embarcation dans les sas. À partir de demain et de l'écluse de la Méditerranée, ce sera le contraire : le bateau descendra dans le sas pour rattraper le niveau du canal.

— Vous voulez dire qu'à partir de ce point les eaux se déversent dans la Méditerranée ?

— Exactement, confirma le maître de poste, heureux de voir son *élève* assimiler aussi vite.

Le dernier jour de navigation réservait une dernière surprise : le franchissement des écluses de Fonserannes. Ce n'est pas un sas que l'embarcation eut à franchir, mais une enfilade de huit sas afin de descendre plus de vingt mètres de dénivelé. Tous les passagers s'étaient hissés sur le pont pour admirer la manœuvre. Le spectacle était magnifique avec la ville de Béziers et sa cathédrale en toile de fond sur l'horizon.

En elle-même, Jennie était reconnaissante à Nairac de les avoir incités à adopter ce mode de transport. C'était une expérience unique. Elle se dit que, décidément, son installation en France lui permettrait de vivre une autre vie que celle un peu monotone des plantations louisianaises !

D'Alvort

Février 1834

Dès leur arrivée dans le port de Marseille, Jean-Jacques avait adressé une missive à d'Alvort pour l'informer de leur installation dans la cité. Ils apprirent par sa maisonnée que celui-ci était en visite sur ses terres, et qu'il serait immédiatement prévenu de leur présence à son retour prévu d'ici quelques jours.

Jennie voulait mettre à profit ce délai pour découvrir la ville, ce qui n'enchantait pas vraiment Jean-Jacques, mais il se devait d'accompagner sa sœur pour remplir sa mission. Sur les conseils de l'hôtelier qui les hébergeait, ils décidèrent que l'ascension au Fort de Notre-Dame de la Garde leur offrirait un magnifique panorama sur la ville.

— La chapelle est aussi un lieu de vénération pour tous les habitants, ajouta-t-il. À la Fête-Dieu il y a une grande procession où l'on descend la statue de la Vierge dans la ville en grande solennité. Si vous avez une requête à formuler au ciel, c'est là-haut qu'il faut aller !

Jennie se dit qu'effectivement une prière à la Vierge lui serait d'un grand secours pour affronter cette nouvelle vie qui s'offrait à elle. Le chemin qui les conduisit jusque-là était escarpé et difficile, mais, arrivés à leur but, ils jouirent d'une vue inoubliable sur la ville, la rade et les îles à l'entour. De plus on y respirait un air beaucoup plus pur que celui de la cité.

En effet, lorsqu'ils débarquèrent du bateau, ce sont plutôt les exhalaisons du port chargé des immondices des bateaux et de la ville qui chatouillèrent désagréablement leurs narines. Les quais étaient obstrués par des marchandises de toute espèce, autour desquelles une foule empressée tentait de se frayer un passage.

Du haut du promontoire ils pouvaient apercevoir les deux rives du port qui se faisaient face, séparées par une grande rue que les Marseillais appelaient la *Canebière*. Du côté *Commerce* on devinait, les milliers de bras qui s'activaient à vanner le blé ou faire le jaugeage et le commerce de l'huile, les charpentiers et les calfats travaillant sur les chantiers de construction. Le côté *Boutique* était plus à même d'attirer l'attention de Jennie. Il offrait à la vue des passants une variété de boutiques. On y trouvait aussi bien un magasin d'estampes, qu'un bazar, des librairies, des magasins d'optique et d'horlogerie, des quincailleries et surtout de chapellerie.

Un soir, au retour de l'une de leurs promenades déambulatoires, un message les attendait à leur hôtel. Monsieur d'Alvort était à Marseille et se proposait de leur envoyer sa voiture le lendemain à trois heures du soir pour les conduire en sa demeure.

À l'heure dite le cabriolet de monsieur d'Alvort se présenta. La voiture découverte, toutefois protégée du soleil par une sorte de dais en toile légère, était attelée à un cheval mené par un *groom* qui se tenait debout à l'arrière. Ils n'eurent pas à parcourir une très grande distance, car d'Alvort habitait dans la rue Noailles assez proche. Ils remontèrent la rue Canebière, siège d'une animation colorée et bruyante où les conversations accompagnées de mimiques se tenaient dans toutes les langues. Cette activité constante et sa fréquentation cosmopolite faisaient toute la renommée de ce quartier. Le cabriolet s'engouffra sous le porche de la demeure pour entrer dans la petite cour, et déposa ses passagers devant l'escalier qui conduisait à l'entrée de la maison. Ceux-ci furent impressionnés par l'aisance que révélaient les lieux. D'Alvort, se tenait sur le seuil et les accueillit avec chaleur.

— Monsieur Prieur, mademoiselle, soyez les bienvenus dans cette demeure.

Lorsqu'il poursuivit, il se tourna ostensiblement vers Jennie.

— J'avais gardé le souvenir d'une charmante jeune fille, mais je n'imaginais pas la belle jeune femme que vous êtes à présent.

Jennie rosit légèrement sous le compliment. Du haut de ses vingt-deux ans, il est vrai qu'elle avait beaucoup de charme, alliant une beauté physique naturelle à une allure décidée et peu affectée. Elle portait une ample jupe blanche en toile légère, très évasée en bas, mais serrée à la taille, ce qui mettait en valeur sa silhouette. Une veste tailleur cintrée, de couleur noire qui contrastait avec celle de sa jupe, boutonnée jusqu'au col, moulait son corps. Elle avait choisi de porter des gants en cuir très léger pour ajouter une note de classe à l'ensemble. Ses cheveux noirs étaient remontés en chignon sur le haut de sa tête et coiffés d'un chapeau aux douces couleurs automnales, orné d'un nœud ruban sur le dessus. L'ombrelle rouge qu'elle tenait à la main d'une façon très élégante apportait une touche colorée vive à sa silhouette.

D'Alvort ne pouvait que noter la transformation de la jeune fille rencontrée à La Nouvelle-Orléans. Il se dit qu'il serait fier d'en faire son épouse ... mais elle paraissait bien jeune encore !

La conversation s'établissant entre Jean-Jacques et d'Alvort, Jennie en profita pour scruter ce dernier. Il n'avait plus la prestance qu'elle lui avait connue en Louisiane, peut-être est-ce l'uniforme d'apparat de l'officier d'alors qui l'avait impressionnée, mais il gardait un port altier. Le visage s'était un peu empâté et le front dégarni, mais il dégageait toujours un certain charme et une douceur rassurante qui inspirait confiance. Bien sûr ce n'était pas le genre d'homme qu'elle avait rêvé d'épouser, pourtant elle n'éprouvait aucune appréhension à ce moment.

Ils convinrent que d'Alvort louerait un appartement dans une maison voisine, qu'il mettrait à leur disposition le temps nécessaire à leurs arrangements. Il n'eut pas été convenable qu'une jeune fille s'installe dans l'appartement d'un vieux rentier, même s'il songeait à l'épouser !

Les jours passaient et Jean-Jacques s'impatientait de l'attitude de D'Alvort. Si celui-ci semblait prendre beaucoup de plaisir à converser avec Jennie et à lui faire visiter les meilleurs endroits de Marseille, il ne manifestait aucun empressement à dévoiler ses intentions. Suivant son habitude il décida d'aborder le sujet d'une façon un peu brusque.

— Eh bien d'Alvort, quelles dispositions comptez-vous prendre pour ce qui concerne Jennie ?

D'Alvort ignora le ton trop familier utilisé par son futur beau-frère, il ne l'avait jamais trop apprécié.

— Votre frère Louis-Antoine, qui est aussi mon ami, poursuivit d'Alvort qui marquait ainsi ses distances avec Jean-Jacques, m'a autorisé à épouser votre sœur. Toutefois je souhaite qu'elle consente pleinement à ce choix. Pourquoi n'irions-nous pas visiter mes propriétés en Provence pour en parler plus longuement en sa présence ?

Jean-Jacques ne pouvait se dérober, bien que la compagnie de D'Alvort ne l'enchantât guère. À l'annonce de cette nouvelle, Jennie manifesta plus d'enthousiasme, heureuse de mieux connaître l'environnement de son futur époux et aussi de quitter la ville dont le brouhaha incessant l'étourdissait.

La Bastide de Pertuis, beaucoup plus imposante qu'ils ne l'avaient imaginé, leur apparut au bout d'une allée pavée, bordée de platanes. Bâtie sur trois niveaux on l'abordait par une porte centrale, entourée de pierres saillantes, accessible par quatre marches. De grandes fenêtres en arc surbaissé garnissaient les étages. Jennie en compta cinq sur la façade à chaque niveau. Une partie des murs était couverte d'une végétation grimpante dont la couleur verte tranchait sur le beige ocré de la Bastide. À distance on devinait les dépendances de la propriété. De là, à leur arrivée, un couple en sortit et vint à leur rencontre.

— Mademoiselle Prieur, voici notre fermier, celui qui a en charge l'exploitation de la propriété. Sa femme pourvoit à l'entretien de la maison. Elle vous apportera l'aide dont vous aurez besoin.

Jennie n'avait qu'une hâte, celle de découvrir l'intérieur de la demeure. Marie, la femme du fermier lui servit de guide. Elle l'installa dans une des grandes chambres à l'étage. Le soir venu, elle leur servit un souper assez frugal compte tenu de leur arrivée tardive.

Le lendemain, le fermier fit atteler un petit cabriolet afin que le maître puisse faire visiter la propriété à ses invités. Elle s'étendait à perte de vue et Jennie ne put s'empêcher de se remémorer les grands espaces de sa Louisiane, qu'elle dévorait à cheval. Elle se revit galoper sur les chemins de la plantation. L'image de Gaspard à ses côtés l'effleura l'espace d'un instant. Elle se prit à rêver qu'elle puisse en faire de même dans ce paysage de Provence qu'elle apprivoisait peu à peu.

— Croyez-vous que je puisse monter à cheval ici comme je le faisais en Louisiane ? osa-t-elle en minaudant quelque peu pour obtenir la satisfaction de sa requête.

— Vous savez, les chevaux de la ferme sont plutôt destinés au travail de la terre ! Mais puisque vous semblez prendre grand intérêt à ces lieux, je serai heureux de vous offrir une belle jument que vous choisirez vous-même. Notre fermier vous sera de bon conseil.

Jennie se dit que cette propriété était bien plus accueillante que la demeure de Marseille qui lui paraissait un peu triste et austère en comparaison. D'Alvort avait bien remarqué l'attrait que la Bastide avait sur la jeune femme.

Après le dîner, il entraîna la jeune femme sur la terrasse, profitant de la fraîcheur apportée par la pergola. Lui d'ordinaire si sûr de lui et décidé, marquait un temps d'hésitation.

— Vous savez Jennie, depuis la disparition de mon épouse je me sens bien seul. J'ai besoin de compagnie et d'une personne capable de me seconder dans la gestion de la propriété. Je crois que vous pourriez être l'une et l'autre de ces personnes.

Le ton était familier et doux ; il posa sa main sous son bras, légèrement, sans contrainte.

— Bien sûr la jeune fille que vous êtes avez sans doute rêvé d'un destin plus romantique ! Mais je vous offre protection et sécurité. Vous serez libre dans vos relations, pour autant que je n'ai pas à m'en plaindre. Je n'ai pas d'enfants et je ne peux pas en avoir. À ma disparition c'est vous qui hériterez de mes biens et de ma fortune. Consentiriez-vous à demeurer à mes côtés ?

— Oui, j'y consens. Je vous assurerai de mon respect et de mon soutien, accepta Jennie sans hésitation.

Tout était dit dans cette courte phrase. S'il n'était pas question de sentiments profonds dans cette union, elle serait basée sur une entente et un respect mutuel.

— À notre retour à Marseille je ferai venir mon notaire et, en accord avec votre frère, nous établirons un contrat.

— Puis-je émettre un vœu toutefois ?

— A cet instant, je ne puis rien vous refuser ! répondit plaisamment d'Alvort.

— Permettez-moi de passer autant de temps que vos affaires le rendront possible, ici, dans cette Bastide. Je m'y sens déjà tellement bien !

— Entendu. J'avais deviné que les grands espaces vous manquaient et que la ville vous paraissait un peu étriquée ! Pourquoi ne prendriez-vous pas en mains le réaménagement et la décoration de la Bastide qui en ont grand besoin ? Vous pourriez ainsi les mettre à votre goût.

Les termes du contrat de mariage furent agréés avec Jean-Jacques et consignés par le notaire. Jennie conservait la disponibilité personnelle de sa dot, son époux étant mandaté pour en assurer une bonne gestion. Comme il l'avait promis, d'Alvort faisait de Jennie sa légataire en cas de disparition.

Les jours qui suivirent furent consacrés à la préparation de l'union. Elle serait simple compte tenu de la différence d'âge entre les époux et du statut de veuf de D'Alvort. Son ami Mathys serait son témoin et il demanderait à la femme de celui-ci d'aider Jennie à se préparer à gérer une maisonnée. Ses conseils étaient toujours avisés. Leur fille Mathilde avait fait un beau mariage avec un avocat de Marseille, nul doute qu'elle et Jennie deviendraient amies.

Le Maire de Marseille, Alexis-Joseph Rostand, célébra en personne le mariage et recueillit l'assentiment des deux époux, dans cet Hôtel de Ville, à deux pas de l'endroit où Jennie avait débarqué quelques semaines plus tôt en provenance de l'Amérique. La réception qui suivit dans la demeure d'Alvort fit découvrir à la bonne société de Marseille la présence et le charme de celle qui était dorénavant madame d'Alvort.

— Eh bien mon ami, comptez-vous retourner en Amérique à présent ? questionna d'Alvort à l'adresse de Jean-Jacques, adoptant ironiquement le ton un peu hautain et familier propre à ce dernier.

— Je devrais y songer, maintenant que Jennie est sous votre protection, répondit évasivement Jean-Jacques. En attendant me permettez-vous d'occuper l'appartement laissé libre par votre épouse ?

D'Alvort comprit que Jean-Jacques n'avait pas formé de réel projet pour son retour, et qu'il serait à sa charge pour quelque temps. Il espérait seulement qu'il n'influerait pas sur la vie quotidienne de sa sœur. Les relations avaient toujours été tendues entre les deux hommes. Jean-Jacques reprochait à son beau-frère cette attitude d'homme sûr de lui et dominateur. Certes il n'était pas d'un caractère ouvertement autoritaire, mais il savait en imposer, c'était naturel chez lui. Il lui rappelait trop son frère aîné Louis-Antoine ! D'Alvort n'appréciait pas plus Jean-Jacques, son oisiveté, son laisser-aller. De plus certains ragots étaient venus à ses oreilles concernant ses mauvaises fréquentations, les cercles de jeux ou les maisons de filles. Plus tôt il regagnerait l'Amérique, mieux cela vaudra, se dit-il.

Si Jennie apprenait beaucoup de Madame Mathys pour tout ce qui concernait la gestion de la maisonnée et de la domesticité, se soumettant sans hésitation à ses conseils, c'est avec Mathilde qu'elle passait le plus clair de son temps. Avec elle, elle parcourait les magasins de la ville, riait de leurs trouvailles, nouait des relations avec des jeunes femmes de son âge. Son naturel la poussait à aller vers les autres, curieuse de tout, mais aussi à partager ce qu'elle avait vécu auparavant dans un monde que ses compagnes n'imaginaient même pas. Peu à peu elle s'était imposée dans ce cercle d'amies. Elle avait entraîné Mathilde jusqu'à la Bastide, lui faisant part de ses projets d'aménagement, recueillant son avis pour ne pas faire de faux-pas dans ses choix qui auraient pu choquer son époux, peut-être moins enclin qu'elle au modernisme ambiant.

Depuis son départ de La Nouvelle-Orléans, les évènements s'étaient enchaînés à un rythme affolant. La jeune fille éprise de liberté, voire un peu rebelle, avait laissé la place à une jeune épouse occupant une place enviée dans la bonne société de Marseille. Elle en éprouvait un peu de fierté et elle ne tarderait pas à l'écrire à son frère Louis-Antoine qui s'en montrerait sûrement très satisfait. Mais secrètement, au fond d'elle-même, Jennie aspirait à une vie plus intense, plus impliquée dans l'évolution de la société d'aujourd'hui. Elle ne savait pas quelle forme elle prendrait, mais elle ne doutait pas que cela se produise.

La disparition

Décembre 1834

Aux Cannes Brûlées, à quelques lieues de la demeure des Prieur, Gaspard tentait de se reconstruire. Plus d'un an déjà s'était écoulé depuis l'agression dont il avait été victime. Les premiers mois avaient été une longue épreuve pour lui permettre de recouvrer la santé. Tous les soins qui lui furent prodigués touchaient à son état physique, même si les séquelles n'avaient pu être effacées complètement, notamment sur son visage. La reconstruction de son mental avait été autrement plus délicate, car Gaspard avait subi un véritable traumatisme. Sans raison apparente, il basculait souvent dans un état second, où il demeurait prostré, détaché de tout ce qui l'entourait.

Nicolas Joseph lui avait été d'un grand secours, s'attachant à faire renaître ses souvenirs. Il passait de longs moments à lui retracer l'histoire de leur implantation en Louisiane, afin d'éveiller son attention. Toutefois, l'interrogation concernant l'identité de son vrai père était toujours présente dans la tête de Gaspard, mais elle s'était progressivement effacée devant les deux souvenirs qui le tenaillaient. Celui de Jennie d'abord, pour qui il éprouvait un sentiment qu'il ne contrôlait pas et qui l'entraînait vers une jalousie maladive. D'autant qu'à présent, se sachant défiguré, il la savait perdue pour toujours. Où était-elle ? Que savait-elle des évènements qui l'avaient conduit dans cet état ? Se souciait-elle de lui ? Celui de son frère ensuite, et là c'est la rage qui l'emportait. Il avait détruit sa vie. Il se vengerait, quel qu'en soit le prix !

Gaspard ruminait ces idées, à s'en faire éclater le cerveau. Il en venait toujours à la même conclusion : ce monde n'était décidément pas fait pour lui. La meilleure solution était de disparaître afin de le quitter. L'idée de le faire pour de bon lui avait souvent traversé l'esprit, notamment lorsqu'il marchait le long du fleuve en crue. La vue des troncs flottants à la surface de l'eau et emportés par le courant violent le fascinait. Il s'imaginait entraîné par les eaux jusqu'à l'embouchure du Mississippi. Ses pensées morbides allaient jusqu'à se voir passer devant le domaine des Prieur et envoyer au diable son agresseur. Ce qui l'avait toujours retenu de mettre à exécution ce funeste projet, c'est que sa vengeance resterait inachevée.

Peu après l'accident, c'est comme cela que l'on dénommait ce tragique évènement dans les soirées, Vincent était la cible de nombreuses questions de la part de ses amis planteurs sur ce qui était arrivé dans la plantation, ce qui était advenu de Gaspard Toussaint. Il avait réussi à les éluder laissant planer le doute sur le sort de celui-ci. Puis les questions avaient cessé, les conversations passant vite à des nouvelles plus récentes.

Ce n'est que plusieurs mois plus tard que Vincent surprit une discussion à propos des Prieur. Il avait noté que depuis les évènements, ceux-ci ne s'étaient guère montrés. Louis-Antoine avait bien assisté à l'une ou l'autre de leurs réunions, mais ni le frère cadet ni Jennie Prieur n'avaient reparu dans une soirée de la société louisianaise. Or ce soir-là on rapporta que cette dernière était partie pour l'Europe afin d'y faire un riche mariage et que son frère avait été chargé de la chaperonner.

Lorsque Vincent rapporta cette nouvelle lors d'une discussion avec Nicolas Joseph, il ne prêta pas attention à l'effet qu'elle ferait sur Gaspard. Ce dernier ne manifesta aucune réaction lorsque cette information sortit de la bouche de Vincent. Pourtant, peu à peu, des idées germèrent dans son esprit. Son désir de vengeance restait plus fort que son penchant à disparaître à tout jamais. Disparaître pour fuir ce monde ? Oui, mais pourquoi ne pas disparaître pour en retrouver un autre ailleurs ? Et cet autre monde, il n'osait se l'avouer, était habité par Jennie. Mais il ne savait où le trouver.

Au détour des conversations entre Vincent et Nicolas Joseph, Gaspard cherchait à glaner d'autres renseignements. Il se passa de longs mois avant que Vincent ne rapporte une communication de Louis-Antoine Prieur sur le développement des machines à vapeur en France. Son frère Jean-Jacques l'avait informé de l'intérêt d'un certain marquis du nom de De Forbin-Janson, qui avait établi une *Fabrique* en Provence, pour le commerce du sucre depuis la Louisiane. Le nom de Jean-Jacques Prieur résonna dans la tête de Gaspard et agit comme un détonateur. Fort de la narration que Nicolas Joseph lui avait faite de l'histoire de sa vie avant son implantation en Louisiane, il savait que Marseille était le port et la ville principale qui ouvrait sur la Provence.

Sa décision était prise, échafaudant un plan assez machiavélique. Il se convainquit bien vite que c'était donc là-bas qu'il lui faudrait assouvir son désir de vengeance.

Après avoir soigneusement mûri son plan, Gaspard décida de faire part de sa résolution à Vincent, sans lui dévoiler ses réelles intentions.

— Je n'ai plus d'existence réelle ici, puisque tout le monde me croit mort ou disparu, exposa-t-il en préambule. Alors j'ai décidé d'en prendre avantage et d'exercer une totale liberté. Je vais quitter la plantation et disparaître aux yeux de tous. Si tu en es d'accord, Vincent, je t'abandonne toutes mes parts du domaine à la seule condition que tu me verses régulièrement une somme d'argent pour me permettre d'exercer cette liberté. Je suis sûr que le notaire trouvera les arrangements adéquats.

Surpris par cette annonce, bien qu'ayant redouté une issue plus dramatique, Vincent ne put s'empêcher de lui demander :

— Mais que comptes-tu faire et où vas-tu aller ?

— Je ne peux en dire plus. Mon destin est sans doute écrit loin d'ici.

Si Vincent acceptait la décision de Gaspard, au fond c'était l'issue qui permettait à la plantation de reprendre une vie normale, il n'en alla pas de même avec Nicolas Joseph. Celui-ci fut dévasté par l'annonce. Il l'avait considéré comme son fils jusque-là et c'était un déchirement de le voir partir.

— M'en diras-tu un peu plus sur les raisons de ton départ ?

— Regardez-moi ! Avec mon visage défiguré et mes jambes boiteuses, comment voulez-vous que je retrouve une existence normale ici, un monde qui me rejetait déjà alors que j'étais en bonne santé. J'ai une dernière question toutefois, en savez-vous plus sur mon père ?

— C'est donc cela la quête à laquelle tu veux consacrer ta vie dorénavant ?

— Peut-être, bien que ce ne soit pas la seule, ajouta Gaspard d'un air énigmatique.

— Je peux bien te le dire maintenant. Il s'appelait Antoine. Antoine Bourrely. Il venait comme moi de Provence, du Martigues près de Marseille. Je n'ai plus eu de nouvelles de lui. C'était un homme bien, il n'a jamais rien su de ton existence à la demande de ta mère. Sinon il ne fait aucun doute qu'il se serait occupé de toi. Le passé est le passé, cette recherche ne t'apportera rien. Sois prudent !

Le notaire rédigea les actes qui accordaient à Gaspard une rente qui lui serait versée régulièrement sous forme de lettres de change. Cela lui permettrait d'en faire usage où qu'il soit. Ne connaissant pas encore sa destination, en fait il ne voulait pas la dévoiler, il communiquerait en temps utile la banque sur laquelle il devrait effectuer les transferts d'argent. Il consacra les semaines qui suivirent aux préparatifs de son voyage. Il s'établirait quelque temps à La Nouvelle-Orléans afin d'attendre un bateau qui l'emmènerait en Europe. Plus rien ne le rattachait désormais à cette Louisiane qui lui avait apporté le malheur par la main de ce Prieur. Seul le souvenir de Jennie pouvait adoucir son ressentiment.

Louis

L'atelier bruissait de l'activité des ouvriers affairés devant leurs machines ou leurs établis. Là où un œil novice y verrait un certain chaos, un regard plus exercé y aurait vu une organisation toute personnelle. Les pièces mécaniques entreposées sur des chariots passaient d'un poste à un autre, pris en charge par un ouvrier. Le local était encombré de pièces en tout genre, des pignons, des arbres, des hélices, des pistons. Cet amoncellement de pièces mécaniques contribuait à cette impression de désordre. Mais à y regarder de plus près, chaque ouvrier savait exactement quels étaient son rôle et le travail qu'il devait effectuer sur chaque élément. Un désordre organisé ! Voilà ce que l'on percevait depuis la plateforme à laquelle on accédait par un escalier mécanique, qui dominait l'atelier. Quelques bureaux aux fenêtres vitrées donnaient sur cet espace et permettaient d'avoir une vue en permanence sur l'atelier. De là Elzéar Degrand aimait à se tenir debout englobant d'un coup d'œil le travail de ses équipes. Non pas par souci de les surveiller pour s'assurer que leur rendement était suffisant, ce n'était pas son genre. Mais il n'avait pas son pareil pour déceler un quelconque dysfonctionnement dans l'organisation de l'atelier et imaginer les améliorations qu'il pouvait y apporter.

Degrand était un patron des plus atypiques, et quel couple formait-il avec sa femme ! Lui, était un inventeur-né, tout à la fois bricoleur de génie et féru de physique et de mathématiques, capable de résoudre les problèmes les plus ardus de l'architecture navale. Elle, mettait en œuvre les procédés que son mari inventait.

C'est à Saint-Étienne, dans la coutellerie que leur renommée s'établit tout d'abord. Degrand réussit à varier la composition de la matière, le *Damas*, le mode de fabrication, la trempe et le recuit pour adapter le tranchant à l'usage auquel il était destiné. Madame Degrand put ainsi mettre sur le marché des rasoirs à la coupe douce et vive, évitant le feu du rasoir, à la qualité incomparable même chez les meilleurs couteliers de Paris et Londres. Mais bien vite Degrand fut attiré par un autre défi : les pompes à feu. Après un premier échec financier avec une machine à vapeur permettant d'élever l'eau, il réussit à mettre au point une chaudière à condensateur capable de cuire sous vide l'équivalent de plus de mille pains de sucre raffiné par jour. Du haut de sa plateforme, c'était la préparation de cette machine que surveillait Degrand.

Il entra dans le bureau qui jouxtait le sien.

— Alors Louis, serons-nous en temps pour installer notre machine chez monsieur le marquis ?

Après l'installation d'une machine à vapeur chez les frères Reybaud, Louis s'était vu confier la responsabilité d'un projet pour le compte du marquis Charles de Forbin-Janson. Outre le fait qu'il s'agissait d'une machine de plus grande puissance, rendant le défi technique encore plus complexe, la personnalité du marquis attisait la curiosité de Louis. Il avait été chambellan du roi de Bavière durant l'exil de sa famille à la Révolution avant de servir Napoléon jusqu'à la chute de l'Empire. Déclaré proscrit par la Première Restauration il avait fui Paris, et s'était exilé à Londres avant de pouvoir retrouver sa noble famille en Provence. C'est là qu'il se lança dans la sucrerie industrielle. Il avait pris le risque d'installer la machine de Degrand alors que ses concurrents se tournaient vers des appareils que le sieur Roth expédiait de Paris. Mais il avait été séduit par les performances de celui de Degrand, moins cher et qui surtout brûlait beaucoup moins de charbon, utilité qui lui était chèrement comptée.

— On ne peut pas se permettre de le décevoir ! ajouta Degrand. Il prend un gros risque en choisissant notre machine et nous avec, releva-t-il à nouveau devant celui qui était son bras droit.

Louis Bourrely avait eu un parcours tout aussi atypique que son patron. Son père, apothicaire de son état, l'avait destiné à devenir médecin. C'est ainsi qu'il entreprit des études à l'École secondaire de médecine de Marseille, la renommée faculté de Montpellier lui ayant paru assez inaccessible. De fait, il ne ressentit pas la vocation espérée par son père et tourna très vite le dos aux dissections et autres exercices pratiques qui le rebutaient vraiment. Non, lui c'est la physique et la mécanique qui le passionnaient. Après une solide formation, il travailla dans différents ateliers pour s'aguerrir. Aujourd'hui, chez Elzéar Degrand, il pouvait participer à cette formidable aventure qu'était la machine à vapeur. Son rôle était bien défini : il avait pour responsabilité de convertir en réalisations concrètes les idées bouillonnantes qui sortaient sans cesse du cerveau de son patron, ou de transcrire sur plan les modifications que Degrand faisait effectuer directement auprès des ouvriers.

Mais il percevait les limites que l'atelier de Degrand lui offrait. Son ambition était de travailler sur des projets d'une autre dimension et à terme de fonder sa propre société.

Un soir où il dînait chez son frère Philippe, la discussion vint sur ces innovations techniques qui commençaient à montrer leur potentiel. Philippe était plus âgé que lui et avait suivi une autre voie, celle des affaires. Il avait, dès le début, investi avec bonheur dans une saline et depuis connaissait un succès certain qui lui assurait une fortune appréciable. Il faut dire que Philippe n'avait pas son pareil pour déceler une affaire profitable, choisir le bon moment pour investir et mieux encore celui pour se retirer lorsque le bénéfice avait atteint un rendement qu'il jugeait conforme à ses objectifs. Il prêtait donc attention aux propos de Louis sur ces évolutions.

— Évolutions ! Tu plaisantes ! Il s'agit d'une véritable révolution ! Une révolution industrielle.

Louis, de tempérament plutôt timide et réservé, qui s'inclinait facilement devant la réussite de son frère, devenait très volubile et ne pouvait réfréner son enthousiasme dès qu'il s'agissait de parler technologie.

— Te rends-tu compte qu'aujourd'hui déjà, la machine à vapeur fait son apparition aussi bien dans les raffineries de sucre que les minoteries. Demain ce seront les savonneries et les huileries. Il est vrai que Marseille a pris beaucoup de retard sur Barcelone ou Turin, et je ne te parle pas des Anglais à Manchester ou Liverpool, mais l'industrie mécanique est désormais en marche dans notre cité.

— Mais comment les industriels vont-ils pouvoir financer ces nouveaux investissements ? s'interrogeait Philippe qui touchait là à un domaine qu'il maîtrisait mieux.

— Ils se plaignent que le taux légal de cinq pour cent pratiqué par les banques est usuraire ! Mais en fait nos clients trouvent facilement de l'argent à un meilleur taux sur la place. Tu le sais mieux que moi. Il en ira sans doute différemment lorsque cette révolution industrielle s'étendra aux transports.

— Encore une révolution ? Tu ne crois pas que nous avons eu notre compte ? plaisanta Philippe. De quoi veux-tu parler ?

— La navigation à vapeur. Le Havre et Bordeaux ont déjà leurs lignes maritimes à vapeur. On dit que plusieurs projets sont en cours d'étude pour relier Marseille à Naples. Tu n'imagines pas le nombre de bateaux et de machines qu'il va falloir construire ! Et puis il y a le transport ferroviaire. Une ligne vient d'ouvrir entre Saint-Étienne et Lyon. Demain ce sera vers Paris et Marseille. Finies les diligences, les malles-poste et les journées de voyage. C'est en heures que l'on comptera dorénavant.

Louis était intarissable sur le sujet et Philippe ne souhaitait pas l'interrompre, car il songeait aux opportunités auxquelles les prédictions de son frère pouvaient conduire si elles s'avéraient confirmées dans les réalisations.

— Qui, à ton avis, est le constructeur marseillais le plus prometteur pour prendre part à cette... révolution ? Degrand, chez qui tu travailles ?

— Je crains qu'il ne se satisfasse de sa dimension actuelle. Ce qui l'intéresse, c'est l'invention pas l'industrialisation.

— Qui alors ?

— Il y a bien le constructeur marseillais Jean-Baptiste Falguière qui s'est lancé depuis plusieurs années dans ces nouvelles technologies. Mais son atelier de la rue Périer est comme celui de Degrand, trop limité. On parle aussi d'un certain Benet à La Ciotat où son père possède un atelier de construction navale. Mais celui qui manifeste le plus d'ambitions est incontestablement Taylor. Philip Taylor est anglais. Là-bas il a acquis une grande expérience, c'est lui l'inventeur de la machine à vapeur horizontale. À Marseille, il a travaillé à l'installation de chaudières pour le compte des Marliani, tu sais, les minotiers.

— Oui, bien sûr. J'ai été en relations d'affaires avec eux.

— Ils n'ont pas pu le garder, car il avait d'autres ambitions. Ils ont malgré tout participé au financement de l'établissement de sa propre entreprise. Il jouit d'un grand succès et on lui prête les projets les plus ambitieux, aussi bien dans la navigation à vapeur que dans les transports ferroviaires.

Les mois qui passèrent furent entièrement occupés par Louis à l'installation des machines du marquis Forbin-Janson. Celui-ci tint à célébrer l'achèvement de sa *Fabrique* par une grande réception à Villelaure, où il convia de nombreux invités, la plupart des propriétaires intéressés par ces nouvelles machines dont la réputation inspirait une grande curiosité et un peu de crainte. En ville, les femmes ne disaient-elles pas, tout en faisant le signe de croix, que seul le diable pouvait faire de la farine avec du feu ! D'Alvort et Mathys étaient parmi les invités. D'Alvort proposa que l'on en profiterait pour séjourner quelques jours à la Bastide, ce qui ravit Jennie. Celle-ci demanda à ce que Malthide et son mari Jean les accompagnent. Ayant fait part de ce déplacement à son frère Jean-Jacques, qu'elle voyait de temps à autre sans trop connaître de ses activités, celui-ci manifesta un surprenant intérêt pour être de la partie. Il était impatient de découvrir ce à quoi un marquis français pouvait bien ressembler ! D'Alvort n'en serait pas ravi, mais il serait malséant de le tenir à l'écart.

La *Fabrique* du marquis Charles de Forbin-Janson leur apparut comme un véritable hameau industriel. Au-delà de la maison de maître, les bâtiments formaient un carré de cinq cents pieds environ et s'élevaient sur trois étages. On y trouvait des entrepôts, des logements pour une centaine d'ouvriers et l'unité de production de sucre pour laquelle les invités avaient été conviés. Elle renfermait plusieurs chaudières à cuire. De plus, toute la machinerie était actionnée par la force motrice de la vapeur, l'eau provenant d'une dérivation du canal de Villelaure.

C'est ce qu'expliquait le jeune ingénieur qui avait installé ces machines. Louis était dans son élément et faisait face avec brio à toutes les questions qui fusaient d'un public sous le charme de la modernité. La journée était magnifique et de grandes tables avaient été disposées sur la terrasse devant le château. Le marquis passait de l'une à l'autre, saluant ses invités, échangeant quelques mots. Il connaissait bien d'Alvort dont la Bastide n'était pas si éloignée. Ils s'étaient rencontrés lorsqu'il s'était lancé dans la culture de la betterave à sucre, à l'image des cultivateurs du Nord, pour profiter de la taxation discriminatoire sur la canne à sucre.

— Monsieur le marquis, permettez-moi de vous présenter mon épouse. Elle n'est pas en terrain inconnu, car sa famille exploite une plantation sucrière en Louisiane.

— Vraiment ? Monsieur d'Alvort connaît mes mésaventures passées avec la culture de la betterave. Depuis je suis revenu à l'achat des sucres bruts depuis les colonies. J'arme moi-même des bateaux pour assurer mon approvisionnement. Peut-être pourrions-nous envisager des relations commerciales avec votre famille ?

— Pourquoi pas. Mais je dois avouer que ce n'est pas vraiment mon domaine. Mon frère Jean-Jacques serait mieux placé que moi pour être votre intermédiaire auprès de notre frère aîné Louis-Antoine qui gère l'exploitation.

Jean-Jacques qui suivait la conversation s'inclina en signe d'assentiment, tout heureux de se voir assigner un rôle, qui plus est, auprès d'un vrai marquis. Il était toujours à l'affût d'une opportunité.

— Je connais en effet très bien Louis-Antoine Prieur, ajouta d'Alvort. C'est un homme avec qui vous pouvez traiter en toute confiance.

Mathys, lui, voulait en savoir plus sur cette machinerie dont il se prit à imaginer qu'un jour, elle pourrait équiper sa minoterie. Les frères Marliani étaient en train d'y procéder et il lui faudrait suivre le mouvement. Le marquis lui proposa de lui présenter cet ingénieur.

— Je vous présente Louis Bourrely, celui qui est à l'origine de ce succès technologique !

Louis, devant les invités du marquis, retrouvait sa modestie naturelle.

— Ce succès est avant tout celui des inventeurs qui m'ont précédé. Je n'ai fait que réaliser leurs projets.

D'Alvort et Mathys échangèrent un long moment avec Louis sur les conditions de mise en œuvre d'une telle réalisation. Pourrait-on faire de même dans la minoterie ? Quel en serait le coût ? Les questions étaient trop nombreuses pour être toutes débattues sur l'instant.

— Pourquoi monsieur Bourrely ne ferait-il pas étape à la Bastide à son retour ? Vous pourriez poursuivre cette discussion tout à votre aise.

La voix douce et bien posée de Jennie fit tourner la tête de Louis. Dès qu'il avait salué les invités du marquis, il avait remarqué cette jeune femme qui produisait immanquablement la même impression à ses interlocuteurs : celle d'une femme libre et indépendante sous couvert d'une grande distinction. Il n'imagina pas un instant décliner cette invitation, même s'il appréhendait plus les relations mondaines que la complexité des problèmes techniques de ses entreprises.

— Ce sera avec le plus grand plaisir, s'entendit répondre Louis.

Il ne savait plus très bien si cette réponse était directement adressée à Jennie où s'il s'était agi du projet de monsieur Mathys.

Jennie retrouvait avec le plus grand plaisir sa Bastide. Elle faisait découvrir à Mathilde les transformations qu'elle avait opérées pour la rendre plus fonctionnelle et accueillante pour leurs hôtes. Et puisqu'il était question d'hôte, elle se préparait à recevoir ce Louis Bourrely dont elle avait apprécié la connaissance d'un monde en mutation et dont elle se demandait comment il transformerait leur vie quotidienne.

À son arrivée, Louis fut accaparé par d'Alvort et Mathys. Jean, le mari de Mathilde se joignait le plus souvent à eux. Son beau-père souhaitait qu'il note tous les aspects qui seraient à prendre en compte le jour où il faudrait établir un contrat et un montage financier du projet. Jean, de par sa profession d'avocat, était rompu à ce genre d'exercice, mais c'était la première fois qu'il intervenait sur une affaire industrielle, étant plus souvent confronté à des accords commerciaux. Il prêtait donc une grande attention aux conversations, afin de se familiariser avec les éléments techniques du projet.

Jean-Jacques, que ces discussions n'intéressaient pas vraiment, retrouvait le plaisir de galoper dans la campagne environnante. Jennie l'accompagnait quelquefois, heureuse de monter la jument grise offerte par son époux. C'était l'occasion de se remémorer leur souvenir de Louisiane où ils parcouraient ensemble les plantations de cannes à sucre. Les évènements ayant causé leur départ des Cannes Brûlées restaient dans leur mémoire, mais ils n'y faisaient jamais allusion, peut-être pour tenter de les effacer définitivement. Elle ignorait tout des intentions de son frère quant à son retour en Amérique.

— Ne songes-tu pas à rentrer, lui demanda-t-elle à brûle-pourpoint ?

— Pour quoi faire ? Tu sais bien que Louis-Antoine ne me laisse aucune place sur la plantation. Je crois qu'il était bien heureux de m'exiler avec toi !

— Cette affaire avec le marquis, tu comptes t'y intéresser ?

— Oui, pourquoi pas. Mais pour le moment je lui serai plus utile ici. Je vais écrire à Louis-Antoine dans ce sens. Peut-être considérera-t-il ma proposition d'être son relais ici en France.

Peu à peu Louis fut moins sous la pression de l'attention et des questions dont il était l'objet de la part des hommes. Jennie et Mathilde en profitèrent pour se l'approprier, curieuses qu'elles étaient, elles aussi, de l'entendre évoquer ce monde nouveau qu'on nous promettait. Jennie se demandait comment un jeune homme d'apparence aussi timide et réservée pouvait s'enthousiasmer aussi rapidement dès qu'il parlait mécanique ! Un après-midi, alors que la maisonnée tombait dans une certaine torpeur après le déjeuner, elle l'entraîna sur la terrasse pour faire quelque pas.

— Dites-moi Louis, vous permettez que je vous appelle Louis ? Comment vous est venue cette passion pour une science aussi austère, me semble-t-il, que la mécanique.

— Il est vrai que je n'y étais pas prédestiné. Mon père aurait voulu que je sois médecin ou pharmacien comme lui ou son père avant lui. Peut-être suis-je plus à l'aise avec les machines qu'avec les êtres humains !

— Pas lorsque vous avez décidé de leur communiquer votre passion ! J'avoue avoir été très impressionnée par votre vision de l'avenir et de ce que ces machines nouvelles vont faire pour nous !

— Oui, je crois que nous entrons dans une ère nouvelle, et modestement, à ma place, j'aimerais y participer.

— Je suis convaincue que vous y parviendrez. Mais vous ne m'avez pas dit comment cette passion vous est venue. Je ne crois pas une seconde que ce soit pour fuir la gent humaine !

— Peut-être ai-je hérité des gènes de mon père. Avant d'être apothicaire, il a dû s'exiler en Amérique avec un de ses amis du Martigues, pour fuir la Terreur. Il y est resté quelques années au cours desquelles il s'est intéressé à la modernisation mécanique de l'exploitation que son ami avait fondée là-bas.

— Vraiment ? Où était-ce ? questionna Jennie, intriguée par cette révélation.

— C'était en Louisiane. Mon père nous en parlait quelquefois. Il nous racontait la vie de la plantation, les esclaves. Ses yeux brillaient lorsqu'il évoquait la granulation du sucre à la sortie des chaudières qu'il avait installées lui-même.

Jennie restait muette devant l'évocation d'une image qu'elle connaissait si bien.

— Excusez-moi, je crois que je vous ennuie avec mes histoires, s'interrompit Louis, se méprenant sur l'attitude de la jeune femme.

— Pas du tout, Louis. Seulement l'effet de l'émotion. Il se trouve qu'il y a quelques mois encore j'étais en Louisiane moi-même où mon frère exploite une sucrerie. Vous entendre a ravivé des souvenirs. Quelle coïncidence, tout de même ! Nos destins auraient pu se croiser là-bas !

— Mon père est rentré en France lors de l'amnistie des émigrés. Il a repris la boutique d'apothicaire de son père et a oublié les plantations. D'une certaine façon je perpétue ce qu'il n'a pu achever. S'il était encore de ce monde, je suis sûr qu'il aurait été très ému d'évoquer ces années-là avec vous.

Les jours filaient à la Bastide. Louis se surprit à réaliser que pour la première fois l'image d'une femme dans son esprit éclipsait celles plus habituelles des machines, même s'il n'en laissait rien paraître. En fine mouche qu'était Mathilde, cette attitude du jeune homme n'était pas passée inaperçue à ses yeux.

— Sous son air timide, je le trouve touchant... et je dirais même attendrissant, surtout lorsqu'il te regarde ! s'amusa Mathilde. Je crois que Louis en pince pour toi, ma chère ! ajouta-t-elle.

— Tu oublies que je suis mariée !

— Ne me dis pas que d'Alvort suffit à ton bonheur...

Pour toute réponse, Jennie lui renvoya un sourire énigmatique.

Et puis Louis s'en retourna. Jean-Jacques le conduisit à la diligence d'Aix qui en une petite journée lui permettrait de couvrir les douze lieues qui le ramèneraient à Marseille. Curieusement la Bastide parut soudainement plus vide ; pourtant Louis n'était pas le plus volubile des hôtes, mais il avait été le centre d'intérêt pendant toutes ces journées, et c'est après son départ que l'on réalisait tout l'espace qu'il occupait.

Avant de partir, Louis avait invité d'Alvort et Mathys à venir visiter l'atelier de Marseille. Peut-être ces dames souhaiteraient-elles les accompagner ?

Lors d'une visite que Louis fit à Jean pour discuter du projet de son beau-père, il renouvela son invitation.

— Pourquoi pas, répondit Jean. Je vais en parler à mon beau-père et à monsieur d'Alvort.

— Ces dames seront également les bienvenues, si elles souhaitent vous accompagner.

D'Alvort, souffrant, déclina l'invitation que lui avait transmise Jean et Mathys ne souhaita pas y aller sans son ami et partenaire dans cette affaire. Ce serait pour plus tard, dit-il. Mathilde manifesta un peu de déception, car elle était curieuse de voir l'antre où l'on fabriquait ces monstres de mécanique.

— Pourquoi n'irions-nous pas tout de même ? insista-t-elle. Tu pourrais te faire accompagner de ton frère Jean-Jacques, suggéra-t-elle à Jennie, consciente que celle-ci ne pourrait justifier sa présence, seule, sans d'Alvort.

Louis fut égal à lui-même. Intimidé tout d'abord de retrouver un visage qu'il ne pouvait refouler au fond de son esprit, il reprit son assurance dès qu'il aborda les domaines qu'il maîtrisait parfaitement. Jennie et Mathilde étaient impressionnées par l'effervescence qui régnait dans l'atelier, on dirait une ruche, commentaient-elles. La visite terminée, Louis proposa de quitter ce lieu, où le bruit assourdissant aurait bientôt raison des oreilles de ses visiteurs, pour la quiétude de sa demeure toute proche où il leur offrirait des rafraîchissements.

La discussion se poursuivit ainsi dans le calme. Le logis de Louis tenait plus d'un bureau, une sorte d'annexe de l'atelier, que de la maison d'un jeune homme de la bonne société. Les meubles et tables étaient encombrés de dessins, plans, notes de calcul.

— Décidément la mécanique est partout chez vous ! releva Jennie, amusée.

Jean signifia à son épouse que le temps était venu de partir, ayant un rendez-vous.

— Pourrais-je vous demander de me déposer sur votre route, j'ai également à faire en ville, demanda Jean-Jacques. Louis, vous aurez bien l'obligeance de raccompagner Jennie chez elle ?

Jean-Jacques se souciait fort peu de ce que pourrait penser d'Alvort s'il apprenait qu'il avait laissé son épouse livrée à elle-même. Et qui plus est, en compagnie d'un jeune homme, dont il avait bien compris que Jennie ne lui était pas indifférente. Non seulement cela ne le souciait pas, mais il s'en amusait. Après tout, sa sœur méritait bien de vivre une vie un peu plus intense que celle promise aux côtés d'un homme de l'âge de D'Alvort.

Louis et Jennie se retrouvèrent seuls dans la pièce d'entrée de l'appartement.

Des images traversaient la tête de Louis, où se mêlaient celles de sa bouche sur les lèvres de Jennie, de sa main effleurant sa joue, découvrant son épaule, la caressant et prenant peu à peu possession de sa taille puis de son corps tout entier.

Elle se dit alors que si Louis faisait un geste, posait ses lèvres sur les siennes, laissait ses bras l'enlacer, elle s'abandonnerait. À cette idée un frisson parcourut son corps.

— Venez, dit-il. Je vais vous raccompagner chez vous.

Louis ne pouvait se résoudre à compromettre Jennie. Elle était mariée. Il se devait de la respecter. Il la laissa dans l'incertitude de ses sentiments.

Philippe

La discussion qu'il avait eue avec son frère Louis l'avait incité à considérer avec plus d'attention ce mouvement industriel qui émergeait dans la cité phocéenne. Si ce que son frère disait des perspectives immenses offertes par le développement de la vapeur comme force motrice, pourquoi Marseille affichait-elle un tel retard par rapport aux autres grandes villes ? Pourquoi cet attentisme des milieux d'affaires ? Cette problématique alimentait bien sûr les discussions qu'il avait avec ses pairs, mais au contraire de ceux-là, ce n'était pas pour se plaindre, les uns de la rareté de l'approvisionnement en eau, d'autres du coût d'extraction du charbon ou de la qualité des gisements, ou encore du prix de revient du fer. Non, Philippe lui s'intéressait à ce qui permettrait de débloquer les freins de ce développement, et par conséquent d'identifier les opportunités qui pouvaient s'offrir dès à présent. Il s'était renseigné sur cet Anglais, Philip Taylor, et ce qu'il apprit confirmait l'opinion de Louis. C'est lui qui promettait le projet le plus ambitieux. Nul doute qu'il surclasserait bien vite ses concurrents. Il n'en fallut pas plus pour convaincre Philippe de participer au financement de sa nouvelle société de construction de machines à vapeur fixes et marines située dans le quartier de

Menpenti. L'homme l'avait séduit lorsqu'il lui avait exposé sa conception de la culture d'entreprise. Elle reposait sur une formation poussée de ses ouvriers marseillais par un encadrement qu'il faisait venir de Paris voire même d'Angleterre, pour les familiariser aux méthodes de fabrication et d'entretien liées à l'usage de la vapeur. C'est ainsi qu'il portât un grand intérêt à la proposition de Philippe de recevoir son frère Louis qui avait déjà une grande expérience dans ce domaine.

Ce n'était pas un secret, Louis commençait à se sentir un peu à l'étroit dans son poste chez Degrand. C'est donc avec enthousiasme qu'il accueillit la nouvelle que lui annonçait son frère.

La rencontre avec Philip Taylor se passa le mieux du monde. Ces deux-là étaient faits pour s'entendre. De plus Louis amenait avec lui le prospect de la modernisation de la minoterie Mathys. L'affaire fut donc conclue rapidement, et Taylor chargea Louis de prendre en charge immédiatement le projet Mathys.

Louis se devait d'informer son frère, se doutant que celui-ci avait quelque peu influé sur la décision de Taylor.

— Non pas du tout, de défendit-il. Sa société est en pleine expansion et il cherche des collaborateurs de confiance. Je pensais que tu répondais aux critères. Je suis heureux pour toi de voir que j'avais raison.

— Taylor m'a confié le projet Mathys. Je ne pense pas t'en avoir déjà parlé. C'est un minotier, comme les Marliani chez qui a travaillé Taylor. Il fait partie de mes connaissances. Il est très intéressé, mais je crois qu'il hésite quant au financement nécessaire pour cet investissement. Il a des appuis, mais probablement insuffisants. Peut-être pourrais-tu le conseiller ou même l'aider.

— C'est à voir. Tu pourras toujours me le faire rencontrer.

Il restait maintenant à Louis à rencontrer Mathys et son gendre pour les informer de la nouvelle orientation de sa carrière et de les convaincre de lui maintenir leur confiance. Il en profiterait pour leur dire que son frère Philippe était intéressé par leur projet et pourrait sans doute leur apporter ses conseils en matière de financement.

Jennie apprit par d'Alvort que Mathys envisageait sérieusement de se lancer dans l'aventure de la vapeur. Il lui avait confirmé qu'il souhaitait l'avoir à ses côtés pour permettre le financement de l'opération.

— Qu'en pensez-vous, ma chère amie ? questionna d'Alvort, qui se fiait de plus en plus au bon sens de son épouse. Seriez-vous prête à investir une partie de votre dot dans cette affaire ? Vous savez que je ne ferai rien sans votre accord.

— J'avoue avoir été impressionnée par les perspectives que semblent ouvrir ces nouvelles technologies. Mais à qui confierez-vous leur mise en œuvre ?

— Mathys m'a informé que c'est ce jeune ingénieur, vous vous souvenez de Louis Bourrely, qui est maintenant associé avec Philip Taylor, qui conduirait ce projet.

Bien sûr qu'elle se souvenait de Louis ! Elle se demanda si son mari le mentionnait pour guetter sa réaction. Elle ne l'avait pas revu depuis la visite de l'atelier. Elle n'était pas surprise de le voir franchir un échelon supérieur, la mécanique était sa vie...

— Naturellement, il était très convaincant pour défendre ses idées de révolution industrielle.

— Saviez-vous qu'il a un frère déjà engagé dans le financement de ce type d'entreprise. Il semblerait qu'il puisse aider Mathys à bâtir le montage financier de cette opération.

— Non, je ne le savais pas. Ne pourrions-nous demander aux Mathys de les inviter tous afin d'étudier cette opportunité, qu'en pensez-vous ?

Contrairement à son habitude, Jennie montrait quelques signes de fébrilité à l'approche de cette rencontre. Quelle serait l'attitude de Louis ? Qui était donc ce frère dont il ne lui avait rien dit jusque-là ? Mathilde ne lui avait été d'aucun secours. Heureusement elle serait là avec son mari.

Les hommes s'enfermèrent dans le bureau de Mathys dès leur arrivée en début de matinée. Jennie eut à peine le temps de saluer Louis et d'être présentée à son frère Philippe. Tout de suite le contraste entre les deux sautait aux yeux. Louis marchait derrière son frère, visiblement ému et troublé de se retrouver face à Jennie. Mathilde avait raison, il était attendrissant. De son côté, Philippe arborait l'allure altière de l'homme sûr de lui. Souriant, allant naturellement de l'un à l'autre, il imposait sa présence. Jennie se dit que cet homme-là ne devait pas connaître l'échec, en tout cas il ne devait pas l'accepter facilement.

Avant que le déjeuner ne soit servi, Louis s'était rapproché de Jennie. Mais son esprit était encore tourné entièrement vers la réalisation de son projet industriel. C'est donc pour l'inciter à convaincre son mari d'investir auprès de Mathys qu'il l'entreprit. Son regard, lorsqu'il croisait celui de Jennie, trahissait pourtant ses sentiments. Mais il parvenait à reprendre le contrôle de lui-même. Ses mots : « *Je vais vous raccompagner chez vous* » résonnaient encore dans la tête de Jennie.

Hasard ou volonté délibérée, madame Mathys avait placé Philippe à côté de Jennie tandis que Louis prenait place en bout de table. Simple façon peut-être de montrer que l'on comptait sur lui pour la réalisation de leur investissement.

La première impression de Jennie se confirma très vite. Philippe était à l'aise dans cet environnement un peu mondain. Il l'entretenait des choses les plus diverses, capable d'aborder tous les sujets de conversation. En même temps il s'enquérait sur ce qu'avait été sa vie avant d'épouser d'Alvort, dévoilant ainsi l'intérêt qu'il lui portait.

— La Louisiane ? Mon père y a séjourné dans sa jeunesse !

— Oui je sais, votre frère Louis m'en a parlé.

En prononçant son nom, elle se tourna vers l'extrémité de la table. Elle l'avait presque oublié ! Elle nota son air renfrogné. Louis enviait le charisme naturel de son frère. Il en était secrètement jaloux. Ou plutôt il était tout simplement jaloux. Il voyait Jennie converser, rire, se pencher vers Philippe semblant lui livrer une confidence. Elle ne lui parut jamais avoir été aussi belle.

Avant de quitter ses hôtes, Philippe fit mine de saluer Jennie et tout en lui baisant la main, lui glissa un discret au revoir, tout en la regardant droit dans les yeux.

Bien sûr, il fit tout pour la revoir. Il fit de Mathilde une alliée. Par elle, il se renseigna sur les habitudes de Jennie et assimila bien vite les informations qui lui permettraient de croiser opportunément sa route. Il rendit visite fréquemment à Jean sous prétexte de la mise au point de leur arrangement, et le plus souvent y rencontrait Jennie aux côtés de son amie. C'est ainsi qu'il apprit que Jennie avait découvert en France un divertissement qu'il lui était inconnu en Louisiane : le théâtre. Belle occasion que de les inviter tous au Gymnase où il bénéficiait d'une loge pour la saison.

D'Alvort n'ayant pas souhaité y prendre part, c'est Jean-Jacques qui fut à nouveau sollicité pour chaperonner sa sœur. Il ne prenait pas sa mission très au sérieux, mais ne dédaignait pas de prendre part aux mondanités locales, toujours source d'opportunités à ses yeux.

Philippe se montrait aussi érudit dans l'histoire du théâtre qu'il l'était dans tous les domaines où les conversations l'entraînaient.

— Le Gymnase est l'ancien Théâtre français, construit par Giraud Destival, un ancien acteur du Grand Théâtre, qui voulait une scène dédiée à la comédie et à l'opérette. Il a été rénové il y a un an et il s'appelle dorénavant le Gymnase. On dit que la grande mademoiselle Georges viendra honorer de sa présence la prochaine saison.

Le groupe prit place dans la loge. Philippe prit soin de placer ses invités sur le devant, tout en désignant un fauteuil pour Jennie, près de lui, un peu en retrait. Le spectacle du soir était *La fille de l'air* une féerie en trois actes de chants et de danses. Le ravissement se lisait sur le visage de Jennie devant la beauté du spectacle. Elle ne s'offusqua pas lorsque la main de Philippe effleura discrètement la sienne. Ni lorsqu'il lui murmura à l'oreille un compliment sur la beauté qui se lisait sur son visage à cet instant. Elle tourna la tête et son corps tressaillit lorsque Philippe porta la main, qu'il avait alors serrée, à ses lèvres, y déposant un léger baiser, et l'enveloppant d'un regard où se lisait un intense désir. Elle n'avait jamais, jusqu'à présent, éprouvé un tel trouble au contact d'un homme. L'entracte vint opportunément briser l'émoi qu'elle sentait monter en elle. Elle but avidement la coupe de champagne que Philippe leur offrit dans le foyer du théâtre. Elle s'amusa à penser que les scènes allégoriques du plafond de la grande salle étaient tout à fait appropriées au moment qu'elle vivait à présent.

Jean-Jacques, que la féerie du spectacle ne réussissait pas à avoir prise sur lui, n'avait pas été dupe du manège de

Philippe ni de la bienveillance de sa sœur à son égard. Il se dit que décidément les deux frères avaient réussi, chacun avec leur personnalité, à ébranler le cœur de sa sœur. Il devrait un jour lui demander vers qui penchaient vraiment ses sentiments !

Louis, de son côté, se morfondait depuis quelque temps. Comme toujours, son travail l'avait accaparé, d'autant qu'il avait dû prendre ses marques chez Taylor. Mais il sentait confusément qu'un éloignement s'installait avec le cercle des Alvort et des Mathys. Jennie lui manquait. Il était toujours écartelé entre ses sentiments pour elle et la raison qui lui dictait de respecter son statut. Il ne pouvait se déclarer, mais souffrait à l'idée qu'elle puisse vivre une vie heureuse à laquelle il ne participait pas.

Deux cœurs... un amant

Mathilde avait incidemment demandé à Philippe des nouvelles de son frère Louis.

— On ne l'a pas vu beaucoup ces derniers temps, fit-elle remarquer.

— Je crois qu'il est très pris par son travail, surtout depuis qu'il a rejoint monsieur Taylor.

— Ne serait-ce pas plutôt qu'il a pris ombrage de l'attitude de Jennie ? s'enquit-elle, une pointe d'acidité dans la voix.

Au début, Mathilde s'était amusée du comportement touchant, mais maladroit de Louis. Son mot habituel était *attendrissant*. Puis elle avait perçu que celui-ci, enfouissant de son mieux ses sentiments au fond de lui-même, n'en demeurait pas moins subjugué par Jennie. Et voilà que Philippe, son frère, avait jeté à son tour son dévolu sur son amie. Lui, avait toutes les caractéristiques du séducteur auquel une femme avait bien du mal à résister. Mais il est vrai qu'il était charmant. Comment Jennie ne pourrait-elle pas être troublée par l'intérêt qu'il lui portait d'une façon aussi ostentatoire ?

— Que voulez-vous dire, Mathilde ?

Elle regretta tout à coup de s'être aventurée imprudemment sur ce terrain. Elle ne pourrait reculer, elle le savait ; à l'évocation du nom de Jennie, Philippe ne la lâcherait pas.

— Simplement que Jennie, qui appréciait beaucoup Louis et son enthousiasme sur sa vision d'un monde bouleversé par la technologie, semble avoir pris quelque distance.

— Et Louis ?

Voilà la question qu'elle n'aurait pas voulu entendre. Elle s'était enferrée et maintenant elle comprenait qu'elle se trouvait au centre de ce qui prenait l'allure d'un mélodrame. Elle choisit la prudence.

— Louis a toujours eu beaucoup d'égards pour Jennie, ce qui était une litote en quelque sorte.

Quelques jours plus tard, Philip Taylor fit venir Louis. Les deux hommes s'entendaient très bien et une grande confiance s'était installée l'un envers l'autre. Le ton cérémonieux qu'adoptait Taylor surprit tout d'abord Louis ; il dénotait avec le dialogue très direct qu'ils avaient l'habitude de tenir. Il comprit que l'enjeu était différent cette fois-ci.

— Nous connaissons une belle réussite avec nos machines à vapeur et vous n'y êtes pas pour rien, Louis. Mais il nous faut d'ores et déjà penser plus loin, l'avenir sera la navigation et les chemins de fer. Il nous faut rivaliser avec les sociétés qui sont plus avancées que nous dans ces domaines.

— J'en suis entièrement convaincu, vous le savez bien, acquiesça Louis qui ne voyait pas où Taylor voulait en venir.

— Voilà, j'ai pensé que vous pourriez entreprendre un voyage à Lyon puis en Angleterre pour glaner toutes les informations disponibles sur les avancées de leurs sociétés. À Lyon, ils ont déjà six vapeurs qui naviguent sur la Saône !

Et Liverpool comme Manchester, où j'ai travaillé il y a quelques années demeurent une référence dans ces domaines. J'ai conservé des contacts et vous aurez l'autorisation de visiter leurs arsenaux.

— Mais je vais être absent plusieurs mois !

— Vous êtes jeune, vous n'avez pas d'attache ! Profitez de cette opportunité !

Cette dernière remarque de Taylor sonna bizarrement dans la tête de Louis. S'il avait tout sacrifié à sa vie professionnelle depuis le début de sa jeune carrière, il prenait peu à peu conscience que des liens plus forts pourraient infléchir son comportement. Le visage de Jennie traversa immanquablement son esprit.

Taylor nota qu'une hésitation se faisait jour dans la tête de Louis. Il fit plus que l'encourager à accepter, il lui fit comprendre que c'était aussi important pour la société que pour sa propre carrière. Louis comprit qu'il n'avait pas vraiment le choix.

Ce que Taylor ne pouvait lui révéler, c'est que son insistance était dictée par Philippe qui n'avait pas hésité à jouer de son influence d'actionnaire pour obtenir l'éloignement de son frère.

Au début, Mathilde avait été une alliée pour Philippe. Mais il avait perçu depuis qu'elle portait une certaine estime à son frère et qu'elle n'en ferait pas plus qui puisse desservir ce dernier. Il lui fallait trouver d'autres appuis s'il voulait se rapprocher de Jennie. Jean-Jacques ! C'est lui qu'il devait circonvenir pour atteindre son but. L'homme n'était pas trop regardant sur les principes et il avait l'avantage d'être proche de sa sœur, jouant quelquefois le rôle de chaperon auprès d'elle pour se dédouaner vis-à-vis de son époux, même si ce dernier ne semblait pas exercer sur elle une surveillance inquiète. Il l'invita à dîner dans un des cafés-concerts de la ville. Il avait deviné le goût de Jean-Jacques pour les divertissements et il pensait que ce cadre lui plairait et le mettrait en bonne condition. Ils ne s'étaient pas rencontrés depuis cette soirée au Théâtre du Gymnase. La conversation prenait une tournure badine sur les occupations de Jean-Jacques.

— Oh, vous savez, mon frère ne tient pas vraiment à m'avoir à ses côtés pour diriger l'exploitation, concéda-t-il. Alors j'ai pris le parti de demeurer ici.

— J'ai cru comprendre qu'il s'agissait d'une plantation de cannes à sucre en Louisiane ?

— En effet. Je vais d'ailleurs profiter de ma présence ici pour envisager des possibilités d'exportation de nos sucres bruts.

En déclarant cela, Jean-Jacques se donnait plus d'importance que son frère n'aurait accepté, mais il ne voulait pas passer aux yeux de Philippe pour un oisif vivant aux dépens de sa famille. Il lui décocha alors la flèche qui, pensait-il, le mettrait d'égal à égal avec cet homme à l'attitude quelque peu condescendante.

— Le marquis de Forbin-Janson que j'ai rencontré est très intéressé pour envisager un contrat d'approvisionnement de notre part. Nous devons en reparler prochainement.

Philippe ne marqua aucun signe d'étonnement, ce qui contraria Jean-Jacques. Au lieu de cela il poursuivait son approche.

— Je faisais remarquer à votre sœur que c'était une coïncidence, mais mon père avait émigré en Louisiane pendant la Terreur avant de revenir en France quelques années plus tard.

Philippe avait habilement fait allusion à Jennie dans la conversation afin d'amener progressivement Jean-Jacques sur son terrain. Mais pour le moment, il devait en faire son allié.

— Je connais un peu le marquis et j'ai plusieurs amis engagés dans le commerce avec l'Amérique. Je pourrais vous les faire rencontrer et intercéder en votre faveur, si vous le souhaitez.

La soirée se prolongeait et le vin et l'alcool aidant, Jean-Jacques se livrait plus ouvertement. Il souffrait de dépendre financièrement du bon vouloir de son frère et des lettres de change qu'il devait lui quémander. Et les liaisons entre l'Amérique et la France n'étaient pas rapides ! Oui, c'est vrai, il était bien tenté par le jeu et le hasard était capricieux ! Heureusement sa sœur ne lui refusait jamais de lui avancer les sommes nécessaires !

Le moment était venu pour Philippe de porter l'estocade.

— Pourquoi ne viendriez-vous pas, un de ces jours, chez moi, pour que nous puissions discuter de vos affaires d'exportation et de leur implication financière ? Votre sœur pourrait se joindre à nous, puisque je comprends que vos intérêts financiers sont liés, ajouta-t-il un peu perfidement.

Certes Jean-Jacques avait bu un peu plus que de raison, mais pas suffisamment pour l'empêcher de lui faire comprendre deux choses : Philippe le manipulait pour se rapprocher de Jennie, mais qu'en retour il pouvait aussi espérer lui extorquer des fonds.

Philippe n'avait pas abandonné sa stratégie de faire le siège de la maison de Mathilde, prétextant le besoin de parler affaires avec son mari. Un heureux hasard lui fit rencontrer Jennie une fois ou deux. Au souvenir de la soirée du Gymnase, aucun des deux ne pouvait cacher leur trouble. Philippe poussa l'audace jusqu'à glisser un billet dans la main de Jennie avant qu'elle ne franchisse la porte en compagnie de Mathilde pour une de leur promenade en ville à courir les magasins de mode. Ce n'est que lorsqu'elle se trouvât seule dans le fiacre qui la reconduisait chez elle, qu'elle l'ouvrit. « *Mes pensées sont toutes pour vous – Je ne peux oublier mes lèvres sur votre main depuis cette soirée au Gymnase – Retrouvons-nous. Votre P.* ». Son cœur se mit à battre plus fort. Cet homme la désirait et il l'attirait. Elle ne croyait pas qu'il s'agissait de sentiments, mais un instinct charnel avait pris possession d'elle. Elle s'empressa de déchirer le billet en mille morceaux et de se défaire de cette pièce compromettante.

Elle ne fut pas étonnée lorsque Jean-Jacques lui proposa de l'accompagner chez Philippe pour discuter d'un arrangement financier autour d'un éventuel contrat commercial pour l'exportation du sucre de la plantation.

— C'est lui qui t'a suggéré ma présence ? demanda-t-elle toutefois, d'un ton mi-interrogateur, cherchant à déceler à quel point son frère jouait un rôle dans cette initiative.

— Nos intérêts financiers ne sont-ils pas liés, ma chère sœur !

Le petit sourire en coin sur la bouche de Jean-Jacques en disait beaucoup plus que sa réponse.

Depuis leur arrivée, Philippe affichait le rôle de l'homme d'affaires dont les relations pouvaient être utiles à l'entreprise que Jean-Jacques voulait mener pour le compte de son frère. Il s'attachait à impliquer Jennie dans la conversation, reconnaissant par-là l'influence dont elle jouissait au sein de sa famille. Elle avait pourtant du mal à s'intégrer dans la discussion, son esprit était ailleurs, le libellé du billet ne s'effaçait pas de sa mémoire. Elle observait Philippe. Elle seule pouvait noter que lorsqu'il parlait, des mots sortaient de sa bouche, finance, affaire, relation, mais ses yeux se tournant vers elle tenaient un autre langage, celui du désir.

Au moment où elle s'y attendait le moins, Jean-Jacques se leva et prétextant un rendez-vous, s'éclipsa. Philippe aurait bien l'obligeance de la reconduire, dit-il simplement.

Jennie s'étirait voluptueusement auprès de son amant. Au départ de Jean-Jacques, Philippe avait pris délicatement sa main dans la sienne. Il l'avait portée à ses lèvres. Son visage s'était alors porté vers la courbe de son cou, ce contact l'avait fait tressaillir. Le reste n'avait été qu'un courant de sensualité qui l'avait emportée. Elle s'était abandonnée, soumise à une pulsion trop longtemps réfrénée. Il l'avait déshabillée avec lenteur comme pour mieux retarder l'extase à laquelle tous les deux aspiraient. Ses mains l'avaient caressée, découvrant chaque parcelle de son corps, s'attardant plus longuement là où le plaisir était le plus intense. S'abandonnant, elle ne songeait plus à lui rendre cette volupté. Son amant ne l'exigeait d'ailleurs pas, son désir paraissant satisfait par celui qu'il procurait à sa compagne, désir exacerbé par la jouissance dont elle lui envoyait les signes. Lorsqu'il prit entièrement possession d'elle, il sombra dans un univers qu'il n'avait jamais connu, avec aucune des femmes qui avaient jalonné sa route. À ses côtés, Jennie reprenait ses esprits. Elle prolongeait mentalement les moments qu'elle venait de vivre. Son corps était agité de petits soubresauts qu'elle ne pouvait contrôler. La simple pensée des actes de cette étreinte en déclenchait de nouveaux. Son corps ne lui avait plus appartenu durant tous ces instants, et elle en éprouvait une sensation de plénitude absolue.

Les mois passèrent. Jennie s'était résolue à mettre Mathilde dans la confidence de sa relation avec Philippe. Elle avait besoin d'elle pour lui servir d'alibi, elle était tenue à une prudence extrême pour ne pas provoquer un doute chez d'Alvort. De toute façon, elle aurait vite découvert la liaison des deux amants. Mathilde avait accepté bien sûr, Jennie était son amie et elle avait perçu la transformation de celle-ci. Avec cette relation elle paraissait épanouie. Mais comment ne se rendait-elle pas compte que Philippe était un séducteur. Certes il l'entraînait dans une sensualité qu'elle n'avait sans doute jamais connue auparavant, mais elle s'inquiétait du futur pour elle.

— Où cela va-t-il te mener ? demanda Mathilde. Philippe est charmant, certes, mais il ne construira jamais quelque chose de sérieux avec toi !

— Je ne veux pas me poser la question. Je ne suis plus tout à fait maîtresse de mes sens, avoua-t-elle. Je ne sais pas de quoi l'avenir sera fait.

— Et Louis, tu l'as oublié ? Lui au moins avait l'air sincèrement épris.

Jennie ne voulait pas répondre. Elle connaissait la droiture de l'un, mais c'est avec un autre que son corps vibrait. Et puis, tant qu'elle était madame d'Alvort, elle ne pourrait envisager de construire une autre vie. D'ailleurs Louis était loin et la question ne se posait pas.

Elle se poserait pourtant lorsqu'il reviendrait enfin de son long voyage. L'appétence de Louis pour les nouvelles technologiques avait trouvé de quoi le satisfaire, il avait accumulé un nombre incalculable d'idées novatrices qu'il avait hâte d'exposer à Taylor et de mettre en œuvre. Ce monde industriel nouveau qu'il entrevoyait était déjà une réalité dans de nombreuses villes où il avait séjourné. Sur un plan plus personnel, il avait mûri, gagné en assurance, ayant été confronté à un environnement social différent. En sortant de sa zone de confort habituelle, il s'était affirmé, plus déterminé à prendre le contrôle de sa destinée.

C'est dans cet état d'esprit qu'il s'apprêtait à rendre visite à son frère après ces longs mois d'absence. En vue de la maison de Philippe, se trouvant à environ une centaine de pas, il aperçut une silhouette franchissant le seuil. C'était une femme dont la voilette de son chapeau légèrement rabattue cachait une partie du visage. Il la vit se diriger quelques rues plus loin avant de s'engouffrer dans un fiacre et de disparaître. Il resta hébété quelques minutes sur le bord de la chaussée. Malgré la distance, il ne pouvait avoir aucun doute sur l'identité de la jeune femme, même s'il voulait se convaincre qu'il s'était mépris.

Il se précipita sur la porte d'entrée de son frère, tambourina violemment au marteau. Philippe lui ouvrit, marquant sa surprise de le voir débarquer chez lui alors qu'il le croyait encore en Angleterre.

— Je ne savais pas que tu étais rentré ! et son étonnement n'était pas feint.

Louis ne lui laissa pas le temps de s'appesantir sur les circonstances de son retour. Il se rua à l'intérieur.

— Comment as-tu osé ! s'écria-t-il hors de lui.

— Mais de quoi veux-tu parler ?

— C'est Jennie, n'est-ce pas qui sortait de chez toi !

Ce n'était pas une question, mais une accusation. Philippe marqua le coup et comprit que la fureur de son frère serait à la mesure des sentiments probables qu'il portait à la jeune femme.

— Tu n'es qu'un sale égoïste, sans la moindre considération pour les autres, même pas ton propre frère. Comment as-tu pu te livrer à compromettre cette femme !

— Il me semble qu'elle ne s'y est pas opposée.

— Tu n'as pas supporté que je forme des sentiments pour elle. Il a fallu que même là tu t'affirmes sans rival. C'est pour ça que tu m'as fait éloigner par Taylor, n'est-ce pas, avoue !

— Les sentiments dont tu parles te font perdre la raison. Retourne à tes machines à vapeur. Tu les comprendras toujours mieux que les femmes !

C'était plus que ne pouvait en supporter Louis. Il asséna un violent coup de poing au visage de son frère, le voua aux gémonies.

— Plus jamais je ne veux te revoir, lui lança-t-il.

Il partit en claquant la porte aussi fort qu'il le put, à la mesure de sa fureur.

Louis demeura prostré plusieurs jours durant, s'interrogeant sur ce qu'il devrait faire. Il envisagea le pire. Une question lui revenait à l'esprit d'une façon lancinante : comment Jennie, si maîtresse d'elle-même, s'était-elle laissée abuser par celui qu'il considérait comme un vil séducteur incapable du moindre sentiment d'affection et encore moins d'amour. Il se rapprocha de Mathilde qui l'avait toujours eu en amitié. Pourrait-elle l'aider à rencontrer Jennie ? Il voulait savoir.

Depuis sa liaison avec Philippe, Jennie avait redouté cette entrevue. Elle n'oubliait pas, toutefois, l'émoi qu'elle avait éprouvé pour ce jeune homme timide, mais attachant et dont la droiture, si elle l'avait exaspérée lorsqu'elle s'était sentie portée vers lui, dénotait la croyance en des valeurs estimables. Elle ne pouvait s'y soustraire.

— Pourquoi Jennie, pourquoi ? N'avez-vous pas perçu que l'amour que je vous porte depuis notre première rencontre devait s'effacer derrière votre statut de femme mariée ? Et aujourd'hui vous cédez à un homme qui n'a pas ces scrupules !

— Pardon Louis. Je regrette que mon attitude ait pu vous laisser entendre que j'avais compris votre dilemme.

Croyez que j'apprécié votre droiture. Mais, savez-vous, les femmes ne sont pas toujours maîtresses de leurs sens. Me conserverez-vous votre amitié ?

— Amitié, je ne sais pas si j'en serai capable, mais vous garderez toujours la plus grande place dans mon cœur.

Jennie esquissa un léger sourire à son intention, qui signifiait tout à la fois qu'elle le comprenait et qu'elle se reprochait d'avoir anéanti ses sentiments.

— J'ai encore une faveur à vous demander, Louis, en dépit du jugement que vous emporterez de moi. Ne révélez rien à personne, je vous en conjure.

— Comment pourrais-je vous nuire, Jennie. Soyez prudente et prenez grand soin de vous.

Avant qu'il ne se retire, Jennie déposa un léger baiser sur sa joue. C'était seulement un signe de remerciement, Louis n'en douta pas, mais il lui apporta un certain apaisement.

Sans-Visage

Février 1836

Le navire accosta sur le quai du port de Marseille. Une passerelle fut descendue pour permettre aux passagers de débarquer. Après un si long voyage, tous étaient pressés de retrouver la terre ferme. Certains titubaient quelque peu, ayant peine à assurer leur équilibre après avoir été depuis de longues semaines chahutés par le mouvement des flots. Un homme ne semblait pas dans la même hâte, il laissait passer le flot humain, comme s'il hésitait à débarquer. Si la plupart des passagers se congratulaient avant de se quitter après avoir partagé cette traversée, l'homme restait solitaire. Nul ne l'avait d'ailleurs vraiment remarqué, il ne s'était lié à personne. Vêtu d'habits sombres, portant une cape noire et un feutre assorti, son aspect n'était pas très engageant, malgré sa prestance et la qualité de ses vêtements. Sa démarche claudicante et surtout le masque de cuir, lui aussi de couleur noire, qui lui masquait une partie du visage, ne vous incitaient pas à vouloir engager la conversation. Il ne le cherchait pas non plus d'ailleurs. La cohue s'étant peu à peu écoulée, il se décida à franchir la passerelle. Auparavant il avait donné des instructions pour que sa malle soit déposée

179

dans l'entrepôt de la Compagnie, le temps qu'il trouve à se loger à Marseille. Il s'approcha d'un fiacre et demanda au cocher s'il connaissait une pension où il pourrait séjourner. Pour combien de temps ? Il ne le savait pas. Il cherchait un coin tranquille, où il ne serait pas importuné par le vacarme du port. Le cocher, marquant tout d'abord une réaction de recul devant l'aspect de Gaspard, flaira bien vite une bonne course lorsqu'il détailla la mise de qualité de son client. La vue des pièces agitées sous ses yeux suffit à le convaincre de conduire Gaspard sur le Grand-Cours, non loin de la porte d'Aix où était érigé un arc d'imitation antique qui paraissait non achevé, un peu abandonné même. La façade de la pension que le cocher lui avait recommandée était sobre, mais propre. Éloignée du port, mais assez proche du centre de la ville, la demeure sembla satisfaire l'homme.

Après un ou deux jours de repos pour se remettre des fatigues endurées pendant le voyage, il devint temps pour lui de se replonger dans ce qui avait été la raison de la disparition qu'il s'était imposée. Il avisa le patron de la pension, avec qui il avait pu nouer un contact, celui-ci ne paraissant pas outre mesure effrayé par l'aspect de son locataire. Il faut dire qu'il avait vu passer beaucoup de personnages étranges dans cette ville particulièrement bigarrée.

— Je recherche un ami qui a pu débarquer dans cette ville.

— C'est que la ville est grande ! Autant chercher une aiguille dans une meule d'*espigaous*, comme on dit chez nous !

— Vous devez bien connaître quelqu'un qui puisse engager une recherche pour moi.

— Il y a bien le Mulot ! Son vrai nom est Rambaud, mais dans le milieu, tout le monde l'appelle le Mulot. Je ne sais pas si c'est à cause de son faciès ou parce qu'il a la réputation de pouvoir fouiner partout !

— On peut lui faire confiance ?

— Vous savez pour être efficace dans ce travail, il faut être malin et rusé. Et plus ils sont malins ... En fin de compte, la confiance sera proportionnelle à l'argent que vous lui donnerez !

— Je suis prêt à le rencontrer.

Rambaud méritait bien son surnom. Il était plutôt petit et trapu. Ses yeux, peu proéminents, étaient noyés dans son visage ; même ses oreilles ne parvenaient pas à émerger de cette tête ronde. On l'imaginait sans difficulté pouvoir se fondre dans n'importe quel environnement. Mais comme le campagnol qui passait la plupart de son temps dans une vie souterraine, il devait être capable de sortir de son trou au moment opportun.

— Qu'attendez-vous de moi, monsieur... ?

— Je n'ai pas de nom, de toute façon il ne vous dirait rien. Appelez-moi Lafitte si vous y tenez !

Rambaud, qui dévisagea le visage déformé de son interlocuteur, aurait plutôt opté pour Sans-Visage, monsieur Sans-Visage.

— Je recherche un homme accompagné d'une jeune femme, sa sœur en vérité, qui aurait pu débarquer à Marseille il y a plusieurs mois, peut-être même deux ans, venant de Louisiane en Amérique. Il a une trentaine d'années, sa sœur un peu moins.

— C'est bien maigre pour débuter mon enquête !

— Peut-être est-il même reparti en Amérique. Son nom est Prieur, Jean-Jacques Prieur. Il a bien dû laisser une trace quelque part, non ? Sa sœur, en tout cas, doit toujours être dans les environs. Elle était venue pour se marier.

181

— Vous savez, Marseille est une ville très cosmopolite. De plus on y vient, on passe et on repart !

— Faites le maximum. Voilà de quoi entreprendre vos premières recherches. Revenez me voir d'ici quelques jours pour m'informer de l'avancement de votre enquête.

Le Mulot ne voyait pas par quel bout il allait bien pouvoir commencer sa chasse, mais la seule vue de l'enveloppe un peu gonflée, posée sur la table, lui fit oublier la difficulté de la tâche.

Il commencerait par le port, puisqu'il paraissait naturel que, venant d'Amérique, ce soit le moyen habituel pour débarquer à Marseille. Le succès d'un indicateur dépend de la qualité de son réseau d'informateurs. Et là, il savait qu'il était le meilleur. Bien sûr cela lui coûtait toujours plus qu'il n'aurait souhaité, mais on n'avait rien sans rien. Il alla trouver son contact au port pour vérifier la liste des passagers arrivés à Marseille dans les derniers mois. Sans-Visage n'avait pu lui indiquer de date précise, aussi avait-il exigé de remonter dans les registres pour les deux années écoulées.

— Mais ça va me prendre un temps fou ! récrimina l'homme du port.

Le Mulot rajouta une pièce sur la table devant lui ce qui acheva de le convaincre.

— Et tu en auras une autre si tu m'apportes un renseignement précieux, promit le Mulot pour l'encourager à entreprendre sans délai ses recherches. Tâche de t'y mettre sans tarder !

Le rendez-vous avec Sans-Visage approchait et le Mulot n'avait recueilli aucune information qui puisse le mettre sur une piste. Il repassa voir son contact au port. Rien !

— Il semble bien que votre homme ne soit pas passé par le port. Il n'y a aucun nom correspondant à Prieur dans les registres.

— Tu en es certain ? voulut s'en convaincre le Mulot dont le découragement commençait à poindre.

— Certain. Mais ce n'est pas forcément étonnant. Beaucoup de passagers venant d'Amérique préfèrent voyager vers Nantes ou Bordeaux, le trajet est moins long et plus sûr.

— Et dans ce cas, comment aurait-il rejoint Marseille ?

— Je ne vois que la diligence. Malheureusement les malles-poste ne tiennent pas de registre de leurs voyageurs.

— Venant pour s'installer en France depuis l'Amérique, ils n'ont pas pu faire transporter leurs malles par ce moyen ! Ils n'ont pu que le faire par bateau. Cherche de ce côté-là !

Cette fois, le Mulot pouvait arborer un sourire de satisfaction lorsqu'il se présenta devant l'homme qui se faisait appeler Lafitte.

— Monsieur... Lafitte, il faillit dire Sans-Visage, je crois avoir trouvé un début de piste.

— Ne me fais pas languir, l'homme adoptait à présent le tutoiement signifiant ainsi qu'il était le maître, mais ce qui tinta aux oreilles de Rambaud comme une promesse de poursuivre leur collaboration.

— Voilà. Nous n'avons aucune trace du couple dans les arrivées au port de Marseille dans les deux dernières années.

— Je croyais que tu avais une piste ?

— J'y viens. Des malles ont été transportées depuis La Nouvelle-Orléans vers Marseille, au nom de Prieur, il y a plusieurs mois. On le sait, car elles ont été déposées à l'entrepôt avant d'être retirées peu de temps après.

— On sait donc où il habite ?

— Malheureusement non, car si le nom de Prieur est bien mentionné, il n'y a aucune adresse. Il a dû les faire prendre par une voiture privée.

— Au moins nous avons l'évidence que c'est bien à Marseille ou dans les environs qu'ils se sont installés.

— Ne m'avez-vous pas dit que la fille était venue pour se marier ? Elle pourrait l'avoir fait dans cette ville, et dans ce cas on la retrouvera.

Pour toute réponse il déposa une bourse devant le Mulot qui se voyait *de facto* confirmé dans sa mission. Ce dernier enregistra qu'à l'avenir il conviendrait de distiller ses informations au compte-gouttes, Sans-Visage semblant plutôt enclin à le rémunérer au coup par coup.

Ce fut un jeu d'enfant pour le Mulot que se procurer une copie d'un acte de mariage dressé à l'Hôtel de Ville de Marseille. Il nota que c'est le maire en personne qui avait officié, le mari devait être honorablement connu dans la cité. Le reste de l'acte lui tira un sourire mitigé. Il lui apprenait bien le nom de l'époux de mademoiselle Prieur, originaire de Louisiane, un certain *Robert D'Alvort, propriétaire foncier.* Il mentionnait bien également la présence d'un dénommé Jean-Jacques Prieur, l'homme que Sans-Visage disait vouloir retrouver. Mais l'adresse portée n'était pas celle d'une rue de Marseille, mais à *la Bastide, commune de Pertuis, Bouches-du-Rhône.* Son déplacement et ses investigations lui prendraient une journée, deux tout au plus, et il préférait en apprendre plus avant de livrer ses trouvailles à Sans-Visage.

Après avoir questionné plusieurs villageois sur l'emplacement d'un lieu appelé *La Bastide*, on finit par lui dire : c'est la demeure de Monsieur d'Alvort, et on lui indiqua la route à suivre. La maison était fermée et semblait vide de tout occupant. Le Mulot fit la grimace. Toute cette route pour rien. Il se dirigea, à tout hasard vers la ferme voisine et s'enquit auprès du fermier où il pouvait trouver Monsieur d'Alvort.

— Que lui voulez-vous ? interrogea le fermier d'un air qui trahissait la suspicion.

— Un de mes amis voudrait le rencontrer pour parler affaires, mentit le Mulot.

Après avoir dévisagé l'homme qui s'adressait à lui, le fermier pensa vraiment que cet individu ne pouvait rien avoir en commun avec son maître. Au mieux un solliciteur, au pire un malveillant.

— Vous voyez bien qu'il n'est pas ici !

— Puis-je le trouver à Marseille alors ?

— Sans doute, mais je ne puis vous dire où il habite.

Le Mulot, esquissant un rictus qui cachait peut-être un léger sourire, s'en retourna sans discuter. Il en avait appris suffisamment. Il connaissait l'emplacement des propriétés de D'Alvort et avait la confirmation qu'il résidait bien le plus clair de son temps à Marseille. Son honorabilité dans la ville lui permettrait de le localiser sans difficulté.

Lors de sa rencontre avec Sans-Visage, le Mulot se fia à son intuition. Il ne lui dévoila que l'essentiel, à savoir que mademoiselle Prieur avait épousé un certain Robert d'Alvort et que le couple habitait Marseille.

— Trouve où elle habite ; le Mulot nota mentalement que c'était la femme qui l'intéressait, pas d'Alvort. Je veux tout savoir de ses habitudes, de ses relations, de ses déplacements. Fais-toi aider au besoin pour la suivre. Et reviens me rendre compte.

Le Mulot ne bougea pas de sa chaise. Mais ce n'était pas de nouvelles instructions qu'il attendait.

— C'est que j'ai déjà engagé des dépenses pour obtenir ces renseignements auprès des employés. Une surveillance comme celle que vous demandez réclame des moyens.

Il frotta son index contre son pouce pour mieux imager sa requête. Il prit sans discuter la bourse que Sans-Visage avait posée devant lui et s'en alla, remerciant Dieu ou le Diable d'avoir mis cet homme sur son chemin.

Gaspard demeura assis, plongé dans des pensées qui le portaient des Cannes Brûlées, galopant aux côtés de Jennie à travers les chemins de la plantation, jusqu'ici, à deux pas de chez elle peut-être, claudicant et le visage défiguré. Son amour pour elle était devenu impossible, il ne pouvait espérer la reconquérir. Cet amour-là avait laissé la place à une jalousie profonde, maladive. Il l'observerait, épierait ses faits et gestes, à en souffrir sans doute, mais cette idée s'imposait à lui. Non, il ne lui ferait aucun mal. Il voulait seulement la protéger des autres. Pour cela il devrait faire le vide autour d'elle. Même s'il ne pouvait l'approcher, il serait près d'elle, elle lui appartiendrait. Depuis son arrivée à Marseille, ses maux de tête avaient repris. Il avait découvert les bienfaits que lui procurait la morphine, et il n'avait eu aucune difficulté à s'en procurer sur le port. Toutefois le soulagement immédiat le laissait de plus en plus fréquemment dans un état de manque. Alors son esprit vagabondait, ses idées s'entrechoquaient et le plongeait dans un gouffre proche du délire.

Le Mulot planquait devant la maison de D'Alvort. Il ne lui avait pas été trop difficile d'obtenir son adresse, car celui-ci était assez connu dans la cité. Sa patience fut récompensée. Une jeune femme sortit de la maison et héla un fiacre. Bien qu'à une certaine distance d'elle, il la devina élégante, se mouvant avec aisance, et ne paraissant pas redouter un quelconque danger. Il se demanda ce que pouvait bien lui vouloir Sans-Visage. Ma foi, se dit-il, tant qu'il me paie ! Il avisa une voiture à son tour, indiquant au cocher de suivre celui qui venait de s'ébranler, mais pas trop près, recommanda-t-il. Encore une histoire de femme qui trompe son mari, se dit le cocher qui ne se formalisa pas de l'ordre de son client. Lorsque celui de Jennie s'immobilisa, le Mulot enregistra que la jeune femme glissait un mot à l'oreille du cocher qui ne reprit pas sa route. Il nota instinctivement l'adresse sur son petit carnet. Il avait vu juste. Une quinzaine de minutes plus tard, la jeune femme ressortit et s'engouffra dans le fiacre qui l'avait attendue. Il la conduisit dans une des avenues des beaux quartiers de la ville. Le Mulot la vit descendre, mais crut qu'il ne s'agissait plus de la même femme ! Elle avait rabattu la voilette de son chapeau, longeait le mur avec une discrétion absolue, se fondant dans la foule des passants. Elle obliqua soudainement vers l'entrée d'une maison et disparut. Le Mulot descendit à son tour pour repérer les lieux. Il sortit à nouveau son calepin et nota l'adresse. Il devina sans peine ce qui pouvait bien motiver une entrée aussi discrète de la jeune femme. Il ne servirait à rien de poursuivre l'attente, il saurait toujours où la retrouver.

Il se fit conduire sur le port. Léon, le minot, ne devait pas être bien loin. Malgré son jeune âge, il était déjà à la tête d'une bande de gamins. Ils opéraient à l'arrivée des passagers, leur offrant de multiples services contre espèces sonnantes et trébuchantes. Ils portaient leurs bagages, leur trouvaient un moyen de transport sans avoir à attendre, leur fournissaient des renseignements sur tout ce que ces nouveaux arrivants souhaitaient trouver dans un port comme Marseille, y compris les lieux les moins recommandables de la ville. Comme il fallait bien vivre, ils se livraient bien à quelques larcins, mais Léon veillait à ce que cela ne prenne pas d'importance démesurée qui mettrait en péril leur organisation bien rodée. Lorsque Léon aperçut Rambaud, il se doutait qu'il allait requérir ses services. Il aimait bien travailler pour lui. Il était régulier et ce qu'il lui demandait en général lui permettait de sortir de l'atmosphère un peu nauséabonde du port. Le Mulot lui expliqua en quelques mots ce qu'il attendait de lui et lui glissa quelques pièces.

Le Mulot se dit que sa journée avait été fructueuse. Il soupesait dans ses poches la bourse que lui avait donnée Sans-Visage et décida qu'il pourrait bien en dépenser un peu en s'accordant du bon temps ce soir. Il irait se changer, redevenant monsieur Rambaud, et irait faire un tour *Chez Nanon* pour s'offrir une de ses filles. Ou plutôt non. Ses moyens, pour une fois, lui permettraient de passer la soirée au *Cabaret de Grange*, rue du Tapis Vert. Les filles y étaient plus jeunes et plus jolies. Il y en aurait peut-être de nouvelles. Et comme il se sentait en veine depuis quelques jours, il se ferait admettre dans le salon contigu du cabaret. L'accès en était restreint, mais on pouvait y jouer à des jeux plus sophistiqués que dans les tripots du port, le vingt et un par exemple. Les mises étaient plus importantes, mais l'espérance de gain aussi, et ce soir ce serait son heure.

Léon découvrit sans peine l'identité du propriétaire de la maison où se rendait régulièrement la jeune femme. Le Mulot apprit ainsi qu'elle appartenait à un nommé Philippe Bourrely. Il garderait l'information pour lui, cela lui servirait peut-être en temps voulu. Et puis il doutait des intentions de Sans-Visage à l'égard de la jeune femme. Ce que lui révéla Léon plus tard était beaucoup plus intéressant. Elle se rendait quelquefois dans une maison dont les appartements étaient loués au mois. Il n'y en avait que deux ou trois, il avait été facile pour le minot d'extorquer de la concierge les noms des locataires, sous un prétexte fallacieux. Il ne savait pas écrire, mais sa mémoire était sans faille. Il les répéta au Mulot. Au second nom rapporté par le minot, il exulta : Prieur.

— Tu es bien sûr de ce nom ? fit répéter le Mulot, qui ne doutait pas de l'information, mais la savourait.

— Oui, oui ; Prieur ; et même que la vieille n'a pas trop l'air de l'apprécier. Il ne rentre que la nuit fort avancée, quand ce n'est pas au petit matin !

Il glissa de nouvelles pièces dans la main du minot. Il se moquait pas mal de ce Prieur et livrerait sans scrupule l'information à Sans-Visage. Il en retirerait sûrement une bonne récompense et lui éviterait de trop parler de la jeune femme.

Gaspard pressentit qu'enfin il touchait au but. Jean-Jacques n'était pas retourné en Amérique. Il était à sa merci. Il lui ferait payer ses méfaits et d'avoir brisé sa vie. La rage de la vengeance lui provoqua soudainement de douloureux maux de tête. La morphine l'aiderait à surmonter cette crise. Il marcha jusqu'à la boutique d'épices et drogues sur le port. Il y avait ses habitudes maintenant et le patron le fournirait discrètement de cette substance qui était la seule à pouvoir le soulager.

Le chantage

Rambaud portait encore les stigmates de la nuit précédente. La soirée avait pourtant bien débuté. La maquerelle du *Cabaret de Grange* lui avait réservé une des nouvelles filles arrivées dans l'établissement. Elle n'avait pas encore la peau flétrie des anciennes ni cet air blasé qui les habitait derrière des sourires de circonstance. Le jeu qui suivit lui fut moins favorable. Heureux au lit, malheureux au jeu, se dit-il pour se consoler. Il avait perdu pas mal d'argent, mais assez lucide il avait su ne pas dépasser ses limites. Il n'en avait pas été de même pour l'homme assis à la même table juste en face de lui. Il avait vite épuisé l'argent qu'il portait sur lui. Il devait toutefois être un habitué des lieux, car il le vit signer un papier avant qu'un personnage, à la mine un peu patibulaire, et le Mulot s'y connaissait dans ce domaine, ne lui remette une enveloppe. Le répit fut de courte durée, car le jeune homme perdait toujours. Le personnage qui était resté dans l'ombre, en retrait, vint alors le tirer assez sèchement par le bras pour l'entraîner vers la sortie. Rambaud le vit alors distinctement faire le geste d'une main frôlant sa gorge tout en lui montrant le papier.

— Deux jours, tu entends. Tu as deux jours !

La menace avait été entendue par les présents autour de la table, servant aussi d'avertissement pour ceux qui s'aviseraient de déroger aux règles de l'endroit.

La bourse dans la poche du Mulot avait fondu comme neige au soleil. Il n'avait pas d'alternative. Il lui faudrait reprendre la planque, trouver de nouvelles informations à distiller à Sans-Visage pour espérer se renflouer. Il hésita sur la conduite à tenir. Où avait-il le plus de chance de glaner quelque chose ? Il opta pour le domicile de la jeune femme. Après tout c'est elle qui semblait le centre d'intérêt de Sans-Visage.

Il devenait plus familier des habitudes de la jeune femme, aussi il n'eut pas à attendre trop longtemps avant de la voir sortir et se diriger vers un fiacre proche. Il se dit que le manège serait le même et il sentit un peu de découragement le gagner, ne voyant pas ce qu'il pourrait bien apprendre de nouveau et donc ce qu'il aurait à vendre. Il décida de se rendre directement à proximité de la maison de ce Bourrely. Il y avait une forte probabilité qu'il la retrouve là-bas. Sinon il tâcherait d'en savoir plus sur ce personnage, cela lui servira peut-être plus tard.

Ce n'est pas la surprise qui se lisait sur le visage du Mulot, mais bien de la stupeur. Et ce qui déclenchait celle-ci n'était pas l'apparition de la jeune femme, mais bien la silhouette qu'il devinait à bonne distance, se dissimulant derrière toutes les anfractuosités que lui offrait la rue. Mais l'œil aguerri du Mulot ne pouvait le tromper. Un homme la suivait et cet homme, claudicant légèrement, il le reconnut entre mille. Le Mulot réalisa qu'il avait été doublé et que dorénavant il lui serait bien difficile d'extorquer de l'argent de Sans-Visage. Il se reprocha d'en avoir sans doute trop dit, ce qui avait permis à ce dernier de remonter la piste. D'un autre côté il devait bien lâcher des informations pour justifier sa récompense. Il réfléchissait à ce dilemme et surtout comment il pourrait utiliser à son profit tout ce qu'il avait appris dans cette affaire. Il s'éclipsa le plus discrètement possible, la dernière chose qu'il souhaitait était de tomber nez-nez avec Sans-Visage.

Depuis qu'il avait vu Jennie sortir de chez elle, Gaspard était fasciné par son apparition. Il reconnaissait avec peine la jeune fille qu'il avait côtoyée en Louisiane. Il avait devant lui une femme accomplie. Son allure élégante, sa tenue, sa démarche même, contrastaient avec l'image de liberté qui émanait d'elle auparavant. Il était tout dans ses pensées lorsqu'elle était entrée dans cette maison bourgeoise, peu éloignée de chez elle. Il n'entendit pas le cocher lui demander s'il devait poursuivre sa route ou attendre. Combien de temps avait passé ? Gaspard n'en avait aucune idée. C'est alors que la porte-cochère s'ouvrit à nouveau livrant le passage à Jennie. Il ne la reconnut pas distinctement de là où il était, pourtant le vêtement était bien celui qu'elle portait. Cependant il lui parut que son aspect avait changé. Elle se fondait à présent dans la foule des passants, traversa deux rues et avisa un nouveau fiacre. Gaspard, tiré de ses rêveries décida de la suivre.

Arrivé devant la maison dans laquelle elle s'engouffrait le plus discrètement du monde, il n'eut guère de doute sur la motivation de sa visite. Peu lui importait qui elle venait rencontrer ici, ce qui le hantait et le faisait souffrir, c'est qu'elle puisse avoir une vie, peut-être même être heureuse, hors de son existence à lui. De violents maux de tête l'assaillirent à nouveau et il se résolut à rentrer chez lui pour y trouver l'oubli dans la morphine.

Deux jours ! avait tonné le cerbère du cercle de jeux, ce qui avait sonné comme une semonce dans la tête de Jean-Jacques. Ce n'est pas la première fois qu'il se trouvait dans une passe difficile, mais cette fois c'était du sérieux. Comment pourrait-il rassembler une telle somme dans un délai aussi court ? Il passait mentalement en revue les possibilités à sa disposition. Il pensa à Jennie, sa sœur, mais écarta cette option, il ne la solliciterait qu'en dernier recours. Il se dit par contre qu'il pourrait tirer parti de sa liaison avec Philippe. Là était sa chance.

Philippe avait tout d'abord accueilli fraîchement la demande de Jean-Jacques. Prêter de l'argent à un être aussi instable et débauché équivalait à faire une croix sur le remboursement. Puis il réalisa que ce n'est pas un prêt que quémandait le frère de Jennie. Il le menaçait tout simplement de tout révéler de sa liaison avec sa sœur à d'Alvort, s'il ne consentait pas à lui donner l'argent dont il avait besoin !

— Est-ce que tu *nous* menaces de chantage ! s'exclama Philippe en appuyant sur le « nous » pour signifier à Jean-Jacques qu'il nuirait également à sa propre sœur.

— Tu as bien su la compromettre, à toi de prendre tes responsabilités, lui répliqua-t-il.

Le ton montait et les deux hommes étaient proches d'en venir aux mains. Philippe sentit que Jean-Jacques ne reculerait devant aucun scrupule, il devait être acculé par quelques dettes de jeu. Il alla vers son bureau, prit l'argent qu'il lui demandait et le jeta avec mépris en sa direction.

— Et ne t'avise pas de revenir ! Si jamais tu dis un mot qui puisse nuire à Jennie, tu auras affaire à moi !

Philippe était hors de lui, d'avoir dû céder devant la menace. Il avouait, par cette attitude, l'intensité de sa liaison avec Jennie. Et l'autre en profiterait, il en avait peur.

— C'est le prix à payer pour assouvir ton plaisir... et assurer ta tranquillité, railla Jean-Jacques.

Il se montrait peu impressionné par l'avertissement de l'amant de sa sœur. Il savait déjà qu'il l'ignorerait et qu'il reviendrait.

Jean-Jacques le fit effectivement. La seconde fois, une scène identique se répéta. Les mêmes cris. Les mêmes menaces. La conclusion fut semblable aussi. Philippe céda une nouvelle fois. Mais ce fut la dernière. Sa porte fut définitivement fermée à Jean-Jacques, le filon s'était tari.

Le déjeuner touchait à sa fin chez les Alvort. Le café, cette boisson devenait de plus en plus populaire et les Alvort l'avaient adoptée depuis longtemps, était servi dans le salon attenant. C'est alors que le serviteur frappa à la porte de la salle à manger. Il tendit un pli à d'Alvort.

— Monsieur. On a glissé ce pli à votre intention sous la porte.

— Avez-vous vu le messager ?

— Non monsieur. Lorsque j'ai ouvert la porte, il n'y avait personne.

D'Alvort lâcha son journal, prit le pli et l'ouvrit. Les traits de son visage se tendirent instantanément.

— Ma chère, il semble que votre conduite ait attiré l'attention de personnes malveillantes à mon égard !

Le ton était cinglant. Jennie ne comprenait pas le sens de cette réflexion. Se pourrait-il que... ?

D'Alvort tendit le billet à son épouse. Sa crainte était justifiée. Le message était laconique, mais sans équivoque : « *Votre femme à un amant* ». Jennie blêmit sous le coup. Elle ne savait que trop ce que cela signifiait. Comment avait-elle pu être découverte ? Elle pensait avoir pris toutes les précautions nécessaires. Rien ne lui avait laissé présager qu'une personne autour d'elle pût vouloir la compromettre. Seule Mathilde était dans la confidence. Mais Jennie se refusait un seul instant à la croire coupable.

L'esprit occupé par ces interrogations, Jennie en oubliait presque d'Alvort qui exigeait des explications. Elle aurait presque souhaité qu'il s'emporte, qu'il la menace. Elle l'aurait imploré, aurait pleuré, espéré son pardon. Mais son ton était froid et sec. Les mots claquaient. Placé devant le fait accompli, l'homme se sentait humilié.

— J'attends vos explications, madame ! répétait-il devant l'absence de réactions de son épouse.

— Je vous demande pardon. Je ne voulais pas vous faire de mal. J'ai eu tort de céder à mes sens, et aujourd'hui je le regrette du fond de mon cœur.

— Que vous ayez trahi la liberté que je vous ai accordée est une chose, que vous n'ayez pas su le faire sans que je sois atteint dans ma dignité en est une autre.

— Je pensais que vous n'auriez pas à souffrir de mon comportement.

— Qui est donc cet homme à qui je dois mon déshonneur ? Ne serait-ce pas ce Louis qui vous dévorait des yeux ? Il paraissait pourtant très honnête !

Jennie éprouvait un grand sentiment d'abattement. Mais elle ne pouvait laisser porter la suspicion sur Louis qui avait toujours été droit avec elle. Comment le faire sans révéler le véritable nom de son amant ? Impossible. C'est dans un sanglot que Jennie dut avouer.

— Non, il s'agit de Philippe, son frère.

— Philippe Bourrely ? J'aurais dû m'en douter ! Il a le type même du séducteur. Je comprends que son charme ait pu vous attirer. Comment a-t-il pu après ce que je lui ai consenti ! s'emporta d'Alvort. Et je suppose bien sûr que vous avez bénéficié de la bienveillance si ce n'est pas la complicité de votre frère. Il ne m'a jamais accordé la moindre reconnaissance pour ce que j'ai fait à votre égard !

196

On ne pouvait plus arrêter d'Alvort, qui poursuivait son réquisitoire implacable sur ce ton monocorde qui glaçait Jennie. Elle ne comprenait rien à ces arrangements dont il parlait. Elle était hébétée par la situation.

— Mais que voulez-vous dire, je ne comprends pas ... murmura-t-elle dans un sanglot.

— Tous deux se sont bien gardés de vous dire que j'ai prêté une forte somme d'argent à l'un et à l'autre pour monter leur affaire d'importation de sucres bruts à destination du marquis de Forbin. Quel culot, après mon argent... ma femme ! Je vous le dis, j'aurais préféré que votre choix se porte sur son frère !

— Je vous demande pardon pour tout. Je ne suis pas digne de vous. Il vaudrait mieux que vous me renvoyiez en Louisiane ...

— Ce que j'exige de vous pour le moment, c'est que vous rompiez immédiatement cette liaison avec ce Bourrely et que vous me débarrassiez de votre frère ! Je les contraindrais à honorer sans délai leur reconnaissance de dettes. Je me charge de saper la réputation de cet homme sur la place financière ... quant à votre frère, sa réputation ne craint rien, ironisa-t-il.

— Je vous en prie, n'en faites rien, je vous en conjure. Mon frère n'est pas d'une grande droiture j'en conviens, mais l'acculer reviendrait à m'atteindre moi et aussi ma famille. Je vous rembourserais sur ma dot si vous acceptiez de le laisser tranquille. Je vais lui parler pour qu'il ne vous importune plus. De mon côté je vous jure de mettre fin à cette relation avec Philippe.

— Soit, je vous donne jusqu'à demain pour mettre de l'ordre dans vos idées et dans vos affaires. Que ce Bourrely disparaisse au loin !

Jennie marqua pour la première fois depuis la révélation de sa faute, un peu de soulagement. Elle n'avait pas encore repris totalement le contrôle de ses émotions, mais elle entrevoyait une issue à sa situation. Pour combien de temps, elle n'en avait pas la moindre idée. Serait-elle contrainte de quitter d'Alvort et de retourner en Louisiane, elle le redoutait.

Cette fois-ci elle n'eut pas à prendre de précaution particulière ni chercher à se dissimuler pour se rendre chez Philippe. Elle ignorait s'il serait chez lui, mais il lui était impossible de reculer cette visite. Elle l'attendrait si nécessaire le temps qu'il faudrait. À son air blafard, il comprit immédiatement que quelque chose de grave s'était passé.

— Je ne vous attendais pas à cette heure-ci, lui fit-il remarquer, quelque chose ne va pas ? Vous avez l'air si retournée !

— D'Alvort est au courant ! Au courant pour vous et moi ! Il a reçu un billet anonyme et j'ai dû tout lui avouer !

Jennie éclata en sanglots, libérée du poids de sa déclaration.

— Comment est-ce possible ? Vous preniez toutes les précautions et nous ne nous sommes jamais affichés en public.

Philippe tentait de passer en revue les éventuelles maladresses qu'ils auraient pu commettre l'un et l'autre et qui les auraient exposés à cette dénonciation. Par ailleurs qui pouvait leur en vouloir suffisamment pour leur nuire ? Une personne pouvait correspondre à ce profil.

— Je suis sûr que c'est votre frère ! Je ne vous l'avais pas dit, pour ne pas vous inquiéter, mais il est venu il y a quelques jours pour me soutirer de l'argent, me menaçant de révéler notre liaison si je ne m'exécutai pas. Avant-hier je lui ai refusé ma porte...

— Ce n'est pas possible ! Non, pas lui !

Ce n'était pas une dénégation de la part de Jennie, mais l'expression d'un désarroi devant ce qui était une évidence et qui la terrassait.

— Qu'allons-nous faire ? interrogea Philippe.

La question, il se la posait autant à son intention qu'à celle de Jennie.

— Vous ne m'aviez pas dit que vous étiez en affaire, Jean-Jacques et vous avec d'Alvort. Son ressentiment à votre égard n'en est que plus vif ! Il menace de ruiner votre réputation sur la place financière ! Il faut vous éloigner Philippe. Quitter Marseille. Au moins pour un temps. Je lui ai juré que je ne vous reverrai plus.

— C'est donc fini entre nous ?

— Pouvons-nous faire autrement ? De toute façon, il faut admettre que ce sont nos sens plutôt que nos sentiments qui nous ont guidés jusque-là. C'était une relation sans issue, ne croyez-vous pas...

Croyait-elle vraiment ce qu'elle déclarait ou se racontait-elle une histoire dont elle voulait garder la maîtrise de sa conclusion ?

Le soupçon s'abat sur Jean-Jacques

Philippe avait pris acte de la détermination de Jennie. Les derniers investissements qu'il avait faits ne lui avaient pas rapporté le bénéfice escompté et sa situation financière en avait pâti. Il ne pouvait se permettre de rembourser toutes les dettes qu'il avait contractées si sa crédibilité sur la place venait à être ébranlée. Dans un premier temps, il voyagerait pour le compte de Taylor, ensuite il aviserait. Ainsi il préserverait à la fois ses intérêts et ceux de Jennie.

Philip Taylor saisit comme une opportunité l'offre de Philippe de prospecter l'Europe pour son compte.

— Notre société prospère, lui expliqua-t-il, grâce aux marchés d'entretien et de réparation des navires de l'État. Mais la demande locale est encore insuffisante. Nous n'arrivons pas à assurer l'occupation constante de tous nos ouvriers.

— Nous pouvons nous tourner vers d'autres marchés.

— Justement. Je constitue un réseau de *mandataires généraux spéciaux* dont la mission est de sillonner l'Europe pour acheter des brevets et rechercher de nouveaux contrats auprès des entrepreneurs et des gouvernements.

— J'ai besoin de m'éloigner de Marseille et de voyager. Si je puis vous être utile dans cette mission...

— Entendu. L'Angleterre pourrait constituer un premier champ de prospection pour vous. De plus ils ont de bons techniciens, toujours susceptibles de nous rejoindre. J'en sais quelque chose !

Jennie ressentit un petit pincement au cœur lorsque Philippe lui fit savoir par un billet qu'il comptait parcourir l'Europe pour le compte de Taylor et de probablement s'installer en Angleterre. Son ressentiment à l'égard de Jean-Jacques refit surface. Son propre frère ! Comment avait-il pu la compromettre pour une simple question d'argent ! Après Gaspard qu'il avait éliminé de son entourage, Dieu seul savait ce qu'il était devenu, maintenant Philippe. Elle se retrouvait bien seule. Il la détruisait. Cela ne pouvait durer, elle lui parlerait.

Lorsqu'il vit Jennie débarquer chez lui d'une façon impromptue, Jean-Jacques comprit que l'heure des explications était venue. Les traits de sa sœur étaient tirés, signe qu'elle n'avait pas beaucoup dormi les dernières nuits, et surtout on lisait la colère dans ses yeux.

— Comment as-tu pu me compromettre ainsi ? attaqua-t-elle d'un ton dur.

— Je ne comprends rien à ce que tu me dis ! se défendit Jean-Jacques.

Bien que l'étonnement sur le visage de Jean-Jacques parût sincère, Jennie ne s'arrêtait pas.

— Je veux parler de ce billet infâme que tu as fait parvenir à d'Alvort !

— Mais je n'ai rien envoyé à ton mari ! Et qu'y a-t-il donc dans ce billet que je suis censé avoir écrit ?

— Que j'avais une liaison avec Philippe.

— N'est-ce pas vrai ?

— Oui. Ne me dis pas que tu l'ignorais !

— Tu n'avais donc pas besoin de moi pour te compromettre, railla-t-il, désireux de se défaire de l'emprise que sa sœur prenait dans cette conversation.

— Sans ta cupidité, d'Alvort n'en aurait rien su. Philippe m'a tout dit.

— Ah, je vois ! Il est allé pleurnicher dans tes bras que j'étais allé lui demander de l'argent.

— Dis plutôt que tu l'as fait chanter ! Et lorsqu'il a cessé de se soumettre à ton chantage, tu t'es vengé. Peu importe le mal que cela pouvait me faire.

— D'accord, je l'ai menacé de révéler votre liaison. Mais j'étais aux abois. J'avais besoin d'argent pour payer mes dettes de jeu. Mais je n'ai pas écrit ce billet !

— Je n'en crois rien ! Après Gaspard, maintenant Philippe ! Tu réussis, par tes malversations, à faire le vide autour de moi. Sans compter que ma situation auprès de d'Alvort est devenue très inconfortable. Trop c'est trop, Jean-Jacques ! Je ne veux plus te voir autour de moi. Reprends le bateau pour l'Amérique aussi vite que tu pourras !

Elle ne lui laissa même pas le temps de répliquer, elle partit en claquant la porte de l'appartement. Jean-Jacques restait ébahi. Il commençait sérieusement à considérer que de quelques côtés qu'il se tourne sa situation devenait préoccupante.

Depuis que le Mulot avait surpris Sans-Visage dans le sillage de la jeune femme, il n'avait plus d'informations à lui communiquer et donc plus d'argent à lui extorquer. Sans-Visage avait dorénavant les cartes en main pour se passer de lui. Il se dit pourtant qu'il lui restait un atout dans sa manche. Il l'abattrait avant de passer à autre chose et d'oublier cette affaire.

Il se mit à la recherche de Léon. Il lui expliqua soigneusement ce qu'il attendait de lui.

— Tu te postes devant la maison des Alvort. Tu t'assures que le bonhomme est sorti et tu vas remettre cette lettre à l'intention de madame d'Alvort. Tu as bien compris ?

— Oui, oui. Est-ce que je dois attendre une réponse ?

— Non. Tu insistes pour dire que c'est une lettre urgente et qu'elle doit être remise en mains propres à madame d'Alvort. Ne réponds pas si on te demande qui t'envoie. C'est tout.

Le serviteur remit la lettre à Jennie. La dernière missive ne lui avait pas porté chance. Elle l'ouvrit avec une certaine appréhension, d'autant que le messager n'avait pas voulu révéler qui en était l'expéditeur. Elle lut *« Je sais qui est l'auteur de la lettre anonyme – Venez demain à 3 heures de l'après-midi au Grand Café avec de l'argent si vous voulez savoir – Je vous reconnaîtrai »*. La confusion s'empara de Jennie. Elle savait bien que Jean-Jacques était l'auteur de la lettre. Que pouvait-elle apprendre de plus ? La dernière phrase du message l'intrigua toutefois. Elle signifiait que son auteur la connaissait, la suivait et l'épiait peut-être. Elle décida qu'elle irait au rendez-vous, ne serait-ce que pour l'identifier.

L'après-midi était belle, il y avait foule sur le boulevard et le Grand Café était bondé. Tout en cherchant une table où elle pourrait s'installer, elle balaya la salle du regard, quêtant un visage qui lui serait familier. Elle prit place tout au fond de la salle, là où quelques tables restaient vides, les clients préférant bien sûr le devant du café, là où ils avaient une chance de voir et d'être vus. Elle attendit quelques minutes, lorsqu'une voix derrière elle l'apostropha.

— Madame d'Alvort ? Je vois que vous êtes venue. Avez-vous amené ce que je vous ai demandé ?

Jennie opina légèrement de la tête, résistant à la tentation de se retourner pour dévisager l'individu. Elle n'eut pas à le faire, car il s'attabla en face d'elle, comme deux clients ordinaires. Le Mulot avait pris l'apparence de Rambaud afin de se fondre dans l'atmosphère propre aux gens de la bonne société.

L'homme réitéra sa question :

— Avez-vous l'argent ?

— Cela dépend des informations que vous pouvez me fournir.

— Je vous ai promis de vous dévoiler le nom de celui qui a écrit la lettre anonyme à votre mari.

— Quel intérêt puisque je le connais déjà !

Tout en parlant, Jennie tâchait de se souvenir si cet homme avait déjà croisé sa route. Elle n'en gardait aucun souvenir. Peut-être en savait-il plus qu'il ne le laissait paraître. Elle posa une enveloppe sur la table.

Rambaud y jeta un coup d'œil et ne manifesta pas un enthousiasme exubérant.

— J'espérais plus ! Disons que c'est un début !

— Alors ! Qui est l'auteur de la lettre ?

— Pour l'argent que vous m'avez remis, tout ce que je peux vous dire c'est que c'est moi qui aie fait parvenir la lettre à votre mari. Je peux vous la décrire pour vous en convaincre.

— Mais pourquoi ?

— Pour l'argent ma petite madame !

— En êtes-vous l'auteur ?

— Ça non. Je n'ai agi que sur ordre. Mais si vous voulez en savoir plus, revenez dans deux jours, même endroit, même heure. Venez seule, mais avec...

Il inscrivit un montant sur le dos de l'enveloppe qu'il rendit à Jennie après avoir englouti les billets dans la poche de sa veste.

— Vous semblez tout connaître de mes agissements !

— Oui, car cet homme m'a demandé de vous suivre partout où vous allez. Et il me paie pour cela.

— Avant de vous faire confiance, je dois savoir si je connais cet homme, s'il est de mon entourage.

— Ça m'étonnerait, dit Rambaud en riant. Ce n'est pas le genre de personnage que vous devez côtoyer !

Jennie en avait assez entendu. Elle se leva et partit sans laisser deviner si elle reviendrait le lendemain. Elle était troublée par les révélations de l'homme. Manifestement l'auteur de la lettre n'était pas Jean-Jacques. Elle ne l'imaginait pas payer un indicateur pour la faire suivre. Elle s'était méprise. Mais alors, qui était cet homme ?

Lorsqu'il la vit sur le pas de la porte, Jean-Jacques se demanda si sa sœur venait déjà s'assurer qu'il préparait son départ. Non, sa visite avait un tout autre objet.

— Je crois que je me suis méprise à ton propos, avoua-t-elle d'un air contrit.

— Qu'est-ce qui a bien pu te faire changer d'avis ?

Jennie lui relata, alors, son entrevue avec l'homme du Grand Café.

— Tu te rends compte ! Quelqu'un a payé cet homme pour me suivre et tout connaître de mes agissements.

— Le seul moyen d'en savoir plus, c'est de céder à sa demande. Mais je ne te laisserai pas y aller seule.

— S'il nous voit ensemble, il ne s'approchera pas.

— J'irai bien avant toi et je surveillerai la salle. Peut-être vais-je le reconnaître.

— Je regrette de t'avoir accusé. Mais tu as trompé ma confiance si souvent... Pardonne-moi.

Le jour venu, Jennie pénétra dans la salle du Grand Café plus anxieuse que la première fois. Ou plutôt son anxiété était d'une autre nature. À l'appréhension de se voir aborder par un inconnu se substituait la peur de la révélation. Elle prit place à peu près à la même table, dans un angle de la salle. Elle aperçut Jean-Jacques, non loin de là, distraitement occupé à lire un journal. Sa présence la rassura. L'attente fut plus longue que la première fois. Rambaud craignait à tout moment de voir surgir Sans-Visage, et il scruta soigneusement le visage des clients avant de s'approcher de Jennie et de s'asseoir en face d'elle. Il ne prit même pas la peine de la saluer, souhaitant écourter au maximum l'entretien. Son regard interrogateur signifiait qu'il voulait savoir si son exigence était satisfaite. Jennie opina de la tête et posa l'enveloppe sur la table. Il n'en contrôla pas le contenu. Il se dit qu'il ferait tout aussi bien de s'enfuir et de s'éviter des révélations qui s'avéreraient dangereuses pour lui. Il n'eut pas le temps d'esquisser le moindre mouvement. Jean-Jacques surgit de la table voisine, posa sa main sur l'enveloppe. Son attitude était menaçante.

— Je te reconnais ! Tu étais face à moi à la table des jeux du *Cabaret de Grange* ! Tu me suivais donc ? Qui te paye pour ce sale travail ?

Tout en parlant, Jean-Jacques étreignait son bras, empêchant Rambaud de faire le moindre mouvement.

— Si tu veux que cette enveloppe passe dans ta poche, tu as intérêt à nous dire tout ce que tu sais !

Rambaud s'était décomposé. La présence de cet homme lui faisait peur. Il semblait de fort méchante humeur et déterminé. Il ne le lâcherait pas.

— On m'a demandé de suivre madame et de rapporter tous ses faits et gestes. Mais j'ignore pourquoi, je vous le jure.

— Peu nous importe. Ce que nous voulons savoir, c'est le nom de la personne qui t'a payé.

Jean-Jacques resserra son étreinte pour mieux faire comprendre à l'homme qu'il n'aurait d'autre issue que de parler.

— Il se fait appeler Lafitte, mais je ne pense pas que ce soit son vrai nom.

— Où le rencontres-tu ?

— Il habite dans une pension dans le quartier du Panier.

— À quoi ressemble-t-il ?

— Il n'est pas d'ici, pour sûr ! Il est toujours vêtu de noir et ne se montre pas beaucoup. Un masque de cuir noir cache une partie de son visage. Je ne peux pas vous en dire plus. Ah si, c'est un mulâtre.

À ce dernier mot, Jean-Jacques et Jennie se regardèrent, interloqués. Ils pensaient la même chose. Jean-Jacques se rassit, lâchant le bras de Rambaud. Celui-ci profitant de la stupeur qui avait saisi ses deux interlocuteurs, empocha l'enveloppe et s'enfuit à toute jambe, se fondant dans la foule du Grand Café.

Jennie fut la première à rompre le silence.

— Est-ce possible ? Je le croyais mort !

— Tu penses qu'il puisse s'agir de Gaspard ?

— Cela expliquerait bien des choses, en effet. Il a toujours été amoureux de moi, et il n'aura pas accepté mon mariage avec d'Alvort. La jalousie l'aura poussé à vouloir me compromettre. Quant à toi, Jean-Jacques, je crois que son désir de vengeance ne doit pas te surprendre !

— Je crois que cette fois je dois disparaître pour de bon. S'il s'agit bien de Gaspard, il n'aura de cesse de me pourchasser pour assouvir son dessein. Ma vie est en réel danger. Déjà que je doive me prémunir de mes créanciers de jeux !

Sous cette dérision, Jean-Jacques savait que la menace était sérieuse. Il avait noté ce que l'homme avait dit. Son visage était défiguré. Blessé dans sa chair, Gaspard n'avait plus rien à perdre.

L'indélicatesse coupable

De retour chez lui, Jean-Jacques considérait la situation avec angoisse. La fuite était la meilleure option. Peut-être même devait-il envisager sérieusement de repartir en Amérique. Mais il n'avait pas d'argent et son retour ne serait pas forcément bien accueilli par son frère. Jennie et son mari étaient son seul recours, mais il n'était pas en odeur de sainteté chez ce dernier. Il se dit que, comme toujours, il trouverait une solution !

Le sentiment de Jennie, après les révélations de l'homme, était différent de celui de son frère. Ce n'est pas la peur qui l'habitait. Elle ne croyait pas que Gaspard s'attaquerait physiquement à elle. Elle redoutait plutôt un harcèlement de sa part, une sourde surveillance où elle serait toujours sur ses gardes.

Elle comptait tout d'abord régler ses comptes avec d'Alvort. Elle avait promis qu'elle honorerait la reconnaissance de dette que Jean-Jacques avait contractée au profit de son mari. Elle chargea son frère d'en régulariser la transaction avec Jean, le mari de Mathilde. Elle rédigea une lettre dans ce sens, leur donnant mandat pour traiter.

Jean-Jacques se rendit chez Jean pour lui transmettre les instructions de Jennie et lui confier la lettre le mandatant.

L'avocat se rapprocha du notaire des Alvort, celui-là même qui avait rédigé leur contrat de mariage. Le notaire haussa le sourcil au-dessus de ses besicles posées au bout de son nez, lorsque Jean formula sa requête.

— Mais, mon cher collègue, voulant ainsi se montrer à l'égal de son interlocuteur dont le titre d'avocat en imposait, de quelle transaction voulez-vous parler ?

— Pourquoi ? Y en aurait-il plusieurs ? s'étonna Jean qui pensait sincèrement avoir à régler une simple affaire de reconnaissance de dette.

Dans son empressement à répondre, le notaire s'était mépris sur ce que cherchait l'avocat. Il ne pouvait faire marche arrière. Après tout, l'avocat était mandaté par la famille et il n'avait rien à cacher.

— Deux, à ma connaissance. La première concerne une participation de monsieur d'Alvort, sur ses propres fonds, à l'égard de messieurs Philippe Bourrely et Jean-Jacques Prieur, pour laquelle chacun d'eux a signé une reconnaissance de dette.

— Et la seconde ? s'enquit Jean, ignorant la première information qu'il connaissait déjà, et curieux d'en apprendre plus.

— Eh bien, la seconde est un investissement fait par monsieur d'Alvort, mais cette fois sur les fonds propres de son épouse.

— Quel genre d'investissement ?

— Une société en commandite par actions.

Jean fit la moue.

— Ces opérations n'ont pas bonne réputation. Le plus souvent l'acte social surévalue le fonds de capital et restreint le droit des actionnaires. Je m'étonne que vous ayez pu lui recommander ce type d'investissement ! Et madame d'Alvort a donné son consentement ?

— Euh, non. Monsieur d'Alvort m'a indiqué qu'il avait tout pouvoir sur les biens de son épouse. Pourquoi ? Y aurait-il un problème ?

Le visage du notaire s'empourprait. Il se rendait compte qu'il avait agi un peu légèrement.

— Je crois que vous devriez m'indiquer le nom du banquier qui patronne cette opération de commandite par actions.

Ce n'était pas une demande qu'exprimait Jean, mais une sommation. Le notaire ne s'y trompa pas et s'empressa d'écrire un nom et une adresse sur un papier qu'il tendit à l'avocat.

— Vous savez, tout a été fait dans les règles, tenta de se justifier une dernière fois le notaire, qui entrevoyait déjà ce qui se passerait si cette affaire tournait mal. D'Alvort n'était pas n'importe qui !

Le banquier nommé par le notaire se montra d'abord réticent à recevoir Jean puis à lui parler. Fort de son titre d'avocat et muni d'une lettre de madame d'Alvort le désignant comme mandataire, Jean obtint enfin que le banquier l'informe sur la réalité de cette société et lui communique l'acte social de sa constitution. La vérité tomba bientôt.

— De fait, la société vient d'être mise en liquidation, révéla-t-il d'un air à peine gêné, comme si c'était une issue inéluctable à ce genre d'affaires. Vous savez, les actionnaires doivent comprendre qu'il y a un risque derrière tout investissement à fort potentiel, tenta-t-il de se justifier.

Comme Jean l'avait redouté, le montage de l'opération avait suivi les règles habituelles propres à tromper les acquéreurs. Le fonds de capital avait été triplé par rapport à sa valeur réelle, un gérant, commis à la solde de la banque, avait été nommé, et les actions avaient été, au mieux, insinuées dans le portefeuille des relations et amis, au pire, imposées aux clients qui avaient besoin des services de la banque. Sur la foi du banquier, patron de l'affaire, les actions avaient été souscrites sans examen sérieux. Il ne restait plus qu'à l'agent de change de la banque à faire monter artificiellement le cours de l'action. Le banquier s'était rémunéré par une large participation sur la plus-value, et la compagnie fondatrice avait empoché le capital et la prime d'émission. Il ne lui restait qu'à se mettre en liquidation, laissant un capital sans valeur et un gérant insolvable. Voilà ce qui était advenu de l'investissement que d'Alvort avait fait sur les fonds de son épouse.

Jean rapporta les résultats de sa mission auprès de Jean-Jacques.

— Quel culot ! s'exclama Jean-Jacques. Il prête de l'argent avec reconnaissance de dette sur ses propres fonds, et il investit ceux de son épouse dans une opération du plus haut risque, et sans l'en informer et encore moins obtenir son consentement !

Jean-Jacques ne tarda pas à débouler dans la maison de D'Alvort. Celui-ci l'accueillit fraîchement.

— Je vous croyais en route pour l'Amérique ! ne cachant pas sa surprise à cette intrusion.

— Il se trouve que j'avais encore quelques affaires à régler avant mon départ.

D'Alvort se dit que son beau-frère avait toujours ce ton un peu hautain qu'il détestait tant. Cette fois il semblait y ajouter une certaine ironie.

— J'avais exigé de votre sœur, dont vous savez bien sûr que j'ai à me plaindre de son comportement, que vous disparaissiez de ma maison et mieux encore que vous vous en retourniez en Louisiane.

Le ton était monté entre les deux hommes, et les bruits de la conversation avaient traversé les murs. Ils parvinrent jusqu'à Jennie qui fit irruption dans le salon.

— Serais-je l'objet de votre dispute ? ayant entendu la dernière phrase prononcée par son mari.

— Je pensais avoir été clair en vous demandant d'éloigner votre frère de ma maison !

— D'Alvort, peut-être seriez-vous intéressé de connaître les motifs des affaires qui m'ont retenu jusque-là ?

— Prieur, je me moque de vos affaires ! Partez !

— Même si elles concernent une société en commandite par actions ?

D'Alvort blêmit sous le coup asséné par Jean-Jacques. Celui-ci ne le laissa pas se reprendre et continua, s'adressant directement à Jennie cette fois, ignorant son mari.

— Ton époux, ma chère sœur, reprit-il d'un ton un peu doctoral, a puisé dans ta dot pour un investissement spéculatif qui a mal tourné. Et ce, sans t'en parler bien sûr.

— Reconnaissez-vous avoir commis cette transaction ? demanda Jennie, décontenancée par l'information.

— Je pensais agir dans votre intérêt, se défendit d'Alvort.

— Je regrette sincèrement la légèreté de mon comportement, mais il me semble que votre indélicatesse coupable nous rend quittes.

D'Alvort sembla opiner de la tête, mais se garda de toute parole, ne voulant s'avouer vaincu en présence de Jean-Jacques. Il tenta toutefois de reprendre l'ascendant.

— Que votre frère respecte notre accord. Qu'il parte au loin !

— Pas si vite d'Alvort. Un accord entre vous ne me concerne pas ! Si vous voulez que je m'éloigne, vous en passerez par mes conditions !

— Arrête Jean-Jacques, l'interrompit brutalement sa sœur. Cela est dorénavant une affaire entre toi et moi, laisse mon mari à l'écart ! Nous en discuterons ensemble ! Pars, maintenant !

Et se tournant vers son mari, elle l'assura qu'il en serait bien ainsi. D'Alvort quitta le salon, comprenant que le reste de la discussion entre son épouse et son frère devrait se faire hors de sa présence.

— Jean-Jacques, je t'en prie, ne complique pas mes relations avec d'Alvort. J'ai agi avec légèreté, il craint de se sentir humilié en public. En échange du silence et de son pardon, j'ai accepté de renoncer à Philippe et de le voir s'éloigner. D'Alvort ne t'apprécie pas, mais surtout il croit que tu as joué un rôle dans notre liaison. Il veut que tu partes. Et si l'ombre de Gaspard rôde autour de toi, c'est la seule issue.

— Je ne peux pas partir comme ça. Il me faut de l'argent. Et je peux forcer d'Alvort à m'en donner sinon je révèle à toute la place ses opérations financières délictueuses.

— Tu n'en feras rien ! Je serais la première à en pâtir et je veux conserver ma position auprès de lui. Il m'apporte la stabilité dont j'ai besoin. Ou devrais-je moi aussi m'en retourner en Louisiane ?

— Puisque tu as un accord avec lui, débrouille-toi avec lui pour me procurer ce dont j'ai besoin. En échange je préparerai mon retour en Amérique. Tu n'entendras plus parler de moi.

Les marchés vénéneux

Depuis la révélation de la présence de celui qui ne pouvait qu'être Gaspard, et la scène chez les Alvort, Jean-Jacques balançait constamment entre deux attitudes. Il lui fallait s'éloigner pour assurer sa sécurité, mais il ne pouvait s'y résoudre avant d'avoir amassé suffisamment d'argent pour garantir son indépendance. Il était certain que Jennie finirait par lui procurer ce dont il avait besoin, mais il voulait plus. Et puis, retourner en Louisiane ne l'emballait guère. Il retrouverait la mainmise de son frère Louis-Antoine sur ses affaires, quelle y serait donc sa place ? Ce qu'il désirait, c'était d'avoir une vie à lui.

Il avait appris par Jennie que Philippe Bourrely avait fini par s'installer à Londres. Il avait toujours entretenu des relations complexes avec les deux frères, n'avait-il pas fermé complaisamment les yeux sur les tentatives de l'un et de l'autre de se rapprocher de Jennie ? Il se dit qu'il avait peut-être trouvé une solution à ses problèmes.

Il rendit visite à Louis. Ce qu'il avait à lui proposer était pour le moins insolite.

— Vous savez, Louis, je n'ai plus de raison de rester en France dorénavant. Mais mon frère n'attend rien de moi en Louisiane non plus ! Alors j'ai décidé de me lancer dans les affaires. Je compte m'installer en Angleterre. Il y a, m'a-t-on dit, beaucoup d'opportunités là-bas.

Louis l'écoutait, mais ne comprenait pas en quoi il était concerné ni ce que Jean-Jacques attendait de lui.

— Je sais que votre frère Philippe y est établi. J'envisage de le rejoindre, il pourrait m'aider. Je me disais que mon entreprise serait grandement facilitée grâce à votre collaboration.

— Je ne vois pas en quoi je pourrais vous être utile. Si vous attendez de moi une introduction auprès de mon frère, sachez que nous nous sommes quittés en très mauvais termes et que nous ne nous sommes plus parlé depuis ce jour !

Jean-Jacques, qui ignorait l'altercation entre eux, accusa le coup. Son plan aurait à en souffrir. Il n'eut d'autre choix que de poursuivre.

— Voilà. Je sais que les Anglais sont à la recherche de toutes les informations qui leur permettraient de préserver leur avance industrielle et technologique. De par votre position chez Taylor, vous avez accès à ces informations. Je pourrais les emporter avec moi en Angleterre sans que personne ne sache ce qu'elles seraient devenues là-bas. Bien sûr vous y trouveriez votre compte également en reconnaissance de vos services.

— Jean-Jacques, je ne sais ce qui vous porte à croire que je puisse trahir quiconque ! J'ai la réputation d'un homme droit, et ce n'est pas votre sœur qui me démentira !

Louis n'osait pas imaginer que Jennie ait pu couvrir son frère pour une telle démarche.

— Je ne ferai rien de tout cela, conclut-il sèchement.

Philippe Bourrely, après s'être éloigné de Marseille sur l'injonction de D'Alvort, s'était installé en Angleterre, à Londres exactement. Auparavant, il avait sillonné l'Europe pour le compte de Philip Taylor. En Italie, il avait travaillé sur le projet d'une nouvelle société de réparation de matériel ferroviaire pour la ligne Turin-Gênes. En Angleterre, il s'informait, visitait, observait les avancées technologiques. Il n'entendait pas grand-chose des données techniques, mais s'intéressait à tout ce qui touchait à l'organisation, aux contrats, aux relations avec le gouvernement. Étonnamment, il parvenait à se joindre à des groupes de visites de chantiers navals et ferroviaires.

Ce jour-là, il était reçu chez John Martineau. Il n'ignorait pas que Philip Taylor et Martineau étaient associés il y a une dizaine d'années avant que le premier ne soit sollicité pour travailler en France. Philippe était donc particulièrement intéressé de voir où en était Martineau aujourd'hui avec ses machines à vapeur pour la navigation et le chemin de fer. La visite se fit sous la conduite d'un technicien qui semblait parfaitement maîtriser son sujet. Lors d'une transition, celui-ci s'approcha de Philippe, sans avoir eu l'air de le chercher, et lui glissa discrètement à l'oreille :

— Je sais qui vous êtes. Pourriez-vous m'aider à partir en France pour travailler ?

Pour toute réponse, Philippe lui remit, tout aussi discrètement, une carte avec son adresse où il pourrait le joindre.

En effet, quelques jours plus tard, le technicien anglais se présenta chez Philippe. Il voulait quitter l'Angleterre pour la France où il savait que ses compétences étaient recherchées et mieux valorisées. Mais ce n'était pas tout. Il proposait non seulement d'apporter son savoir, mais aussi quelques dossiers et documents qui pourraient intéresser une société de mécanique française.

— Taylor ?

— Pourquoi pas ? Je vais vous donner une lettre d'introduction et l'argent du voyage.

Le départ précipité du technicien anglais avait fortement déplu à John Martineau, car il savait la masse d'informations qu'il emportait avec lui. Il était devenu carrément hystérique lorsqu'il avait découvert que des dossiers sensibles avaient disparu. Il fit appeler Laing qui lui servait d'homme de main. Sa mission était claire :

— Tu cherches où il est parti. Sans doute en France. Tu le menaces jusqu'à ce qu'il accepte de rentrer en Angleterre.

— Et s'il refuse ?

— Tu t'arranges pour le compromettre. Utilise tous les moyens.

— Jusqu'à...

Pour Laing, le silence de Martineau valait acquiescement.

Le technicien n'était pas marié. Il vivait avec son frère cadet chez ses parents. Ceux-ci confièrent à Laing que leur fils avait quitté la maison. Oui, il souhaitait trouver un travail plus rémunérateur en France. Il parlait de Marseille où il connaissait quelqu'un qui pourrait l'embaucher. Ils n'avaient pas de ses nouvelles depuis son départ. Laing se mettrait sur sa piste dès le lendemain.

Philip Taylor ne fut pas réellement surpris lorsqu'il reçut l'homme muni d'une lettre de la main de Philippe. Il était bien placé pour savoir que nombre de techniciens anglais passaient la frontière, pensant trouver fortune en France. À l'évocation du nom de John Martineau, il repensa aux années où ils avaient travaillé ensemble. Débaucher un de ses meilleurs techniciens n'était peut-être pas très élégant, mais la concurrence était sévère et ne laissait pas place aux sentiments. Il l'accueillit donc.

— Je vais demander à Louis Bourrely, mon ingénieur, de vous héberger le temps que vous trouviez à vous loger à Marseille. Il est seul et je suis sûr que vous vous entendrez bien. Vous pourrez toujours lui montrer les documents que vous avez avec vous.

L'appartement de Louis était suffisamment vaste pour que l'Anglais puisse s'installer. Encore que ; la plupart des pièces étaient envahies par des plans, des notes, des dossiers, le tout étalé dans un désordre que seul Louis jugeait *organisé*. Cette *organisation*, Louis l'avait scindée en deux parties. À l'atelier, il supervisait les plans qui étaient nécessaires à l'exécution des pièces mécaniques. Chez lui, il travaillait sur les développements et les innovations qu'il convertirait en brevets. Il prétextait qu'il était plus tranquille et à l'abri des regards pour créer. Il pensait aussi qu'il accumulait des données qu'il pourrait utiliser le jour où il fonderait sa propre société.

Une chambre fut toutefois libérée à l'intention de l'Anglais. Il n'échappa pas à ce dernier que le fatras de documents épars dans l'appartement laissait apparaître des dessins bien différents de ceux auxquels il était habitué chez Martineau.

En pensant à Martineau, l'Anglais ne se doutait pas que Laing avait retrouvé sa trace. Arrivé à Marseille, il n'avait pas été trop difficile d'inventorier les sociétés de mécanique susceptibles d'avoir accueilli le technicien. Et lorsque le nom de Philip Taylor apparut sur la liste, il cocha directement ce nom. Il connaissait les anciennes relations de celui-ci avec son patron, et le fait qu'il soit anglais avait sûrement amené le technicien à se rapprocher de lui en priorité. Une journée de planque devant l'atelier avait suffi à Laing pour localiser son homme. Il le vit se rendre dans un immeuble, accompagné d'une personne qui apparemment travaillait aussi chez Taylor. Il nota l'adresse.

La patience de Laing fut récompensée lorsqu'il vît le technicien sortir seul de chez Taylor. Il se porta à sa rencontre et se planta devant lui.

— Tu me reconnais ! Je t'apporte le bon souvenir de monsieur Martineau !

Bien sûr qu'il le reconnaissait. Il savait aussi que Laing était l'homme à tout faire de Martineau, et plutôt les sales besognes.

— Comment m'avez-vous retrouvé ?

— Où tu iras, je te débusquerai ! J'ai un message pour toi de la part de monsieur Martineau : « *tu rentres immédiatement en Angleterre* ».

— J'ai trouvé un travail ici et je n'ai nullement l'intention de la quitter.

— Un travail ou une oreille attentive pour les secrets que tu as emportés avec toi ?

Le ton de Laing se faisait plus menaçant et l'Anglais se mit à prendre peur, sachant que son départ était considéré comme une trahison.

— Je vois que le message de monsieur Martineau n'a pas d'effet sur toi, alors maintenant c'est le mien que je t'adresse : « *tu rentres immédiatement en Angleterre... sinon...* ».

Le geste du tranchant de la main sur la gorge du technicien qui accompagnait ses paroles rendait très explicite la menace de Laing.

— Je vais te proposer un marché. Pour dédommager monsieur Martineau, tu vas te procurer les documents sur les dernières innovations de Taylor. Lorsque tu me les remettras, je te ferai sortir sain et sauf de France. Sinon... tu sais ce qui t'attend.

— Mais ils vont tout de suite s'apercevoir que c'est moi le coupable !

— Tu préfères peut-être la deuxième option ? Tu n'auras qu'à faire porter le chapeau à celui chez qui tu loges ! Au besoin je t'y aiderai. Retrouve-moi ici dans trois jours, tu entends, trois jours. Réfléchis bien !

L'Anglais savait que Laing ne le lâcherait pas et qu'il était dangereux. Sa vie valait mieux que quelques morceaux de papier. Il s'arrangea pour se retrouver plus souvent seul dans l'appartement de Louis. Il commença par repérer parmi les documents ceux qui lui paraissaient présenter le plus d'intérêt. Il s'attardait plus longuement sur les plans dont il ne comprenait pas immédiatement la signification, se disant qu'il s'agissait peut-être de futurs brevets. Mais il ne pouvait pas emporter ces documents, Louis s'en apercevrait dès son retour. Il décida de les recopier et de cacher les copies en lieu sûr. Une consigne ferait l'affaire. Mais trois jours ne lui suffiraient pas ! Et Laing s'impatienterait !

Il poursuivit toutefois son idée et commença son travail. La chance l'avait servi, car Louis avait dû s'absenter à la demande de Taylor pour superviser l'installation d'une machine.

Au troisième jour, il avait progressé, mais ce serait insuffisant aux yeux de Laing. Comme promis, celui-ci l'attendait à la sortie de chez Taylor. L'Anglais lui expliqua son stratagème et plaida pour un délai supplémentaire. Pour l'amadouer, il lui montra une copie du dernier plan qu'il avait réalisée.

— Je ne comprends rien à ton charabia technique. Sache seulement qu'à notre retour, si monsieur Martineau n'est pas satisfait de ton travail, ton compte sera bon ! Je t'accorde trois jours de plus.

Et Laing fila, laissant l'Anglais avec ses appréhensions de se voir découvert par Louis et Taylor ou de tomber dans les griffes de Laing.

Laing n'avait aucune confiance en l'Anglais. Il était sûr que ce dernier n'avait nulle intention de retourner en Angleterre, sa sécurité n'étant pas assurée après sa fuite de chez Martineau. Il se dit qu'il pourrait toujours récupérer le fruit de la trahison du technicien. Mais Martineau avait dit : « *tu t'arranges pour le compromettre – utilise tous les moyens* ». Le moment était venu.

Son stratagème était simple. Il dénoncerait le technicien auprès de Taylor, pour faire bonne mesure et ajouter de la crédibilité à cette manœuvre, il y ajouterait celui qui l'hébergeait. Dans trois jours il récupérerait les documents recueillis, et abandonnerait l'Anglais à son sort.

Lorsque Taylor eut entre les mains la lettre, non signée, qu'on venait de lui faire remettre, il n'en crut pas ses yeux et dut la relire plusieurs fois pour s'en convaincre : « *L'Anglais n'est qu'un espion qui vous pille avec la complicité de celui qui l'héberge – Ils s'apprêtent tous les deux à fuir en Angleterre* ». Ce n'est pas tant la révélation sur l'Anglais qui le terrassait, mais bien la trahison annoncée de Louis. Il lui avait tout apporté et maintenant il lui plantait un poignard dans le dos. Il avait été naïf de croire aux prétextes qu'il travaillait mieux aux développements des projets dans la tranquillité de son appartement. Il aurait dû se douter que la tentation de tirer un parti personnel de cette situation finirait par l'emporter.

Taylor fit venir Louis dans son bureau. Il lui montra le billet sans lui laisser le temps de le lire, tant sa fureur était grande.

— Comment avez-vous pu vous livrer à cette bassesse ! Me trahir pour livrer nos projets à nos concurrents ! Cela s'appelle de l'espionnage ! Vous êtes viré ! Je ne veux plus jamais vous revoir dans cet atelier. Je vais demander que l'on vous raccompagne chez vous afin de récupérer tous les documents de ma société qui s'y trouvent encore.

Louis demeurait hébété. Taylor l'accusait d'avoir volé des documents ! Il ne savait quoi répondre pour se défendre. Tant et si bien qu'il se trouva mis à la porte sans avoir pu n'opposer rien d'autre que :

— Mais c'est un mensonge...

L'appartement avait été vidé et Louis demeurait prostré, assis sur une chaise. Le ciel lui était tombé sur la tête. Qui était derrière cette manipulation ? L'Anglais, dont il n'avait pas de nouvelles depuis qu'il avait été chassé de chez Taylor ? Pourtant c'est l'image d'un autre visage qui s'insinua dans son esprit, celui de Jean-Jacques. C'était ça. Il lui faisait payer son refus de lui livrer des documents. Louis se sentit soudain très seul, personne pour lui venir en aide. Supporterait-il cette infamie ? Il songea au pire en cet instant de désespoir.

La vengeance

Louis voulait en avoir le cœur net. Il reprit courage et se dirigea vers le domicile de Jean-Jacques. En route il imagina toutes les hypothèses possibles. Son désappointement n'en fut que plus vif lorsqu'il trouva porte close. Le soir tombait déjà et il dut s'en retourner chez lui. Arrivé à proximité, il aperçut, malgré l'obscurité, une silhouette en sortir. C'était l'Anglais. Il portait un sac qui semblait assez lourd. Ses affaires sans doute, car il lui avait dit qu'il cherchait un logement. Il le suivit à tout hasard, ignorant complètement ce qu'il attendait de cette surveillance. Mais dans l'état de désespoir où il se trouvait, ses réactions devenaient mécaniques, échappant à toute stratégie. Il n'eut pas à aller trop loin. L'Anglais pénétra dans un immeuble sur la porte duquel on pouvait lire *Pension disponible*. Il n'apprendrait rien de plus ce soir, pensa-t-il, et s'apprêtait à rentrer. Il vit alors l'Anglais ressortir du bâtiment, ne portant plus de sac, il avait donc bien emménagé à cet endroit. Il tenait dans la main ce qui lui parut être un petit paquet, serré contre lui. Il ne lui coûterait rien de poursuivre sa filature.

Louis le suivit un assez long moment, marchant à distance de lui, jusqu'à l'angle de la rue Thubaneau et de la rue d'Aix. Le quartier était sinistre, des filles racolaient les passants, des bouges s'étiraient tout le long de la rue. L'Anglais s'était arrêté, tirant sa montre de son gousset et vérifiant l'heure. Louis allait traverser la rue pour l'interpeller et lui demander des explications, lorsqu'un homme s'approcha de l'Anglais. Ils semblaient se connaître, car une discussion s'engageait entre eux. L'Anglais montrait son paquet à l'homme, mais le gardait serré contre lui. La rencontre tourna bientôt à l'invective et les deux hommes étaient proches d'en venir aux mains. Des bribes de paroles parvinrent jusqu'à Louis. Ils parlaient en anglais.

— Pour le reste, il me faut de l'argent...

— Pour que tu disparaisses...

— Vous pourriez ensuite en obtenir le double, pour votre propre compte.

L'homme saisit l'Anglais par le revers de sa veste et le secoua violemment. L'Anglais trébucha et sa tête vint heurter le rebord du trottoir. D'où il était, Louis vit du sang s'écouler dans le caniveau. L'Anglais ne bougeait pas. Louis ne put retenir un cri étouffé. L'homme l'entendit, tourna la tête dans la direction du bruit, mais dans la nuit noire ne parvint à distinguer qu'une silhouette. Il se baissa, prit le paquet que l'Anglais tenait encore serré dans ses mains, et prit la fuite. Louis était terrorisé. L'homme enfui, il s'approcha du corps de l'Anglais, ne put que constater qu'il était mort, et choisit de s'éloigner à son tour aussi vite que ses jambes flageolantes le lui permettaient.

Jean-Jacques n'osait plus sortir de chez lui, craignant à tout moment de voir surgir Gaspard. Les rares fois où il mettait le nez dehors, il le faisait avec méfiance, se retournant constamment, épiant tous ceux qu'ils croisaient ou qui le dépassaient. Il avait échoué à faire plier Louis et sa sœur l'avait rejeté. La déprime le gagnait. Il savait qu'il devait partir et il ne le pouvait pas. Pour rompre son isolement, il décida ce soir-là d'aller faire un tour au *Cabaret de Grange*, rue du Tapis Vert. Il y était un familier des habitués.

Le déroulement de la soirée l'avait ragaillardi. Il goûta à nouveau aux charmes de la fille de la dernière fois, dont il avait tant apprécié le naturel de son jeune âge doublé déjà d'une solide expérience. L'alcool avait fait le reste. Il n'avait même pas éprouvé le besoin de tenter de s'approcher de la salle des jeux, de toute façon on lui aurait probablement refusé l'entrée en cette période de disette financière qu'il traversait. Il ne lui restait qu'à regagner son domicile.

Il venait à peine de franchir le seuil du bouge, qu'un homme se précipita sur lui, le surprenant par-derrière. Une brûlure traversa son dos. Fulgurante. Son cri perça la nuit et puis plus rien. Il s'écroula sur le trottoir.

Le portier, témoin de la scène, ne put esquiver le moindre geste, mais l'éclat de sa voix obligea l'agresseur à s'enfuir. Il ne le vit pas, se portant immédiatement près du corps étendu. Ses appels parvinrent jusqu'à l'intérieur du bouge. Par bonheur, un des hommes présents dans l'établissement répondit à ceux-ci. Il n'eut que le temps de repousser les deux filles qui papillonnaient autour de lui, remettre sa veste, rajuster son col.

— Laissez-moi passer, je suis médecin.

Une chance que l'établissement soit de nature à recevoir des notables et pas les marins de passage, se dit le portier. Il fit transporter le corps dans un des salons afin de constater l'état de la victime.

Tapi dans l'ombre, un homme avait assisté, impuissant, à toute la scène. Lorsque Jean-Jacques était sorti du bouge, il s'apprêtait à reprendre sa traque, espérant encore glaner quelques renseignements qu'il pourrait monnayer. C'est alors qu'il avait vu un homme se jeter sur sa proie, par-derrière, et le poignarder dans le dos. Il était habillé de noir et coiffé d'un large chapeau de même couleur. Lorsqu'il s'était enfui en claudiquant légèrement il n'avait eu aucun doute sur l'identité de l'agresseur.

L'inspecteur de police arrivé sur les lieux avec deux de ses hommes ne manifestait pas un grand intérêt pour cette affaire d'agression. Un client poignardé à la sortie d'un cabaret, cela sentait le règlement de compte à la suite de jeux malheureux ou de l'œuvre d'un mari trompé. Il effila sa moustache en souriant à cette pensée. En attendant, c'était la routine. Il interrogeait le portier qui déclara n'avoir rien vu de l'agresseur, préoccupé qu'il était de porter secours à la victime. Eh bien, cela sentait l'affaire qu'il faudrait classer faute d'éléments, se dit-il. À tout hasard il avait envoyé ses deux hommes regarder à l'entour si quelqu'un avait assisté à la scène ou si quelques indices pouvaient être recueillis. Il ne se faisait aucune illusion, dans ce genre de quartier, les auteurs de crimes laissaient rarement des traces. C'est alors que l'un des deux policiers débarquai débarqua en courant et l'interrompit.

— Chef, venez voir ! Il y a un corps au coin de la rue sur le bas du trottoir. L'homme est mort !

Deux crimes à quelques pas de distance, au même moment, voilà qui rendait son affaire plus intéressante.

Un homme baignait dans une mare de sang. Il se pencha et ne put que confirmer le constat de son subordonné : l'homme était bien mort. Le dérangement de ses vêtements faisait supposer qu'il y avait eu une lutte et que l'homme s'était défendu. La position de sa tête sur le rebord du trottoir était probablement la conséquence d'une chute malheureuse. Il fouilla ses poches. Il en retira un passeport où figurait un nom de nationalité anglaise, Redford – David Redford. Il se mordit la lèvre. Si de plus il s'agissait d'une affaire aux implications internationales... Dans l'autre poche, il trouva un papier d'apparence anodine : une adresse et un numéro. L'inspecteur était un policier d'expérience et qui connaissait tous les arcanes de la ville. L'adresse ne lui était pas inconnue, c'était celle d'un établissement de consignation, le numéro sans doute celui d'un dépôt. Il irait y faire un tour le lendemain.

— Vous vous souvenez de l'homme qui a fait un dépôt portant ce numéro ? s'enquit l'inspecteur devant l'employé.

— Il est venu deux ou trois fois ces derniers jours.

La description sommaire de l'homme correspondait bien à celle du corps retrouvé rue Thubaneau. L'inspecteur prit le paquet, résistant à l'envie de l'ouvrir sur-le-champ pour ne pas éveiller la curiosité de l'employé.

Ce qu'il trouva à l'intérieur le laissait perplexe. Des dessins, des plans, des notes. Mais le tout était griffonné, sans indication lui permettant de savoir de quoi il s'agissait. Des copies, se dit-il. Il retournait les pièces l'une après l'autre, lorsqu'il découvrit un nouveau document, soigneusement plié celui-là. Il le déplia. C'était un vrai plan portant un cartouche dans le bas à droite où il lut : « *Société de mécanique Philip Taylor – signé : Louis Bourrely* ». L'inspecteur se dit que cette fois-ci, il tenait un véritable indice.

Philip Taylor lui rapporta les raisons qui l'avaient poussé à congédier Louis Bourrely. Il montra à l'inspecteur le billet anonyme qu'il avait reçu. L'inspecteur nota qu'un Anglais était mis en cause. Oui, il l'avait accueilli récemment. C'était un bon technicien. Il ne s'était pas méfié. Il travaillait de conserve avec Bourrely. D'ailleurs il logeait chez lui.

Tous les éléments du puzzle commencent à trouver leur place, se dit l'inspecteur. Il lui restait à mettre la main sur le principal suspect.

— Où puis-je trouver ce Bourrely ?

— Je suppose qu'il n'a pas déménagé. Voici son adresse.

L'inspecteur n'en oubliait pas pour autant l'agression devant le cabaret. Sa longue expérience lui avait permis de ne pas trop croire aux coïncidences. Il fit poster une de ses mouches devant le domicile de la victime. Ses instructions étaient d'intercepter quiconque tenterait d'approcher du logement.

Plutôt que de se rendre à l'adresse que lui avait fournie Taylor pour interroger Louis, l'inspecteur le fit cueillir pour l'amener à l'Hôtel de police. Les lieux étaient suffisamment sinistres pour impressionner les suspects, et un interrogatoire y donnait toujours de meilleurs résultats que dans le confort d'un appartement.

Louis fut conduit devant l'inspecteur. Il était terrorisé. Il se doutait bien que sa convocation avait un lien avec ce qu'il avait vu rue Thubaneau. Mais comment était-on remonté jusqu'à lui ? Il n'avait rien à se reprocher, mais le croirait-on ? Il fut presque soulagé lorsque l'interrogatoire commença.

— Monsieur Bourrely, connaissez-vous un Anglais du nom de David Redford ?

— Oui, bien sûr.

Louis avait dorénavant la confirmation de la raison de sa présence dans ces lieux.

— Nous travaillions chez Taylor. Je l'ai même hébergé jusqu'à ces derniers jours où il s'était installé dans une pension.

— Savez-vous qu'il est mort ?

Cette fois, on y est, se dit Louis qui hésitait sur la conduite à tenir. Avouer, c'était reconnaître sa présence sur les lieux et avoir à fournir d'autres explications. Nier, c'était s'exposer à mentir et être contredit.

Il choisit de dire la vérité, sa vérité.

— Oui, j'étais sur place lorsque je l'ai vu avoir une violente altercation avec un homme. Ils se sont battus, il est tombé. L'autre homme s'est enfui. Quand je me suis rendu compte qu'il n'y avait plus rien à faire pour l'Anglais, j'ai pris peur et j'ai couru loin de cette scène.

— Pourquoi étiez-vous là à ce moment ? Que trafiquiez-vous avec l'Anglais ? Votre patron vous accuse d'avoir tous les deux volé des documents confidentiels.

— Non ! Taylor m'a accusé injustement ! Quand j'ai vu l'Anglais sortir de chez moi, je l'ai suivi. Je voulais lui demander des explications. Je le soupçonnais d'avoir profité de ce que je l'hébergeais pour m'avoir trahi ! Lorsque nous sommes arrivés rue Thubaneau, il semblait attendre quelqu'un. Je n'ai pas eu le temps de l'approcher, un homme l'a rejoint. Je les ai vus se battre et l'Anglais est tombé. Je vous ai tout dit !

— Et le nom de Prieur, cela vous dit quelque chose ?

Louis ne comprenait pas cette soudaine digression. Elle l'intriguait. Il pensait que sa défense sur l'affaire de l'Anglais aurait convaincu l'inspecteur. Sous son aspect ombrageux, il lui apparut plus retors que prévu. Les mêmes doutes l'envahissaient à présent sur la conduite à tenir. Il ne dévia pas de son attitude depuis le début de l'interrogatoire.

— Je connais effectivement Jean-Jacques Prieur. Mais nous nous sommes disputés il y a quelques jours ...

— À quel sujet ?

Louis hésitait à répondre. Il craignait d'accréditer les soupçons qu'il était au cœur d'un détournement de documents.

— J'ai refusé de lui procurer des documents confidentiels...

— Nous y voilà ! jubilait l'inspecteur. Vous avez voulu éliminer tous ceux qui étaient soit complices, soit au courant de votre trafic. Vous vous êtes battus avec l'Anglais qui vous avait doublé et vous avez fait payer à Prieur le fait qu'il vous ait dénoncé à Taylor !

— Mais c'est faux ! Pourquoi me parlez-vous de Prieur ?

— Il a été poignardé à une rue de l'endroit où vous avez laissé l'Anglais.

Louis, hébété sous l'effet de l'annonce, demeurait sans défense. Il ne réagit pas lorsque deux policiers l'emmenèrent.

L'inspecteur tentait de remettre dans l'ordre tous les éléments à sa disposition. Prieur avait tenté d'obtenir de Bourrely des documents pour des raisons purement vénales. Mais Bourrely avait des objectifs personnels. Avec son complice anglais, il pillait pour son propre compte son patron, Taylor. L'Anglais avait joué double-jeu et dissimulait des copies de ces documents dans une consigne. Il pourrait en tirer profit plus tard avant de s'enfuir en Angleterre. La machine s'était enrayée lorsque Taylor avait reçu cette lettre anonyme. Elle émanait sans doute de Prieur. En tout cas, Bourrely en était convaincu. Il lui ferait payer cette humiliation subie devant Philip Taylor. Puis il avait suivi Redford. Il l'avait vu remettre des documents à un homme, réalisant alors qu'il avait été doublé. Ils s'étaient disputés, l'Anglais était tombé. C'était sans doute un accident, il est vrai. Et puis il avait croisé Prieur dans le même quartier et avait assouvi sa vengeance. Pour l'inspecteur, cette relation des évènements lui paraissait cohérente. Il y avait des zones d'ombre, il en convenait, mais il se faisait fort de mener cette enquête à son but.

Le policier rongeait son frein devant l'immeuble où logeait Prieur. Il avait interrogé la concierge.

— Monsieur Prieur ? Voilà bien deux ou trois jours que je ne l'ai croisé. Mais avec cet homme ...

Elle leva les bras au ciel, ce qui devait signifier qu'il n'était pas le genre de personnage à avoir une vie très régulière.

— A-t-il reçu des visites ces derniers temps ? De la famille ?

— Il y a bien une jeune femme qui lui rend visite de temps à autre. Peut-être une parente, car elle ne vient que dans la journée et ne s'attarde jamais très longtemps.

Sa patience fut récompensée lorsqu'il vit la silhouette d'une jeune femme entrer dans l'immeuble. Il traversa la rue et se posta à l'intérieur de la porte cochère. Elle redescendait déjà l'escalier et se dirigeait vers la concierge. Il l'intercepta.

— Madame ! Seriez-vous une connaissance de monsieur Prieur ?

Jennie se retourna, surprise de l'intrusion. Elle était sur ses gardes.

— Qui êtes-vous, monsieur ?

— Police, répondit l'homme en exhibant une plaque.

— Que me voulez-vous ? Je suis la sœur de monsieur Prieur. Quelle est la raison de votre présence ici ?

— Je ne puis vous en dire plus. Vous devez m'accompagner au bureau de notre inspecteur. C'est lui qui vous informera.

Durant tout le trajet, Jennie était dans l'anxiété. Elle tenta d'en savoir plus, mais le policier restait muet et laissait ses questions sans réponse. Jean-Jacques s'était-il encore fourré dans un mauvais pas ?

L'inspecteur de police l'accueillit avec civilité. Il la fit asseoir.

— Il est arrivé quelque chose à mon frère ?

— Oui, il a été agressé à la sortie d'un établissement dans le quartier du Panier.

— Il est... mort ? Jennie parvenait difficilement à articuler un tel mot.

— Non. Il a été transporté à l'Hôtel-Dieu. Mais son état est grave. Nous n'avons pu encore l'interroger et vous-même devrez patienter avant de lui rendre visite. Lui connaissez-vous des ennemis ?

— Il lui arrivait d'avoir des dettes de jeu... Alors, un créancier peut-être.

— Le nom de Louis Bourrely vous est-il familier ?

L'inspecteur nota le changement d'expression sur le visage de la jeune femme.

— Oui, c'est un ami. Mais quel rapport avec mon frère ?

Lorsque l'inspecteur commença à lui faire part de ses soupçons sur Louis, Jennie parut effarée.

— Mais c'est impossible, Louis est un homme droit, s'exclama-t-elle.

Le policier ne s'arrêta pas à ces considérations et poursuivit son exposé.

Vol de documents... Anglais... chantage... paquet à la consigne... Taylor... dispute... corps sur le trottoir...

Seuls des mots épars parvenaient aux oreilles de Jennie, l'étourdissement la surprit. L'inspecteur s'interrompit brutalement.

— Madame ! Madame ! Vous allez bien ?

Il fit porter un verre d'eau à Jennie.

— Je vais vous faire raccompagner chez vous.

Non, elle n'allait pas bien. Rentrée chez elle, elle tentait de remettre de l'ordre dans ses idées et de comprendre le sens des derniers évènements. Elle ignorait tout de la gravité de la blessure de son frère, ce qui poussait son anxiété à son paroxysme. Mais pourquoi avait-il été agressé ? Comment Louis, en qui elle avait confiance jusqu'à présent, avait-il pu se compromettre dans une sombre affaire de vols de documents. Avait-il cédé à son ambition de fonder sa propre société de mécanique ? Avait-il éprouvé un tel ressentiment envers elle, lorsqu'il avait appris sa liaison avec Philippe, pour reporter sa désespérance sur Jean-Jacques ?

La vérité éclate

Elle se rendait chaque jour à l'Hôtel-Dieu dans l'espoir d'être enfin autorisée à visiter Jean-Jacques. Le jour arriva enfin où elle put obtenir de la part du chirurgien des informations sur l'état de santé de son frère. Aucun organe vital n'avait été touché, seule la blessure était profonde. Le chirurgien demeurait cependant prudent, car il savait bien qu'il perdait plus de patients à la suite d'infection que durant les interventions elles-mêmes. Il lui fallait patienter encore un peu avant d'accéder auprès de lui.

Lorsqu'il lui fut enfin permis de se rendre à son chevet, Jennie trouva Jean-Jacques très affaibli. Elle comprit alors qu'il s'en était fallu de peu qu'il y perde la vie.

Elle lui rapporta l'entretien qu'elle avait eu avec l'inspecteur de police, et des soupçons qui pesaient sur Louis.

— Oui, il est venu m'interroger aussi. C'est ridicule ! L'accuser de m'avoir poignardé !

— Il semble bien pourtant qu'il soit compromis dans cette affaire de vols de documents. Et tu n'y serais pas totalement étranger non plus, à ce que m'a raconté l'inspecteur !

— Je lui ai seulement proposé une affaire, se défendit Jean-Jacques. De là à vouloir m'assassiner pour se venger ...

— Il n'empêche. Moi qui croyais en sa droiture ! Jamais je ne lui pardonnerai d'être impliqué de près ou de loin dans ton agression !

— Tu sais Jennie, j'ai le pressentiment que c'est l'œuvre de Gaspard. C'est la marque de sa vengeance !

L'inspecteur de police, lui, suivait sa piste initiale, et elle avait pour nom : Louis Bourrely. Et pour cause, car Jean-Jacques ne lui avait pas fait part de la présence éventuelle de Gaspard, ne voulant pas mêler la police aux évènements qui s'étaient déroulés en Louisiane. Par routine, il contacta ses habituels indicateurs afin de savoir si des informations filtraient. Rambaud était une vieille connaissance. Ils s'échangeaient des services. Et le Mulot était toujours au courant de la moindre péripétie animant les rues de la cité.

— Tu connais un certain Prieur ? Celui qui a été poignardé devant le *Cabaret de Grange* l'autre soir.

— Inspecteur, je dois vous dire que pour l'exécution de mes affaires, j'étais amené à le suivre !

— Tu l'as donc vu se faire agresser ? Pourquoi ne m'en as-tu rien dit ? s'écria le policier d'un ton plein de reproches.

Rambaud n'aimait pas trop mêler ses affaires avec celles de la police. Il plia l'échine sous l'admonestation et fit mine de l'ignorer.

— Je suppose que tu connais donc son agresseur, ce Louis Bourrely ?

Le policier était agacé à l'idée que le Mulot en sache plus que lui et qu'il fallait lui arracher les informations par bribes.

— Je crois que vous faites fausse route, inspecteur ! L'homme que j'ai vu portait une cape et un chapeau noir. Il est facilement reconnaissable, car il boîte et porte un masque de cuir sur une partie du visage.

— Comment s'appelle-t-il ? Où peut-on le trouver ?

— Je ne sais pas, mentit le Mulot. Si j'apprends quelque chose, je vous en informerai, ajouta-t-il espérant clore ainsi la discussion.

Laing soupesait les documents qu'il avait arrachés des mains du technicien anglais. Sa mission avait été remplie, l'Anglais avait payé pour sa désertion et sa trahison. C'était un accident, mais de toute façon Redford ne serait jamais retourné en Angleterre. Il n'était pas sûr que John Martineau fasse grand cas de ces dessins, et même s'il le faisait il ne le montrerait pas, pour ne pas avoir à le récompenser. Taylor, lui, manifesterait peut-être plus d'intérêt. La tentation de monnayer les documents fut la plus forte.

Laing prit la précaution de n'apporter qu'une seule copie à sa première rencontre avec Taylor. Celui-ci marqua sa surprise lorsqu'il reconnut le plan d'une des dernières machines à vapeur pour la navigation, projet sur lequel travaillait Louis. Il fit mine d'accepter le marché en échange de la totalité des documents.

À la seconde rencontre, c'est l'inspecteur de police que rencontra Laing. Pris en flagrant délit pour avoir été trop gourmand ! Il se mordit les doigts d'avoir sous-estimé Taylor. Il aurait dû regagner l'Angleterre sans demander son reste. Et maintenant il se retrouvait dans cette pièce sinistre où l'inspecteur attendait ses explications.

Le policier pouvait à présent remonter le fil de l'histoire.

— D'où viennent ces documents volés ?

— Je les ai achetés à un compatriote qui travaillait pour nous, mentit Laing.

— Pourquoi donc avoir voulu les monnayer auprès de Taylor ? Il te suffisait de rentrer en Angleterre avec ton butin.

Laing était pris en faute, son air devint gêné. Que répondre ?

— Je pensais en tirer un meilleur parti ici.

— L'homme à qui tu prétends les avoir achetés ne s'appelle-t-il pas Redford, David Redford ?

— Oui.

— Et tu l'as tué pour qu'il ne parle pas ! Et cela t'évitait de le payer !

— Non, c'était un accident ! Nous nous sommes querellés au sujet de la transaction. C'est vrai. Dans la bagarre, il est tombé et s'est fracassé le crâne sur le bord du trottoir...

— Et tu t'es enfui avec le paquet de documents.

— ...

— Connais-tu un homme du nom de Bourrely ?

— Non, je ne crois pas, qui est-ce ?

— Un complice de Redford ! Il prétend t'avoir vu ce soir-là avec l'Anglais.

— J'ai aperçu une silhouette dans le noir. Je ne pouvais pas l'identifier. Je me suis enfui. Mais alors, s'il a tout vu, il peut confirmer que c'était bien un accident !

Rambaud avait raison, il avait fait fausse route. La version de l'indicateur au sujet de l'agression de Prieur, ajoutée au témoignage de Laing, accréditait la thèse que les deux agressions n'avaient pas de point commun. Louis Bourrely avait dit la vérité.

Louis eut du mal à se remettre de son passage dans les locaux sinistres de la police. On l'avait enfin cru et il avait été libéré. Mais il se sentait humilié par cette mise en cause. De plus il n'avait pas réussi à faire taire totalement les doutes sur cette affaire de documents volés à Taylor. Il avait eu beau clamer qu'il avait été manipulé et injustement accusé de

242

complicité, sa crédibilité était entachée. Le soupçon demeurerait et le poursuivrait.

TROISIÈME PARTIE

Jennie

Seule

1837

Le soir tombait et l'obscurité prenait lentement possession de la maison. Jennie fit allumer les lampes à huile, le dîner allait être servi. D'Alvort était au salon, un journal entre les mains. Il ne lisait pas pourtant, semblant préoccupé, comme si un mal intérieur l'habitait. Lorsqu'il se leva, les traits de son visage se crispèrent brusquement. Il porta la main sur sa poitrine. Un étau l'enserrait, sa respiration se fit courte et accélérée. Il s'effondra. Jennie et les serviteurs parvinrent à l'étendre sur le sofa. On envoya chercher le médecin. Durant toute cette attente, Jennie se tint auprès de son époux, lui tenant la main pour le rassurer, lui prodiguant des paroles apaisantes. Aucun mot ne pouvant sortir de sa bouche, les yeux de D'Alvort demeuraient rivés sur ceux de Jennie. Que voulaient-ils exprimer ? La reconnaissance d'avoir partagé ses dernières années ? Le reproche de l'avoir trompé ? Le médecin tâta son pouls. Le regard qu'il leva en direction de Jennie était annonciateur de la fin. Un dernier battement de paupières agita le visage de D'Alvort, en signe d'adieu. Jennie ferma les yeux de

D'Alvort pour l'éternité. Cet ultime regard resterait ancré dans son esprit à tout jamais.

Durant la nuit où Jennie veilla son époux, les images depuis son arrivée en France défilaient dans sa tête. Ou plutôt, elles s'entrechoquaient. À l'âge d'une jeune fille, elle rêvait à l'amour, celui qui fait chavirer le cœur et enflamme les sens du corps.

Elle n'avait trouvé ni l'un ni l'autre chez d'Alvort. C'était une union de raison, liée aux circonstances. Sans les méfaits de son frère Jean-Jacques, elle n'aurait jamais été contrainte de quitter les Cannes Brûlées. Mais elle avait accepté ce mariage. Elle en connaissait les règles. D'Alvort y avait trouvé la compagne qui accompagnerait les dernières années de sa vie. Sa beauté et son élégance flatteraient la représentation qu'il avait de lui-même ainsi qu'auprès de son cercle d'amis. En échange il lui avait apporté la stabilité grâce à une aisance matérielle dont elle pouvait jouir. Une vie sociale de qualité s'était ouverte à Jennie. Elle s'était épanouie. Mais les règles pouvaient se fissurer lorsque le cœur était en émoi.

Louis l'avait émue par son côté idéaliste et enflammé. Cela n'avait pas échappé à d'Alvort qui avait observé la proximité entre eux grandir et leur complicité s'établir. Curieusement, alors que la relation entre Jennie et Louis était restée loyale, d'Alvort ne savait pas qu'il le devait seulement à la droiture de Louis, ses yeux étaient demeurés aveugles pour Philippe. Peut-être pouvait-on cacher plus facilement une attirance physique et sensuelle qu'une sensibilité venant du cœur.

À la pensée de Philippe, Jennie sentait à nouveau des frémissements la parcourir. Elle s'était abandonnée, du moins son corps s'était abandonné. Elle le savait séducteur, sans doute inconstant, mais il l'attirait.

Louis la faisait rêver, il fallait aller vers lui pour le débusquer. Sa timidité était touchante, elle n'était pas un handicap, il en jouait même. Jennie s'était sentie en confiance auprès de lui, car il ne cherchait pas à dominer ceux qui parvenaient à l'approcher. Il représentait l'ami que l'on souhaite avoir.

Avec Philippe, c'est la sensation de soumission qui prédominait à son contact. Il se devait d'être le plus fort et il parvenait. Et Jennie s'était soumise. Dans ses bras elle éprouvait un sentiment d'invulnérabilité. Il était l'amant que l'on désire.

Pourquoi ne peut-on rencontrer l'un et l'autre dans la même personne ? se prit-elle à penser. Pourquoi Louis et Philippe se sont-ils déchirés pour elle, alors qu'elle avait besoin de chacun d'eux ?

Le souvenir de Gaspard, ou plutôt son ombre, traversèrent l'esprit de Jennie. Comment se situait-il dans cette relation ? Elle avait pris plaisir à partager avec lui ces sensations de liberté qu'ils éprouvaient lorsqu'ils chevauchaient côte à côte autour des plantations le long du Mississippi. Elle l'avait écouté lorsqu'il se confiait sur sa condition de mulâtre. Elle avait été impressionnée par sa détermination à faire face à l'adversité des propriétaires voisins. Avait-il ressenti plus que de l'amitié pour elle ? En tout cas, ses sentiments à elle n'étaient pas allés au-delà.

Tous les trois s'étaient épris d'elle, en l'exprimant de façon fort différente toutefois. Le seul qui lui ait pourtant avoué l'amour qu'il lui portait, c'était Louis. Mais il était trop tard. Sa droiture l'avait inhibé. Philippe et Gaspard n'avaient jamais prononcé ces mots. Le premier manifestait son attachement à travers un désir violent, le second par une volonté de relation exclusive.

Ne s'étaient-ils pas tous, et elle incluait d'Alvort, joués d'elle pour servir leurs desseins ? Avec elle, Gaspard se sentait sur un pied d'égalité, lui le mulâtre, à peine toléré par les propriétaires blancs. Avec elle, Philippe satisfaisait ses désirs sensuels. Avec elle, d'Alvort affichait sa réussite sociale. Et Louis ? se demanda-t-elle, semblant vouloir faire une exception pour ce dernier. Voulait-il se prouver à lui-même qu'il pouvait être aimé ?

D'une certaine manière elle avait été complaisante avec chacun d'eux, elle avait subi leur relation plutôt que de la dominer. Elle se dit que cela ne devrait plus arriver.

Les images du passé s'estompèrent peu à peu et s'effacèrent bientôt complètement de l'esprit de Jennie. La réalité du présent s'affichait dorénavant. D'Alvort disparu, elle était seule. Désespérément seule.

Jean-Jacques se remettait lentement de ses blessures. Il devrait bientôt partir en convalescence. L'air pur de la montagne lui ferait le plus grand bien, avait affirmé le chirurgien. De toute façon, la succession de ses méfaits lui avait toujours nui, se dit Jennie. Elle ne pouvait pas lui accorder sa confiance et encore moins espérer son soutien.

Elle avait appris par Louis que Philippe s'était établi en Angleterre. Jean-Jacques avait envisagé de le rejoindre. Il avait probablement ouvert là-bas une nouvelle page de sa vie.

Elle n'avait plus revu Louis. Elle ne comprenait pas comment cet homme dont elle louait la droiture avait pu se compromettre dans ce trafic de documents. Pire, il n'était peut-être pas étranger aux circonstances qui avaient failli coûter la vie de son frère. On lui avait bien rapporté que les soupçons qui pesaient sur Louis étaient infondés, mais le doute insidieux faisait son œuvre.

Et Gaspard ? L'indicateur n'avait-il pas parlé « *d'un mulâtre vêtu de noir et portant un masque de cuir sur le visage* » ? Jean-Jacques était persuadé que c'était lui qui l'avait agressé à la sortie du cabaret. Jennie ne ressentait pas la peur. À moins que Gaspard ne la considère comme la cause indirecte de son tragique accident. Elle l'imaginait plutôt tapi dans l'ombre, à l'épier, la faisant suivre ou la suivant pour la surveiller. Cela la mettait mal à l'aise de se savoir observée. Gaspard rôdait-il ?

L'atmosphère de la maison lui devint pesante. Elle était austère, aujourd'hui elle était encore plus triste. Elle ne l'avait jamais beaucoup aimée et ne l'avait pas faite sienne. C'était la maison de D'Alvort. Elle n'avait pu ou voulu y mettre son style, y imprimer sa personnalité, comme elle avait pu le réaliser avec la Bastide. À cette pensée, elle décida qu'elle irait y passer quelques jours ou quelques semaines, elle ne savait pas. Elle avait besoin de se ressourcer et c'est là-bas qu'elle y parviendrait. Elle ferma la maison de Marseille. Le couple de serviteurs qui était attaché depuis longtemps à d'Alvort émit le souhait de partir. Ils voulaient ouvrir un petit commerce dans leur village natal. Jennie fit appel à Mathilde pour lui trouver une jeune gouvernante qui pourrait la suivre à la Bastide. Elle en profita pour inviter son amie à passer quelques jours avec elle. Mathilde fut ravie de s'échapper un peu à la routine de la société de la ville.

Jennie retrouvait l'ambiance chaleureuse de *sa* Bastide. Elle respirait les arômes de la campagne provençale avec gourmandise. Elle avait quitté les tenues de deuil que les convenances l'obligeaient à porter en ville, pour les troquer contre les habits simples, moins guindés et plus colorés qu'elle aimait porter à la campagne. Elle fit part au fermier du décès de D'Alvort. Elle lui annonça qu'elle souhaitait conserver les propriétés et poursuivre les dispositions de son époux. Elle nommerait un mandataire avec qui le fermier traiterait dorénavant de tout ce qui concernait la gestion des affaires. C'est avec lui qu'il conviendrait du renouvellement du bail à la Saint-Michel prochaine.

Avec l'aide de la jeune gouvernante, nouvellement engagée, elle entreprit ensuite de remettre en ordre la maison. Les derniers évènements depuis que d'Alvort avait découvert sa liaison avec Philippe, l'avaient tenue éloignée de sa Bastide, et l'entretien s'en ressentait.

Comme promis, Mathilde vint rejoindre Jennie. La Bastide résonna bientôt de leurs rires retrouvés. Les murs se firent sourds à leurs secrets de femmes. Tout juste purent-ils entendre que Jean et Philippe revenaient souvent dans leurs chuchotements. Jennie voulut entraîner son amie dans ses chevauchées quotidiennes dans la campagne.

— Mais tu ne peux pas venir dans cette tenue ! s'exclama en riant Jennie.

Il est vrai que Mathilde était attifée en bourgeoise de la ville plutôt qu'en cavalière. Elle échangea son vêtement contre un ensemble plus approprié que lui prêta Jennie. Bien que Mathilde soit beaucoup moins aguerrie que sa compagne à l'exercice, on aurait pu les prendre pour deux cavaliers galopant sur les chemins.

Jean, le mari de Mathilde, les retrouvait en fin de semaine, lorsque ses activités professionnelles lui en laissaient le temps. Jennie lui demanda s'il accepterait de s'occuper de ses affaires, en particulier de la succession. Bien sûr qu'il le ferait. Il contacterait le notaire à ce sujet, d'ailleurs il avait déjà eu affaire à lui.

Lorsque Jean prévint Jennie que les dispositions successorales étaient prêtes, elle quitta la Bastide. Deux journées seraient suffisantes et elle passerait la nuit chez Mathilde.

Le notaire n'avait pas gardé un très bon souvenir de son premier contact avec l'avocat. Il se montrait donc très précautionneux en évoquant les différents attendus. L'attention soutenue que lui prêtait Jean ne faisait que renforcer sa nervosité. Jennie, peu familière de ces procédures, attendait impatiemment les conclusions. Suite à l'altercation qu'elle avait eue avec d'Alvort à propos de sa liaison avec Philippe, elle ne pouvait s'empêcher de redouter que son époux ait pris de nouvelles dispositions à son égard.

Elle se retint de manifester une quelconque réaction lorsque le notaire l'informa que D'Alvort n'avait pas rédigé de testament, et que donc les dispositions mentionnées dans leur contrat de mariage s'appliquaient. Elle héritait donc de la totalité des biens de son époux.

— Avez-vous l'inventaire précis des biens du défunt ? s'enquit Jean, qui à l'énoncé de la conclusion, prenait en charge les intérêts de Jennie.

— Maître, je vous communiquerai le document qui en dresse l'état. Disons qu'il s'agit d'un immeuble à Marseille, de propriétés foncières avec une bastide, d'un portefeuille de participations dans diverses sociétés et de liquidités.

Vint le soir où Jennie se vit confrontée à la question qu'elle appréhendait depuis longtemps.

— Que vas-tu faire maintenant ? demanda Mathilde.

Jennie redoutait la question simplement parce qu'elle n'en connaissait pas la réponse. Mais Mathilde était son amie, elle pourrait peut-être l'aider à sortir de l'impasse dans laquelle elle se trouvait.

— Je ne sais pas encore, atermoya cependant Jennie.

— Tu es libre. Et riche de surcroît ! Tous les beaux partis de Marseille vont être à tes pieds !

Oui. Jennie était libre et riche. Une nouvelle page de sa vie s'ouvrait. Mais elle était décidée à ce que ce soit elle qui en écrive l'histoire.

Retours

Jennie avait décidé de procéder à un réaménagement de la maison Alvort avant de s'y réinstaller.

— Je connais un jeune architecte qui pourrait t'y aider, lui proposa Mathilde.

— Comment s'appelle-t-il ?

— Pierre-Marius Bérengier. On le dit promis à un grand avenir. Je suis sûre que tu vas être séduite par ses idées novatrices.

— Tu n'es pas en train de mettre le prince charmant sur ma route au moins ! plaisanta Jennie.

— Mais non ! C'est ta maison que je veux t'aider à reconstruire, pas ta vie ! Pour cela tu n'as pas besoin de mes conseils. D'ailleurs tu les ignorerais !

Jennie se contenta d'une petite moue amusée en guise d'acquiescement.

— Tu pourrais t'installer chez nous pendant les travaux.

La maison Alvort était d'une conception classique pour la ville. Elle suivait l'architecture dite des trois-fenêtres et s'élevait sur trois niveaux. Bérengier proposa de conserver ces dispositions tout en répondant aux souhaits de Jennie qui étaient de rendre les pièces plus lumineuses et plus chaleureuses. Les trois fenêtres de chaque niveau furent agrandies, celles des étages ouvrant dorénavant sur un balcon de balustres courant tout le long de la façade. La construction de ces maisons était jusque-là l'œuvre d'entrepreneurs, dont le souci était principalement de pouvoir reproduire le même modèle dans toute la partie bourgeoise de la ville. Si Bérengier était prisonnier de la conception initiale, il s'attacha à enrichir la façade pour la personnaliser. Mais c'est surtout à l'intérieur qu'il laissa percer son talent. Sa volonté était de se distinguer de ces entrepreneurs en aménageant l'espace, non seulement sur des critères de fonctionnalité, mais en apportant en complément une cohérence d'embellissement intérieur qu'il appelait, *le décor*. Et ce décor devait être en harmonie avec la propriétaire des lieux. Ainsi Jennie fut amenée à exprimer, ses souhaits, ses envies, mais plus encore comment elle voulait donner vie à cette maison. Elle dévoilait ainsi, plus qu'elle ne l'avait jamais fait, une partie d'elle-même. Bérengier ne se souciait pas du caractère un peu intrusif de sa démarche, tant il était concentré sur la façon dont il traduirait concrètement les aspirations de sa cliente.

Jean-Jacques se remettait peu à peu de sa blessure, mais il n'était pas encore totalement rétabli pour envisager son retour en Amérique. Sa présence apportait, malgré tous les défauts qu'elle lui connaissait, une certaine sécurité à Jennie. L'ombre de Gaspard planait dans l'esprit de l'un et de l'autre. Elle proposa à son frère d'habiter avec elle le temps de sa guérison complète. Bien qu'il eût préféré quitter cette ville où il s'était attiré beaucoup d'ennuis, Jean-Jacques accepta. Avait-il le choix d'ailleurs, conscient qu'il était dépendant de sa sœur.

De son côté, Louis tentait aussi de se reconstruire. La mise en cause dont il avait été l'objet l'affectait profondément. S'il avait pu se défaire de cette stupide accusation d'agression sur l'Anglais, une confusion régnait toujours sur cette affaire de documents détournés. Il décida de s'en expliquer avec Philip Taylor. Ce dernier accepta, avec une certaine réticence toutefois, de le recevoir. Il savait qu'il avait été blanchi par la police et que peut-être son jugement initial avait été hâtif. Il manifesta une certaine gêne en l'accueillant.

— Monsieur Taylor, il faut me croire. Je n'ai jamais été déloyal à votre égard. Ma seule faute est de ne pas m'être assez méfié de l'Anglais lorsqu'il était chez moi. Mais c'est vous qui m'aviez demandé de l'héberger, je lui faisais confiance.

Taylor dut en convenir. Louis poursuivait, ne lui laissant pas le temps d'exprimer un quelconque regret.

— Vous avez cru ce billet mensonger, sans me donner la moindre chance de m'expliquer et de me disculper. Aujourd'hui je traîne ce déshonneur comme un boulet !

Louis avait surmonté sa timidité naturelle, mais c'en était trop pour lui, il craquait nerveusement après avoir intériorisé trop longtemps cette situation. Taylor fut sensible à cette détresse.

— Louis, je tiens à m'excuser pour ma réaction trop brutale, mais j'étais sous le choc. Je suis convaincu maintenant que vous n'avez pas cherché à me nuire. Oublions cet incident et revenez travailler chez moi.

Louis redressa la tête. Ces derniers mots effaçaient toutes les souffrances morales qu'il avait endurées. Il était lavé de tout soupçon.

— Je vous remercie Monsieur Taylor de votre confiance retrouvée. Cela m'enlève un gros poids sur la poitrine. Mais je ne peux accepter votre offre, quelque chose s'est brisé. Il est temps pour moi, je crois, de découvrir et de vivre d'autres expériences.

— Je comprends, Louis. Je vais vous remettre une lettre de recommandation qui témoignera de l'estime dans laquelle je vous ai toujours tenu.

Louis sortait rasséréné de son entrevue avec Taylor. Son innocence était reconnue, son honneur restauré et il n'avait pas cédé à la facilité d'effacer le passé comme si rien ne s'était produit.

Mais son cœur n'était pas plus léger pour autant. Une ombre le hantait. Jennie avait pu douter de lui. Elle savait certainement qu'il avait été mis en cause par la police dans l'agression de son frère. Il ne supportait pas l'idée qu'il puisse apparaître coupable à ses yeux. Il avait voulu se rendre chez elle pour lui expliquer. Il avait trouvé la maison close. Il avait appris que d'Alvort était décédé. Habitait-elle encore dans la ville ? Il avait renouvelé sa visite, et cette fois, c'est une maison en grands travaux qu'il avait découverte. C'était sûrement la preuve qu'elle avait quitté les lieux. Il y était retourné, plus tard, comme on fait un pèlerinage. L'immeuble semblait habité dorénavant, mais il n'osa s'aventurer plus loin.

Une seule personne pourrait l'informer de ce que Jennie était devenue : Mathilde.

— Sais-tu qui m'a envoyé cette lettre ?

Mathilde brandissait avec gourmandise le pli devant Jennie en l'agitant dans tous les sens.

— Vu ton air aussi joyeux, ce ne peuvent être que de bonnes nouvelles ! S'il s'agissait d'un admirateur, tu ne t'en vanterais pas, je suppose.

— Tu sais bien que je suis fidèle à Jean.

— Alors ?

— Louis ! lâcha Mathilde d'un ton qui était redevenu plus sérieux.

256

La mine de Jennie se crispa. Elle n'oubliait pas qu'elle avait cru Louis impliqué de près ou de loin dans l'agression de Jean-Jacques. Elle devinait que la lettre devait la concerner. Mathilde avait toujours été complaisante à son égard, il l'utilisait pour l'approcher.

— Louis ? En quoi suis-je intéressée ?

— Il ne parle que de toi. Il a appris la disparition de D'Alvort. Il veut savoir si tu habites toujours à Marseille. Il est surtout désespéré à l'idée que tu puisses le croire coupable d'un quelconque méfait. Il voudrait pouvoir te le dire.

— Je ne sais plus quoi penser, avoua Jennie. J'admirai sa droiture et voilà que tour à tour la police le soupçonne de l'agression sur Jean-Jacques et de détournement de documents confidentiels.

— Justement, c'est peut-être un peu trop pour un homme aussi loyal. Il m'a toujours inspiré une grande confiance, tu le sais. Tu dois lui parler, lui donner une chance de s'expliquer.

La surprise de Louis fut grande lorsqu'il découvrit la lettre qui l'attendait. Ce n'était pas Mathilde qui lui répondait, mais Jennie. Elle l'invitait à lui rendre visite, étant dans l'incertitude des sentiments qui la tourmentaient depuis les évènements. Cédant à son naturel, Louis était partagé entre le bonheur de renouer un contact avec Jennie, et l'appréhension de ne savoir la convaincre.

Jean-Jacques avait approuvé sa démarche. Il avait été indélicat avec Louis en l'impliquant dans une affaire qui contrevenait à ses valeurs. Il était persuadé bien sûr que Louis aurait été incapable d'attenter à sa personne, même pour ce motif. Il avait demandé à Jennie qu'il soit présent lorsqu'elle le recevrait.

Si l'émotion étreignait Louis à l'instant de ces retrouvailles, Jennie n'en était pas moins troublée. Elle pensait qu'il n'avait pas changé. Son attitude était toujours aussi réservée, attendrissante dirait Mathilde. La première impression suscitait une envie de le protéger plutôt que de le culpabiliser.

— Louis, je voudrais vous dire que je regrette d'avoir tenté de vous compromettre.

Jean-Jacques faisait acte de contrition. Il était las de ces intrigues et de ces malentendus. Depuis sa blessure il avait pris conscience que sa vie un peu dissolue ne lui valait que des tourments et le mettait en danger. Il avait mûri. Depuis qu'il avait décidé qu'il retournerait en Louisiane, il souhaitait auparavant regagner la confiance de sa sœur. Il se tourna vers Jennie.

— Tout est de ma faute. Je puis témoigner de la loyauté de Louis. Jamais il n'a accepté de me livrer des documents confidentiels. Au contraire, il m'a chassé lorsque je lui ai fait cette proposition. Et je le crois encore moins capable d'avoir voulu m'agresser. Nous savons bien qui est l'auteur ...

— Louis, vous me jurez que vous n'êtes pour rien dans ces évènements ?

— Bien sûr ! Comment avez-vous pu en douter !

— Je suis désolée. Me pardonnerez-vous ? Me conserverez-vous votre amitié ?

— Jennie, vous souvenez-vous de mes paroles lors de notre dernière rencontre « *Amitié, je ne sais pas si j'en serai capable, mais vous garderez toujours la plus grande place dans mon cœur* ».

Ainsi, tout rentrait dans l'ordre maintenant. La vie reprenait son cours et chacun retrouvait sa place dans la bonne société marseillaise.

Mathilde avait vu juste. Jennie attirait l'attention chaque fois qu'elle participait aux nombreux évènements de la vie sociale auxquels elle était invitée. Elle ne répondait pas à tous, gardant une certaine réserve, ce qui rendait ses présences encore plus remarquées. Tous ces prétendants qui tournaient autour d'elle, étaient éblouis par sa beauté, affriandés par sa fortune, et de plus la savaient libre. Ce qu'ils ignoraient, c'est que Jennie n'avait nulle intention de jouer de ces attraits pour écrire sa propre histoire. Elle ne voulait pas revivre sa vie d'avec d'Alvort. Dorénavant elle désirait jouir de sa liberté à sa guise, sans avoir à se soumettre à quiconque ni à se confiner au rôle dévolu aux femmes de son époque : élever des enfants et faire de la broderie ! Toutefois cette distance qu'elle mettait lorsqu'on s'approchait trop près d'elle, la rendait plus énigmatique et encore plus désirable.

À l'autre bout de la ville, Gaspard se terrait dans la chambre de sa pension. La morphine lui venait en secours lorsque ses maux de tête devenaient insupportables. Elle effaçait simultanément le souvenir des actes qu'il avait commis. Seule le hantait l'image de Jennie. Vouloir faire partie de son quotidien, à distance, voilà à quoi il décida de se consacrer. Pour cela il opéra un changement de personnalité, sans doute pour oublier tout le reste. Il emménagea dans une nouvelle pension, dans un autre quartier où il ne serait pas connu. Il abandonna ses vêtements sombres, sa cape et son feutre noirs. Il ôta son masque de cuir qui lui donnait un air de comploteur, habitué qu'il était aux stigmates de son agression. Il troqua sa tenue contre des habits qui le faisaient fondre dans la foule de la cité, tout en lui conférant une distinction digne d'un petit bourgeois. Il reprit bien vite sa traque autour de Jennie. Il la suivait lorsqu'elle sortait de chez elle. Bien que respectant une distance suffisante pour ne pas se faire remarquer, il s'imaginait près d'elle, l'ayant à son bras. Il partageait ainsi une partie de sa vie, et cela suffisait à son bonheur. Un jour il distingua un homme sortant de la maison. Il fronça le sourcil, pensant qu'elle avait noué une liaison et qu'elle le trompait, car elle devait lui appartenir dorénavant. Son étonnement fut encore plus intense lorsqu'il reconnut Jean-Jacques. Sa vue lui remit instantanément en tête le souvenir des évènements de la rue du Tapis Vert. Ils étaient pourtant restés jusque-là enfouis dans sa mémoire. D'un coup ils ressurgissaient. Il avait cru avoir laissé Prieur pour mort, et il le retrouvait à quelques pas de lui. Il ne sut s'il était soulagé de constater que son geste n'avait pas été fatal, ou frustré de n'avoir achevé sa vengeance. Il ne trancha pas, se désintéressant de la question pour le moment. Seule Jennie méritait son attention.

Le voyage avait été long et fatigant depuis Londres. Philippe logeait dans un des nouveaux grands hôtels qui bordaient la rue de Noailles. Ce quartier avait tellement changé depuis qu'il avait quitté Marseille quelques années plus tôt. Ses affaires le ramenaient dans sa ville, là où il avait laissé tant de souvenirs. Le visage de Jennie s'incrusta brièvement dans son esprit. Il se dit qu'il ne pourrait résister à la folle envie de la revoir, mais comment l'accueillerait-elle ? Lui dirait-il tout de sa nouvelle vie en Angleterre ? Pour l'instant il avait à rencontrer Taylor pour affaires, ce qui était tout de même le but de son voyage.

Taylor écoutait avec attention le récit de Philippe sur les derniers développements technologiques en Angleterre. Celui-ci lui faisait part également d'un projet de coopération avec une société de construction de machines à vapeur pour la navigation. Taylor savait que Marseille avait pris beaucoup de retard dans ce domaine et de nouveaux contrats lui permettraient de compenser l'insuffisance de la demande locale afin d'assurer l'occupation constante de ses ouvriers.

— Avez-vous suffisamment de garanties sur ces propositions ? s'enquit-il toutefois.

— Il se trouve qu'il s'agit de la société du père de celle qui doit devenir ma femme très bientôt, avoua Philippe afin de rassurer Taylor.

— Je vois. Toutes mes félicitations.

Le temps des affaires terminé, les deux hommes parlèrent de choses et d'autres. Lorsque Philippe engagea la conversation à propose de Louis, Taylor prit un air gêné.

— Vous n'êtes pas au courant ?

Devant l'air étonné de Philippe, Taylor rapporta les circonstances qui avaient conduit au départ de Louis. Depuis il n'avait plus de ses nouvelles.

Philippe convint qu'il rendrait visite à son frère. La brouille qui les avait opposés était ancienne et l'heure était venue de faire la paix. Il se dit aussi insidieusement, qu'il obtiendrait certainement de lui des informations concernant Jennie.

Le *Phocion* en provenance de La Nouvelle-Orléans, arrivé récemment au port, apportait dans le sac aux lettres du commandant, un courrier de Louis-Antoine à sa sœur. Il répondait ainsi à Jennie qui l'avait informé de la disparition de son époux d'Alvort. Elle avait précisé toutefois que bien qu'elle n'ait pas d'idée arrêtée sur son avenir, elle n'envisageait pas de rentrer en Louisiane pour le moment.

Jennie ouvrit la missive avec l'excitation de découvrir les dernières nouvelles de son pays et de ceux qu'elle avait laissés derrière elle.

Louis-Antoine, après avoir fait part de sa compassion à sa sœur, lui annonçait que Vincent Ycard « *tu te souviens de Vincent Ycard, ce jeune homme assez élégant avec qui tu aimais danser et partager la conversation* » ... Bien sûr qu'elle se souvenait de Vincent. Son sérieux et sa maturité l'avaient toujours impressionnée. Il tranchait avec le caractère superficiel des benêts fils de famille qui virevoltaient alors autour d'elle. « *Eh bien, il doit se rendre à Marseille pour des affaires personnelles. Je lui ai communiqué ton adresse au cas où* »... « *Et puis il pourra te parler du pays. À ce propos, sache que tu seras toujours la bienvenue ici, maintenant que rien ne t'attache en France* ». Jennie fut ravie de cette perspective de pouvoir parler du bon temps de la Louisiane. Et peut-être encore plus, sans se l'avouer, de le faire avec Vincent.

Les Bourrely

Quelle ne fut pas la surprise de Louis de se trouver face à son frère dont il n'avait reçu aucune nouvelle depuis son départ précipité de Marseille.

L'accueil entre les deux hommes manqua de chaleur, la cicatrice au fond du cœur de Louis ne s'était pas refermée. En lui volant son amour, Philippe l'avait trahi de la pire des façons.

— Te voilà revenu maintenant qu'elle est libre ! lança sans préambule Louis.

— De quoi parles-tu donc ? Je suis à Marseille pour affaires et c'est de cela dont je voulais m'entretenir avec toi. J'ai appris par Taylor ...

— Tu ne me feras pas croire à cette coïncidence ! railla Louis.

— Décidément je ne comprends rien. Explique-toi je t'en conjure !

— Ignores-tu vraiment que d'Alvort est décédé ?

— D'Alvort ? Je l'ignorais en effet.

Philippe comprenait à présent ce que signifiait le mot libre dans la bouche de son frère. Il ne put s'empêcher d'avoir une pensée pour Jennie. Qu'elle était donc sa vie à présent ? Habitait-elle toujours Marseille ? S'en était-elle retournée en Louisiane ? Le souvenir de leurs étreintes lui revint en mémoire. Se pourrait-il qu'ils les revivent un jour ? Elle était libre ...

— Cette nouvelle semble te plonger dans une profonde mélancolie ! À moins que tu ne songes déjà à retrouver ta place auprès d'elle !

Avec ces deux affirmations, Louis avait percé l'état d'esprit de son frère. Il ignorait toutefois que les interrogations de Philippe se mêlaient à ce qu'était sa situation en Angleterre.

Philippe feignit de ne pas entendre les remarques. Ce qui le préoccupait c'est ce qu'il dirait à Jennie, s'il réussissait à la rencontrer.

— J'aimerais lui faire part de ma compassion, avant tout. Habite-t-elle toujours dans la maison Alvort ? Est-ce que tu la vois ?

Louis avait décidé de tout raconter à Philippe. L'agression contre le frère de Jennie. Les accusations qu'on avait injustement portées contre lui. Les doutes de Jennie. La distance qu'elle avait prise tout d'abord. Leur réconciliation lorsque la vérité s'était fait jour.

— Tu es toujours amoureux d'elle ?

Louis détourna son regard et se tut.

Philippe aurait voulu parler de Taylor avec son frère, de ses projets, d'une entente entre eux. Mais la vision de Jennie s'était interposée une nouvelle fois entre eux, et elle s'était imposée. Où les entraînerait-elle l'un et l'autre ? Philippe était toutefois résolu à revoir Jennie, lui parler, la comprendre. Ses dernières paroles résonnaient encore dans sa tête « *c'était de toute façon une relation sans issue* ».

Au premier coup d'œil, Jennie reconnut l'écriture sur le pli que l'on venait de lui remettre. C'était bien celle de Philippe. Elle ne le savait pas à Marseille et c'est avec une certaine émotion qu'elle brisa le cachet de cire et l'ouvrit. Elle la parcourait rapidement, la lisant par saccade afin d'en appréhender la teneur dans sa globalité. Elle en relirait le détail plus tard. « *Ma chère Jennie... Mes affaires m'ont amené à Marseille... J'ai appris pour d'Alvort... J'ai une pensée pour vous... Louis m'a raconté... Comment vous portez-vous... Quels ont vos projets... Je voudrais vous revoir... Je voudrais vous parler... Je reste vôtre...* ».

Jennie esquissait un sourire. Malgré l'éloignement il ne l'avait pas oubliée. Les frémissements de son corps lui rappelaient les moments de sensualité qui avaient accompagné leur liaison. Pouvait-elle se laisser entraîner à nouveau dans cette extase ? La retrouverait-elle d'ailleurs ? Elle s'était promis d'écrire sa propre histoire, le ferait-elle en cédant avant tout à ses sens ?

Le rencontrer lui apporterait peut-être une partie des réponses à ses questions. Après tout elle ne savait rien de sa situation actuelle, et l'Angleterre était si loin.

L'étreinte entre les deux anciens amants fut chaleureuse, chacun intériorisant ses émotions. Depuis leur séparation ils ne connaissaient plus rien l'un de l'autre. Il leur faudrait combler ce vide. Jennie parla la première de sa vie sans d'Alvort où s'entremêlaient solitude et liberté. Ses projets ? Elle était indécise. Retourner en Louisiane ? Elle y songeait parfois, mais la vie en société qu'elle avait trouvée ici la comblait.

— Et vous Philippe ?

— Après mon départ, j'ai parcouru l'Europe. J'ai beaucoup appris au contact de ces pays que je ne connaissais pas. Et puis je me suis installé en Angleterre.

— Avez-vous songé à fonder une famille ?

La question était posée avec une ingénuité apparente qui ne trompait pas Philippe. En cherchant à revoir Jennie, il s'exposait à devoir s'expliquer sur sa situation. Avouer qu'il était promis à une riche héritière anglaise, lui fermerait définitivement le cœur de Jennie. La laisser dans l'ignorance pour tenter de se l'attacher à nouveau équivalait à la tromper, et il en paierait le prix plus tard. Il choisit de mentir à demi, l'attirance de Jennie étant la plus forte.

— Non, pas vraiment, mais on le voudrait pour moi, sans doute !

— Qui se cache derrière ce *on* ?

— Rien de très sérieux. Il se trouve que je suis associé dans un chantier de construction. Son propriétaire verrait d'un bon œil une alliance avec sa fille. Voilà c'est tout !

— C'est tout, vraiment ?

— Parlez-moi plutôt de vous. D'Alvort n'est plus un obstacle entre nous à présent. Nous pourrions ...

— Décidément Philippe, vous ne serez jamais l'homme d'une seule femme !

Le ton de Jennie était amical, amusé, mais ne laissait pas de place à une réplique.

— Il est vrai que j'ai vécu de très beaux moments dans vos bras, et je ne les oublie pas. Mais la jeune femme un peu innocente que j'étais a mûri. J'aspire à une vraie vie dorénavant, toute à moi. Refermons cette page du passé. Voudriez-vous en ouvrir une autre avec moi, celle de l'amitié ?

— C'est Louis n'est-ce pas ? Il est amoureux de vous !

Jennie rit franchement à ce qu'elle percevait comme de la jalousie dans la bouche de Philippe.

— C'est vrai, mais il a toujours été amoureux de moi !

Puis elle reprit plus sérieusement.

— C'est son enthousiasme qui me séduit, son goût pour l'innovation, sa fascination pour la modernité. Mais nous ne sommes que des amis, même si j'ai douté un moment de sa loyauté. Je voudrais pouvoir l'aider à accomplir son rêve. Pourquoi ne le ferions-nous pas ensemble ? J'ai hérité de la fortune de D'Alvort et vous avez les relations dans l'industrie, associons-nous. À ce propos il me semble que vous étiez déjà en affaires avec mon époux ?

Philippe ne pouvait se dérober à cette allusion. Il réalisait que Jennie avait effectivement pris en main le cours de son destin.

— Maintenant qu'il a disparu, je suppose que c'est à vous que je suis redevable des placements qu'il m'avait consentis ?

— Parlons-en plus tard. Venez dîner avec Louis pour marquer votre réconciliation. Je demanderai à Mathilde de se joindre à nous et Jean sera très utile pour nous conseiller dans le règlement de nos affaires.

Comme s'il ne s'était jamais éloigné, Philippe tenait la place centrale au cœur de la conversation. Il parlait et on l'écoutait. C'est ainsi qu'il exposait pourquoi l'industrie anglaise avait pris l'avantage sur les Français.

Louis abondait dans son sens.

— Savez-vous que les constructeurs français paient leur fer et leur fonte quatre-vingts pour cent plus chers ? Tout ça parce que nos maîtres de forges ont fait pression pour l'établissement de tarifs douaniers afin de les protéger !

— Tu es bien placé, Louis, pour savoir comment nous avons, avec Taylor, tenté de contourner cette difficulté pour les machines et chaudières destinées à l'exportation.

— On peut donc effacer les inconvénients de cette politique douanière ? demanda Jennie qui cherchait à comprendre où des opportunités pouvaient exister.

— C'est ce que je fais pour Taylor en Angleterre. Il fait exécuter les plans ici à Menpenti, mais commande les grosses pièces de fonderie en Angleterre qui sont expédiées directement sur les lieux de vente à l'étranger.

— Et ce sont les ouvriers et techniciens dépêchés de Provence qui sont chargés du montage, ajouta Louis.

— Mais alors, si nous pouvons contourner les règles douanières, pourquoi sommes-nous désavantagés ? fit remarquer judicieusement Jennie.

— Les effectifs des ouvriers dans les ateliers diminuent, car c'est de bureaux d'études dont nous avons besoin. Et puis, lors du montage des appareils à l'étranger, les ouvriers qualifiés marseillais sont débauchés par les entrepreneurs étrangers qui leur offrent de meilleurs salaires.

— Et comme les bénéfices sont minces, les constructeurs français ne peuvent s'aligner, pris en tenaille qu'ils sont par la concurrence anglaise.

— Comment voyez-vous l'avenir, Louis ? Vous qui nous avez depuis longtemps promis la révolution industrielle.

Jennie avait été très attentive à la discussion. Dans sa démarche de vouloir donner un sens à son existence d'aujourd'hui, elle était très sensible à cette vision du monde moderne que projetait Louis. Comment l'aider à la réaliser toutefois ?

— Je crois que la prochaine transformation industrielle touchera la navigation. Je vois que le nombre de lignes méditerranéennes et transatlantiques ne cesse de s'accroître. Les appareils à vapeur envahiront la navigation. Cela est déjà le cas à Bordeaux, Le Havre et même à Lyon sur le Rhône. Les armateurs marseillais y viendront à leur tour.

— Vous pourriez y jouer un rôle, Louis ? questionna Jennie.

— Les constructeurs comme Philip Taylor ou les chantiers navals comme ceux de Louis Benet à La Ciotat dominent déjà le marché industriel. Mais leur stratégie est plutôt de s'adapter aux nécessités de la conjoncture que d'anticiper sur la transformation des débouchés. Mon idée est de fonder une société d'études mécaniques travaillant sur de nouveaux projets et des prototypes afin de les revendre à ces constructeurs pour leur permettre de les développer.

— Louis, je suis prête à participer au financement de votre établissement. Je suis sûre que votre frère Philippe mettra à votre disposition son réseau tant en Angleterre qu'ici.

En prononçant cette dernière phrase, elle se tourna vers Philippe et ajouta d'un air malicieux, mais qui se voulait engageant :

— Cela solderait nos affaires, Philippe, n'est-ce pas ?

Un petit groupe d'amis entourait Louis à cette occasion, sa propre société, enfin. Il y avait là tous ceux que la passion de la mécanique avait réunis et avaient faits d'eux des entrepreneurs. Elzéar Degrand avait été le premier employeur de Louis. Philip Taylor chez qui il s'était aguerri. D'autres comme Louis Benet, venu de La Ciotat, ou Jean-Baptiste Falguières le précurseur marseillais, s'intéressaient à ce jeune constructeur qui faisait de l'innovation son credo.

Une foule de badauds s'était attroupée non loin de là, regardant la scène avec curiosité, cherchant à reconnaître des personnalités locales. En son sein se dissimulait un homme se faisant aussi discret que possible. Contrairement à ses voisins, il ne cherchait pas du regard les visages célèbres, il n'avait d'yeux que pour Jennie. Elle conversait tour à tour avec chacun des invités. Elle semblait au centre de l'évènement. En tout cas c'est l'image que son imagination lui transmettait. Il nota qu'un homme qu'il ne connaissait pas se tenait le plus souvent près d'elle. C'est vers lui, en fait, que convergeaient tous ceux venus le féliciter et l'encourager dans sa nouvelle entreprise.

Ils se rassemblèrent en face de l'entrée de l'atelier. Un drap cachait le panneau au-dessus du portail. Louis s'approcha et tirant sur une corde dévoila peu à peu la raison sociale de son entreprise. *Société d'Etudes Mécaniques* ... Il marqua un temps avant de découvrir d'un coup sec la totalité de l'inscription ... *Bourrely*. Des applaudissements fusèrent et le groupe pénétra dans l'atelier où un apéritif d'honneur suivit la visite des locaux.

La foule des badauds à l'extérieur s'était dissipée. Seul Gaspard restait pétrifié sur place. *Bourrely*, ce nom résonnait encore dans sa tête, le martelait. Il était celui que Nicolas Joseph lui avait révélé avant son départ de Louisine. Il se souvenait de ses paroles : « *Il s'appelait Antoine. Antoine Bourrely. Il venait comme moi de Provence, du Martigues près de Marseille* ».

Dans les jours qui suivirent, Gaspard acheta et feuilleta *Le Sémaphore*. Le quotidien étant voué au commerce il espérait y voir mentionner plus de détails sur ce que représentait la manifestation à laquelle il avait assisté, tout en épiant Jennie qu'il avait suivie jusque-là. Effectivement vint le jour où un article du *Sémaphore* relatait l'inauguration d'une nouvelle société de mécanique dans la cité phocéenne. Son dirigeant s'appelait Louis Bourrely. « *Il tenait,* disait-il, *à rendre hommage à son père Antoine qui lui avait inculqué le goût des nouvelles technologies. N'avait-il pas d'ailleurs, participé à de nombreuses innovations dans l'industrie du sucre lorsqu'il séjourna quelques années en Louisiane, à la fin du siècle dernier* ».

La tête de Gaspard se mit à tourner, un vertige le saisit et il laissa tomber le journal à ses pieds.

Vincent Ycard

Été 1837

Voilà plus d'un mois que le navire avait quitté La Nouvelle-Orléans. La navigation avait été longue et monotone jusqu'à l'approche des côtes espagnoles. Arrivés en vue de la terre andalouse et de Cadix, les passagers se massèrent sur le pont. Vincent Ycard était ébloui par le spectacle. C'était son premier voyage en Europe et il ne voulait rien manquer. Ils longèrent la tour haute de soixante pieds de la Torre Alta *de la Real Villa de la Isla de León* puis la Torra Gorda dans l'isthme. Ils ne prêtèrent pas d'attention particulière aux drapeaux qui se hissaient à leur passage en haut des mâts. Ils ignoraient que ceux-ci annonçaient leur arrivée dans le Puerto Piojo de Cadix.

La ville apparut, la blancheur de ses maisons se détachait sur le bleu azur intense du ciel. Le contraste était saisissant. La chaleur accablante semblait avoir plongé la cité dans une douce torpeur. Le Puerto Piojo était entouré de bâtisses surmontées de terrasses prolongées par des tours et miradors. Sur chacune d'elles flottaient au vent des étendards qui se répondaient. C'était le langage des maisons de commerce de Cadix, le moyen de communiquer sur

271

l'entrée des navires afin de profiter des meilleures opportunités.

L'escale de Cadix fut de courte durée pour Vincent, le but de son voyage étant Marseille. La Méditerranée se révéla plus capricieuse que l'Océan. Les vagues courtes provoquées par la tempête au large des côtes du Languedoc eurent assez vite raison des passagers et c'est avec soulagement qu'ils aperçurent les petites îles et plus loin sur l'horizon la cité phocéenne. Ils doublèrent l'île de Ratonneau sur laquelle l'hôpital Caroline étendait sa structure imposante. Il ne serait nul besoin d'y accoster cette fois, n'ayant aucun marin ou passager suspect de maladie. Le souvenir des ravages de la peste à Marseille et en Provence, il y a plus d'un siècle maintenant, était encore vif, et les règles de quarantaine s'appliquaient toujours.

L'agitation était palpable partout sur les quais au débarquement. Aux simples badauds venus observer les passagers provenant d'un autre monde, se mêlait la population des portefaix, cochers, marchands, tous cherchant à offrir leurs services. Les bandes de gamins n'étaient pas les moins actives, les uns quémandant, les autres offrant de guider les passagers. Vincent n'était pas attendu et se retrouva seul sur le quai abasourdi par le spectacle et un peu saoulé par ce tourbillon. Il avisa un fiacre et se fit conduire dans le plus grand hôtel de la ville, ses malles suivraient plus tard. Tout lui parut différent de La Nouvelle-Orléans. À la platitude du port louisianais s'opposaient les collines surmontées de forts. Les maisons de bois colorées laissaient la place à des immeubles cossus en pierre. Tournant le dos à la mer ils remontèrent une grande avenue qui les amenait vers la nouvelle ville où se mêlaient cafés, bazars, promenades.

Deux raisons avaient conduit Vincent à entreprendre ce long voyage.

La première concernait Gaspard Toussaint. Nicolas Joseph qui l'avait toujours considéré comme son fils venait de disparaître. Avant de mourir, il avait prié Vincent de faire tout son possible pour retrouver sa trace et le faire revenir aux Cannes Brûlées. Il avait souhaité lui léguer la maison Sabatier, celle où avait vécu Antoine. Et puis, avait-il ajouté, il faut lui révéler tout ce qu'il ne sait pas encore sur Antoine, son père. N'ayant plus de nouvelles de Gaspard depuis sa disparition, les seuls indices dont il disposait étaient la banque qui assurait le tirage des lettres de change qu'il lui avait consenties en échange de ses parts et le notaire de La Nouvelle-Orléans qui avait établi les actes. Avant son départ pour l'Europe il avait appris de l'un et de l'autre que Gaspard était installé à Marseille et il avait obtenu les recommandations nécessaires pour contacter leurs correspondants sur place.

La deuxième raison était d'ordre professionnel. Il souhaitait s'informer de tous les développements technologiques émergeant en Europe et qui pourraient profiter à la modernisation de son exploitation.

En sortant la lettre du fond de son bagage, Vincent se souvint alors qu'il avait une troisième tâche à accomplir. Louis-Antoine Prieur lui avait confié un pli à l'intention de sa sœur Jennie. Ses relations avec les Prieur avaient été très affectées par le comportement du fils cadet, Jean-Jacques, lors de l'agression subie par Gaspard. Pourtant avant celle-ci, les familles Sabatier, Ycard et Prieur partageaient la même vie sociale. Nicolas Joseph lui-même était assez lié avec les Prieur. Ils venaient tous deux du Martigues en Provence. Vincent avait toujours été séduit, outre qu'il la trouvait très belle, par le caractère enjoué de Jennie, une jeune fille qui aimait la vie et qui le laissait paraître sur son visage. Le frère aîné, Louis-Antoine, dévoilait pour sa part un tempérament assez conservateur et plus distant, de mise avec son rôle de chef de famille. C'est lui toutefois qui avait entrepris la démarche de se rapprocher de Vincent après l'agression. Il remettrait la missive à Jennie, bien qu'il n'osât imaginer l'accueil qu'elle lui réserverait après toutes ces péripéties.

La Banque Pascal était l'établissement de crédit le plus réputé et le plus important de la ville. C'est à lui que la banque américaine avait confié le soin d'honorer les lettres de change en faveur de Gaspard. C'est monsieur Frédéric Pascal en personne, le directeur de la banque fondée par son père sous l'Empire, qui avait tenu à accueillir Vincent. Il avait ainsi l'occasion de recevoir de vive voix des informations sur les conditions économiques et leur développement dans le nouvel État américain. Pour l'affaire qui concernait Gaspard Toussaint il le dirigea vers un de ses chargés de compte.

— Vous savez, monsieur Toussaint est un homme très discret, lui dit-il. Il vient une fois par trimestre pour se faire honorer sa lettre de change. Il a bien laissé une adresse, mais je ne suis même pas sûr qu'il y habite encore.

— Je vais tâcher de m'y rendre. Toutefois pourriez-vous lui faire remettre cette lettre lorsqu'il viendra à la banque. Voici également l'adresse où il pourrait me joindre. Dites-lui que c'est très important.

— Je le ferai bien sûr. Mais dites-moi, il n'y a aucune raison pour que nous modifiions l'arrangement financier que nous avons avec votre banque américaine ? ajouta le chargé de compte qui s'interrogeait quelque peu sur la démarche de Vincent.

— Non aucune, c'est une affaire strictement personnelle.

Lorsque Vincent se présenta à l'adresse indiquée par le banquier, il s'agissait d'une pension, le patron secoua la tête négativement en consultant ses registres.

— Nous n'avons pas de Gaspard Toussaint parmi nos locataires.

— Peut-être ne l'avez-vous pas enregistré ? hasarda Vincent, question qui irrita le patron. Ou il a déménagé.

— Monsieur ! Tout est dans mes registres ! À quoi ressemble-t-il votre Gaspard Toussaint ?

— C'est un mulâtre, avec une cicatrice sur le visage.

— Ah ! Vous voulez dire monsieur Lafitte. Effectivement il a logé plusieurs mois ici, mais il est parti il y a peu et je n'ai aucune idée de sa nouvelle adresse. Un homme un peu ténébreux ce Lafitte. On le voyait rarement. Mais vous savez, je ne me préoccupe pas des activités de mes locataires.

Vincent se résolut à quitter la pension, comprenant qu'il ne tirerait rien de plus du patron. La trace de Gaspard s'était évanouie dans les rues de la cité phocéenne. Il restait à espérer qu'il trouverait sa lettre lors de son prochain passage à la banque. Dans ce courrier il lui apprenait la mort de Nicolas Joseph. Ce dernier lui avait confié la mission de le retrouver et de veiller à sa situation matérielle. Il lui avait également révélé des détails sur la personnalité de son père.

En attendant que Gaspard se manifeste, il ne restait à Vincent qu'à se présenter à Jennie pour réaliser la mission que lui avait confiée Louis-Antoine Prieur. Il lui fit porter un billet pour l'informer de sa présence et lui dire qu'il avait un pli à lui remettre de la part de son frère. Sa main trembla un peu lorsqu'il dut écrire, *Madame d'Alvort*, sur le billet après avoir apposé son cachet. Son souvenir allait en fait à la jeune Jennie Prieur et il ne savait quelle femme il allait rencontrer.

Dès qu'il la vit, la réponse à sa question fut éclatante. La jeune fille à l'allure très libre, qui galopait comme un homme à travers les chemins de la plantation, s'était muée en une femme dont la qualité se lisait dans la façon de s'habiller, dans son port de tête très haut, dans son comportement enfin. Pourtant elle avait conservé ce visage fin qui ne se départait jamais d'un sourire presque enfantin. Il la trouva excessivement belle et attachante et en fut troublé.

Jennie prit le courrier que lui avait adressé son frère et après en avoir sollicité l'autorisation, elle l'ouvrit devant Vincent. À la lecture de la dernière phrase, tout en louange pour le messager, elle leva les yeux vers Vincent et sourit. Il était comme dans son souvenir. Un homme droit, à l'allure sérieuse, d'une conversation très agréable. Elle se souvenait du plaisir qu'elle éprouvait dans les soirées de La Nouvelle-Orléans à disserter avec lui aussi bien qu'à danser, car il était à l'aise dans toutes les situations.

Ils parlèrent très longuement de la Louisiane, des Cannes Brûlées. Ils ne purent esquiver d'aborder l'épisode de l'agression de Gaspard et du rôle joué par le cadet des frères Prieur.

— L'acte de mon frère Jean-Jacques a été odieux et impardonnable. Je le condamne très vivement.

Vincent lui raconta tout des origines de Gaspard, de son comportement troublé qui s'ensuivit, de sa disparition.

— Savez-vous qu'il est à Marseille ? Il a voulu se venger et a poignardé Jean-Jacques. Heureusement il n'a fait que le blesser. J'ai pourtant le sentiment diffus qu'il m'épie.

— Une des raisons de mon voyage en Europe est d'essayer de le retrouver. Mon oncle, Nicolas Joseph Sabatier, qui l'avait pris sous sa protection à sa naissance, est mort. Avant de mourir, il m'a confié la mission de le ramener à la raison.

Ils avaient bien d'autres choses à se dire. Ils se reverraient. Demain ? Oui, avec joie ! En fait ils se revirent presque chaque jour.

Lors d'une des journées passées ensemble, Vincent s'ouvrit de l'autre raison qui l'avait poussé à venir en Europe, son souhait de s'informer sur les nouvelles technologies industrielles et leur éventuel développement pour son exploitation sucrière.

— Vous ne pourrez pas être en de meilleures mains que celles de mon ami Louis. Il sera particulièrement heureux de vous rencontrer et de parler de la Louisiane, car son père y a séjourné alors qu'il était en exil.

— Vraiment ! Comment s'appelle-t-il ?

Vincent sentit monter en lui un pressentiment.

— Louis ; Louis Bourrely.

— Je crois qu'effectivement nous aurons beaucoup de choses à nous dire.

Vincent ne voulut en dire plus, soucieux d'en apprendre davantage sur cette famille Bourrely.

Louis et Vincent avaient tout de suite partagé cette même conviction que le développement technique et industriel apporterait un bienfait aux populations. Si Louis théorisait ce concept et imaginait ce qui découlerait de la généralisation des machines à vapeur dans la navigation ou les chemins de fer, Vincent voulait y voir un moyen de réduire le recours à l'esclavage dans les exploitations sucrières, et en élevant le niveau des compétences exigées, d'en faire des hommes libres.

Les deux hommes s'engagèrent dans un itinéraire de visites d'ateliers de mécanique, de chantiers de construction, d'usines sucrières, grâce au réseau que Louis s'était constitué.

Vint le jour où Vincent raconta l'histoire de la création de son exploitation qu'il avait héritée de son père et de son oncle. Tous deux avaient participé à la guerre d'Indépendance des États-Unis. Son père, Barthélemy, d'abord installé à Saint-Domingue, avait fui l'île lors de la révolte des esclaves et s'était établi en Louisiane. Il avait été rejoint par sa sœur qui avait épousé Nicolas Joseph, tous deux fuyant la Terreur. Ils étaient accompagnés d'un de leurs amis du Martigues, qui œuvra de nombreuses années à la modernisation de l'exploitation.

Louis écoutait le récit, les traits de son visage traduisaient sa concentration au fur et à mesure de la narration.

— Ne s'appelait-il pas Antoine Bourrely ? C'est de mon père qu'il s'agit, n'est-ce pas ?

— Je le crois en effet. Je voulais que vous en apportiez la confirmation.

— À mon frère et moi, il nous a souvent parlé de son séjour en Louisiane. Il racontait comment de la canne on arrivait au sucre en passant par des cuves et des chaudières. C'est peut-être grâce à lui que j'ai développé cette attirance pour la mécanique. Toutefois il n'évoquait jamais la vie de la plantation ni n'abordait le problème de l'esclavage. Je me souviens qu'il se refermait facilement sur lui-même si on lui posait trop de questions.

— Louis, il y a autre chose que vous devez savoir.

Vincent lui parla d'une jeune esclave noire dont son père était tombé amoureux. Elle n'avait toutefois pas voulu le retenir et l'empêcher de rentrer en France, la nostalgie du pays avait été la plus forte pour Antoine. Quelques mois plus tard naissait un enfant prénommé Gaspard, que son oncle et sa tante adoptèrent comme leur fils.

La suite de l'histoire fut plus douloureuse à entendre pour Louis, même si Vincent prit soin de cacher la vérité sur l'implication de Jean-Jacques Prieur dans les évènements.

— Il est donc mon demi-frère ! Où est-il maintenant ?

— À Marseille.

La Bastide

Il ne se passait guère de jours pendant lesquels Vincent et Jennie ne se rencontrent. Ils avaient toujours un sujet de conversation à débattre, des souvenirs à partager.

Un soir où Louis partageait leur discussion, ils en vinrent à évoquer l'origine commune de leurs familles.

— Nous sommes, Jennie et moi, tous les deux originaires de cette région de France, la Provence, fit remarquer Vincent.

— Je crois me souvenir avoir entendu ma grand-mère Marie parler de la France, mais j'étais trop petite lorsqu'elle a disparu.

— Savez-vous que mon oncle Nicolas Joseph l'a très bien connue ? Il disait d'ailleurs que vous lui ressembliez, avec le même caractère !

— J'espère que c'était un compliment !

— Sans aucun doute, car à son dire votre grand-mère Marie était une femme au destin assez extraordinaire.

Vincent entreprit alors de lui rapporter ce que Nicolas Joseph lui avait raconté de l'épopée de cette famille Audibert, originaire du Martigues en Provence et qui avait émigré en Acadie au tout début du siècle dernier. C'est là qu'était née Marie et qu'elle avait épousé François Prieur, un

Normand, avant qu'à leur tour ils ne doivent suivre le *grand chambardement* qui les avait amenés en Louisiane.

— S'agit-il du Martigues qui n'est qu'à quelques lieues de Marseille ? demanda Jennie à Louis.

— Oui en effet, et comme Vincent le sait, mon père Antoine était lui aussi originaire de cette ville.

C'est ainsi que Louis révéla à Jennie comment il avait appris de Vincent les liens qui avaient uni son père Antoine et Nicolas Joseph l'oncle de Vincent, et les conséquences qui s'ensuivirent.

À la demande de Jennie, Louis avait accepté de leur faire découvrir cette ville qui avait été à l'origine de toute cette épopée et qui constituait un trait commun entre eux.

Le voyage d'une dizaine de lieues s'était effectué dans les collines provençales couvertes de garrigues. Lorsque la route avait plongé sur l'étang, le paysage se modifia, les grands pins aux troncs noueux courbés par la force du vent traduisaient une nature plus tourmentée. La ville leur apparut dans le fond, précédée de quelques bâtisses aux façades typiques. L'une d'elles était nichée sur les rives de l'étang qu'elle surplombait, entourée de quelques rangées de vigne et de champ d'oliviers. Sa façade était surmontée d'un fronton en forme de chapeau de gendarme.

Louis la désigna à leur intention.

— Autrefois ce mas appartenait à un des frères de mon père, Jean-Etienne Bourrely.

La traversée de la ville les plongea dans un monde auquel ils n'étaient pas habitués, remontant le temps d'un siècle par rapport aux attraits que leur offrait la modernité de Marseille. Ils furent toutefois sensibles au pittoresque du site, tous ces canaux que l'on franchissait par des ponts successifs, ils en comptèrent neuf pour passer d'une rive de l'étang à l'autre. À mi-chemin ils firent une halte au pied de la Tour de l'Horloge. Du haut du pont Saint-Sébastien, ils regardaient avec étonnement le spectacle des barques déchargeant leurs marchandises sur les quais sommaires du petit port. Ils poursuivirent leur route jusqu'au pont-levis, questionnant Louis sur l'utilité d'une telle structure qui ne leur était pas familière.

— Je ne parviens pas à imaginer nos ancêtres vivant dans un tel environnement. Quelle a dû être leur surprise de découvrir l'Acadie et puis la Louisiane ensuite ! s'interrogeait Jennie, ébahie par cette vision d'une ville qui semblait à l'agonie.

Car au-delà du pittoresque, c'est la pauvreté des habitations et leur délabrement qui frappaient le visiteur.

Sur la route du retour, ils échangèrent leurs impressions. Jennie savait maintenant d'où venaient ses aïeux, comprenait les raisons qui les avaient poussés à chercher un monde meilleur, et les sacrifices qu'ils avaient dû consentir pour y parvenir.

— Je réalise tout ce que nous leur devons, dit-elle avec humilité. Que de chemin parcouru. Je crois qu'ils peuvent être fiers de nous.

Vincent avait été marqué, tout autant que Jennie, par ce retour sur le passé. La sœur de son père avait vécu là également lorsqu'elle avait épousé Nicolas Joseph. Lui non plus ne parvenait pas à imaginer ce qu'avait pu être leur vie à cette époque. D'autant que Nicolas Joseph lui avait raconté la sinistre période de la Terreur pendant la Révolution française. Il lui sembla évident qu'il devrait faire à son tour œuvre de mémoire en retournant sur les terres de son père Barthélemy et de sa famille. Il ne savait pas très bien où se situait Ollioules, mais il le devait à ses propres ancêtres.

Près de soixante ans après, il remettait ses pas dans ceux de Nicolas Joseph qui découvrait alors ce village sur la route de Toulon. Sans cette étape le destin de son père aurait été différent, car il est probable qu'il n'aurait jamais embarqué pour l'Amérique. Il tentait de les imaginer, tous les deux, côte à côte, marchant sur ces chemins vers un futur inconnu. Ses pensées allaient vers ses grands-parents Ycard et Anne sa tante, voyant leur fils, leur frère s'en aller. Les reverraient-ils seulement un jour ? Aujourd'hui Vincent connaissait la réponse. Leur chagrin aurait-il été amoindri s'ils avaient eu connaissance de la réussite de leurs enfants ?

Comme Nicolas Joseph autrefois, Vincent se dirigea vers l'église afin d'y rencontrer le curé. N'était-il pas la mémoire du village ?

— Malheureusement je ne puis vous aider. Non, je n'ai pas de famille Ycard parmi mes paroissiens. Toutefois, s'ils étaient de bons chrétiens, ils ont été enterrés avec les sacrements de l'Église. Bien que depuis la Révolution, ce soit la Municipalité qui est chargée de dresser les actes civils, mon prédécesseur tenait beaucoup à préserver les registres de la paroisse. Peut-être y trouverez-vous la trace de vos aïeux.

En fait de registres il s'agissait plutôt de feuillets réunis par une cordelette et classés par année. Il leur fallait remonter le temps avec patience, d'autant que l'écriture n'était pas toujours facilement lisible. Le curé fut le premier à pointer du doigt un nom figurant en marge d'une inscription.

« YCARD Marie-Augustine – Le vingt sept mai de l'an mil huit cent dix sept, j'ai enterré dans le cimetière de la paroisse d'Ollioules Marie Augustine Ycard, veuve de Balthazar Ycard, habitant La Castelade de ladite paroisse, décédée de la veille munie des sacrements de l'Église, agée de quatre vingt deux ans, en présence de.... ».

Ils ne durent pas remonter beaucoup d'années avant de trouver la mention du décès de son mari.

« *YCARD Balthazar – Le trois novembre de l'an mil huit cent huit, j'ai enterré dans le cimetière de la paroisse d'Ollioules Balthazar Ycard, habitant La Castelade de ladite paroisse, décédé de la veille muni des sacrements de l'église, agé de soixante dix huit ans, en présence de.... ».*

Le curé proposa à Vincent qu'un des gamins qui était l'enfant de chœur de la paroisse le conduise jusqu'au lieudit La Castelade pour qu'il puisse s'imprégner des lieux où avaient vécu ses grands-parents.

Ce retour sur le passé et la révélation de leurs origines proches avaient encore rapproché Jennie et Vincent. Il était le plus souvent à ses côtés et le cercle d'amis de Jennie l'avait facilement intégré. Sa conversation était recherchée et il se livrait avec amabilité aux questions auxquelles ses hôtes le soumettaient, avides d'en savoir plus sur cette contrée lointaine qu'était la Louisiane, et que certains découvraient avoir été française dans le passé.

Mathilde, en fine mouche qu'elle était, taquinait son amie sur cette relation dont elle ne parvenait pas à croire qu'elle demeurât platonique.

Ils multiplièrent les sorties, Jennie lui faisant découvrir le théâtre auquel Vincent était peu habitué jusque-là. Le Gymnase avait toujours sa préférence, le Grand Théâtre lui paraissant un peu sévère et solennel.

Ce soir-là, ayant raccompagné Jennie jusque chez elle, Vincent prit sa main, la porta à ses lèvres et l'embrassa avec passion. Il se pencha vers elle et murmura à son oreille.

— Non, Vincent. Pas comme cela. Pas ici.

Jennie ne pouvait s'empêcher de penser qu'elle avait cédé à Philippe dans des circonstances semblables. Mais Vincent était différent et elle se sentait amoureuse. Alors l'histoire qu'elle souhaitait écrire avec lui ne pouvait suivre le même chemin. Elle retira sa main doucement et après avoir posé ses lèvres furtivement au coin de la bouche de Vincent, descendit du fiacre. Elle se retourna alors, un doux sourire inondant son visage.

— Je vous réserve une surprise. Nous en parlerons demain.

Jennie avait fait précéder leur venue de celle de sa jeune gouvernante et de ses deux servantes afin de veiller sur leurs bagages et de préparer la Bastide à les accueillir. Les volets avaient été ouverts, les pièces aérées, les draps blancs sur les meubles avaient été ôtés. La demeure semblait n'avoir jamais cessé d'être habitée.

Lorsque la berline entra sous les frondaisons des platanes de l'allée, Vincent émit un petit cri d'émerveillement.

— On croirait pénétrer dans une de nos plantations !

Vincent devait éprouver le même sentiment que celui qui habita Jennie lorsqu'elle découvrit la Bastide la première fois.

Ils troquèrent leurs vêtements de voyage pour une tenue plus appropriée, car Jennie les entraînait déjà dans une galopade autour du domaine. Vincent était un cavalier accompli et il rivalisait sans difficulté avec sa compagne. Ils convinrent que dès le lendemain ils poursuivraient leur chevauchée jusqu'au village voisin.

Le jour était déjà levé, mais les rayons du soleil étaient encore bas sur l'horizon. Une légère brume flottait sur les vignobles et les champs d'oliviers rendant le paysage un peu irréel. Après avoir fait seller leurs chevaux, ils mirent leurs montures au pas, chevauchant côte à côte. De temps à autre Jennie lançait un défi à Vincent en poussant son cheval au galop avant de l'inviter à la rattraper.

— Vous trichez !

La bonne humeur était au rendez-vous. Ils firent une halte dans une auberge. Le patron leur proposa une des *brassadeaux* qu'ils pourraient accompagner d'un verre de vin du pays. Ignorants ce dont il s'agissait, il leur expliqua qu'il s'agissait de biscuits en forme de petits bracelets, de pâte à fleurs d'oranger, ce qui leur donnait ce goût un peu fruité, ébouillantés puis cuits au four. Il ajouta, avec un petit clin d'œil, que selon la tradition, les jeunes mariés le portaient au poignet. Les joues de Jennie s'empourprèrent quelque peu à cette évocation.

Légèrement grisés par leur collation, les deux cavaliers reprirent le chemin de la Bastide, riant de tout et de rien.

Après avoir pris soin de leurs chevaux, Jennie donna des ordres pour que l'on mette à chauffer de grandes bassines d'eau. La servante borda le tub d'un drap blanc avant de verser l'eau chaude. Elle aida Jennie à se déshabiller. Celle-ci s'immergea dans le bain avec un soupir de ravissement. Son corps se trouvait apaisé sous l'effet de la friction du gant sur sa peau. Toutes les courbatures accumulées au cours de la journée s'évanouirent par miracle. À la sortie du bain, elle enfila la chemise de satin que lui tendit la servante après que celle-ci eut séché et parfumé son corps.

Dès que l'eau du tub fut renouvelée, elle fit un signe discret à la servante de s'éloigner. Elle invita alors Vincent à la rejoindre.

— C'est à votre tour, mon ami ! Venez vous débarrasser de cette odeur d'écurie ! dit-elle en riant, se pinçant les narines.

Après s'être déshabillé et avoir glissé dans le bain chaud, Vincent s'abandonna aux mains de Jennie. La friction virile du gant avait bien vite laissé la place à de doux effleurements. Il ferma les yeux, ne goûtant que la jouissance des caresses, ces doigts qui le frôlaient, découvraient chaque parcelle de sa peau. Un petit cri de contentement jaillissait de sa bouche lorsque la main s'attardait là où les réactions de son corps devenaient incontrôlables. Le temps était suspendu.

Vincent ignora la serviette que Jennie lui tendait pour se sécher. Il posa ses mains sur ses hanches, embrassa ses lèvres offertes. L'eau ruisselait encore sur sa peau laissant sur la chemise de satin de larges traces humides. Le corps de Jennie se révélait sous le contact. Le tissu qui s'arrêtait à mi-cuisse laissa bientôt deviner une tache plus sombre au creux du ventre de la jeune femme. L'échancrure du haut s'ouvrit, laissant entrevoir le galbe des seins, leurs pointes dardant le léger satin.

Il fit glisser avec une douceur infinie, les bretelles de la chemise des épaules de Jennie. Il contempla le corps nu ainsi offert. Puis, leurs regards se croisèrent, leurs lèvres se trouvèrent à nouveau, leurs corps fusionnèrent avec passion. Ils appartenaient désormais l'un à l'autre.

Chaque étreinte était entrecoupée d'un court répit, mais l'appel de leur sensualité était le plus fort. Chacun ne pensait qu'au plaisir qu'il pouvait procurer à l'autre et l'harmonie était si parfaite qu'ils y parvenaient ensemble.

Vincent comprenait pourquoi Jennie n'avait pas accepté de lui céder le soir du théâtre. Elle n'était pas une femme ordinaire, elle désirait écrire les pages de sa vie selon ses choix. Bien qu'il ne puisse douter des sentiments qu'elle lui portait, il s'interrogeait toutefois sur la place qu'elle lui réservait dans le livre de sa vie ?

Gaspard Toussaint

À Marseille, les errements de Gaspard le conduisaient inévitablement devant la maison de Jennie. Les volets des fenêtres restaient clos, la demeure semblait inhabitée. Alors il s'en allait dans le quartier de la Capelette. Son regard ne parvenait pas à se détacher de cette inscription sur le panneau qui surmontait le portail d'entrée : *Société d'Etudes Mécaniques Bourrely*. Il se sentait désespérément seul. Il rentrait dans sa pension, se réfugiant dans la morphine pour calmer ses maux. Il devait y recourir de plus en plus souvent, augmenter les doses, pour se détacher de ce monde dans lequel il s'était enfermé.

Et puis il y avait eu cette visite à la banque où il été allé chercher cette rente qui lui avait été accordée lors de son départ de Louisiane. L'homme chargé du compte lui avait remis une lettre, lui précisant que c'était important. Il avait craint un instant qu'on lui signifie l'arrêt des versements, mais si elle émanait de Vincent, son contenu était d'un tout autre ordre. Nicolas Joseph, qui avait été son père adoptif en quelque sorte, était mort. Gaspard en fut bouleversé, car ce dernier avait toujours été à ses côtés pour le faire grandir et l'aider à surmonter les difficultés de sa condition. Ses dernières volontés étaient qu'il puisse reprendre sa place dans la plantation aux côtés de Vincent, mais cela paraissait impossible à Gaspard aujourd'hui. L'émotion l'empêcha de réaliser que le dépôt de la missive signifiait que Vincent était à Marseille.

Les affaires de Louis prospéraient raisonnablement. Il s'appuyait sur ce qu'il savait le mieux faire, l'invention. Dans un premier temps il s'attacha à l'amélioration de dispositifs existants, déposant des brevets qu'il revendait ensuite aux grandes sociétés de construction mécanique. Dans ce domaine l'aide de son frère Philippe lui était précieuse.

À son retour en Angleterre, Philippe avait fini par épouser celle qui lui était promise. Son séjour à Marseille l'avait convaincu que toute relation durable avec Jennie était désormais impossible. Il s'était donc résigné à ce que son destin réside dans cette union. Avec sa nouvelle épouse, son avenir professionnel trouvait son apogée aux côtés de son beau-père dans un des plus importants chantiers de construction du nord de l'Angleterre. Et la société Bourrely de la Capelette constituait un relais précieux pour le développement de leurs affaires en France. En échange il lui fournissait des plans de base de machines à vapeur auxquels Louis s'empressait d'apporter des améliorations. C'est ainsi qu'il transforma un modèle de chaudière calorifère pour la cuisson des sirops de sucre en lui ajoutant un système de bascule pour la récolte, brevet qu'il revendit à son vieux maître Elzéard Degrand.

Cette première étape franchie, Louis se tourna alors vers la fabrication de prototypes, créant son propre atelier. Pour pallier le manque de main-d'œuvre confirmée sur place, il fit appel une nouvelle fois à la collaboration de son frère. Celui-ci lui envoyait des ouvriers anglais que Louis faisait progresser pour en faire de bons techniciens qui ensuite devenaient disponibles pour assurer le montage des machines sur les chantiers à l'étranger, pour le compte de l'entreprise de Philippe.

En faction devant le portail de l'atelier, Gaspard n'avait pas la moindre idée de cette activité. Son expérience s'était limitée à la culture des cannes à sucre et il ne s'était jamais intéressé aux broyeurs et chaudières sous les hangars de la plantation.

Le jour commençait à tomber et les ouvriers quittaient le bâtiment. Sans raison apparente, il entra subrepticement dans l'atelier. Il découvrit cet univers industriel qui lui était étranger. Il ressentit une certaine oppression accentuée par l'odeur de la vapeur et de l'huile chaude. Il mesurait tout le décalage entre sa vie d'errance et ce modernisme, ce monde auquel il n'aurait jamais accès. La lumière des lampes à huile lui parvint depuis un bureau situé à l'étage. Des ombres se profilaient sur le vitrage, mouvantes, suivant les oscillations des lueurs. Il gravit l'escalier métallique qui conduisait à une petite plateforme. Il ouvrit la porte devant lui.

— Toussaint ! Que fais-tu ici !

Le cri de Jean-Jacques était frappé d'étonnement. Il l'avait immédiatement reconnu malgré la longue balafre qui barrait son visage. Jean-Jacques se trouvait là par pure coïncidence. Louis à ses côtés ne comprenait rien à la scène.

Gaspard ne disait rien. Son regard se portait de l'un à l'autre homme, l'expression hagarde bientôt remplacée par la véhémence. L'homme assis près de Jean-Jacques ne pouvait être que ce Louis Bourrely dont le journal avait parlé. Bourrely !

— Prieur ! Tu as volé ma vie ! Regarde ce que tu as fait de mon visage !

— Quant à toi, tu dois être ce Bourrely ! Ton père, notre père, ne m'a laissé que la couleur de ma peau ! Alors que toi, tu as tout obtenu ! tonna Gaspard en balayant l'espace de son bras.

La rage s'emparait de lui, ses mouvements devenaient de plus en plus désordonnés. Tout à coup il heurta la lampe posée sur le bureau, l'huile se répandit et enflamma une pile de papiers. Le feu progressa. À la vue des flammes, Gaspard fut saisi de panique. Son esprit était revenu quelques années en arrière. Il était sur sa terrasse, hurlant sous les coups, le feu l'enveloppait. Sa jambe le faisait atrocement souffrir. Des visages étaient penchés sur lui, l'invectivant. À peine eut-il le temps de trouver l'issue, de dévaler l'escalier aussi vite que lui permettait sa claudication. Il traversa l'atelier et se retrouva dans la rue. Les passants qu'il croisait s'écartaient devant ce boiteux qui semblait vouloir fuir le diable.

Louis et Jean-Jacques n'avaient pu esquisser le moindre mouvement pour le retenir. Ils unirent leurs forces pour contenir et résorber les flammes. Heureusement la structure du hangar était en acier et le feu ne se propagea pas au reste du bâtiment. Louis venait de faire connaissance avec celui qui était son demi-frère et dont Vincent lui avait révélé l'existence. Pour la deuxième fois, Jean-Jacques avait échappé à la vengeance de Gaspard. Cette fois-ci sa décision était irrévocable, il prendrait le premier bateau pour l'Amérique.

Une certaine incompréhension s'installa toutefois entre les deux hommes. Pourquoi, se demandait Jean-Jacques, Gaspard avait-il choisi de venir les agresser ici, dans cet atelier. Pourquoi, se demandait Louis, Gaspard s'en était-il pris à Jean-Jacques. Chacun ne détenait en fait que la moitié de la vérité.

Comme d'habitude, c'est dans la morphine que Gaspard trouva un peu d'apaisement. Toutefois sa mémoire avait occulté l'incident de l'atelier. Seule remontait à son esprit l'image de Prieur et de ce Bourrely, assis côte à côte. À eux deux ils représentaient tout ce qui avait détruit sa vie, et même, se disait-il, ce qui lui avait ôté toute chance d'avoir une existence digne. Cette vie avait-elle encore un sens pour lui ? Il ne retournerait pas en Amérique. Il avait assouvi sa vengeance sur Prieur. La découverte de ses origines n'avait fait qu'exacerber son ressentiment. Seule la vision de Jennie le ramenait à une image positive de son passé. Il devait la revoir, peut-être une dernière fois.

C'est à tout cela qu'il pensait, alors qu'il était posté devant la maison de Jennie.

Il mit quelque temps à se rendre compte que les volets de la demeure étaient ouverts. Il chercha du regard des signes de vie à travers les fenêtres. En vain.

Son obsession d'apercevoir Jennie retenait toute son attention. Il la vit soudain franchir la porte cochère, un homme à ses côtés qu'il n'identifia pas immédiatement. Le bras de celle-ci était passé sous celui de l'homme et le regard attendri de la jeune femme vers son compagnon trahissait la nature des relations qu'ils nourrissaient. Gaspard reconnut alors Vincent. Curieusement il n'éprouva pas de jalousie à cet instant. La normalité de cette situation lui parut d'évidence. Elle le ramenait des années en arrière aux Cannes Brûlées. Tous deux évoluaient dans le même monde, ils devaient se retrouver. Cette vision agit comme un choc sur Gaspard. Jennie était devenue inaccessible. Non pas qu'il eût espéré se rapprocher d'elle, et encore moins lui communiquer ses sentiments. Non, c'est l'image même de Jennie qui lui échappait pour toujours. Il n'y avait pas de place, même dans son imaginaire, entre ces deux êtres si proches l'un de l'autre. Il les vit monter dans un fiacre. Gaspard détourna son regard, une larme vint couler lentement jusqu'au creux formé par la cicatrice sur son visage.

Le bruit des roues de la voiture sur les pavés monta jusqu'aux oreilles de Gaspard. Il devint assourdissant jusqu'à faire éclater son cerveau. Il tenta bien de mettre ses mains pour se protéger, mais rien n'y fit. Ses jambes lui dictèrent de fuir ce lieu, mais une force invisible l'attirait inexorablement vers l'origine de ce vacarme mêlé de violentes trépidations. Un cri s'échappa de l'intérieur de la voiture, suivi d'un hurlement. Sous le choc, les chevaux se cabrèrent, piétinèrent Gaspard. Le cocher ne put les contrôler et empêcher les roues de la voiture de rouler sur le corps. À l'intérieur, Jennie et Vincent furent projetés en tous sens avant que le cocher ne parvienne enfin à maîtriser l'attelage et l'arrêter.

— Gaspard !

À sa descente du fiacre, Vincent avait poussé un cri à la vue du corps brisé. Jennie, médusée, tentait de comprendre. Elle n'avait pas revu Gaspard depuis l'accident des Cannes Brûlées et sans le cri de Vincent elle n'aurait pu identifier le visage défiguré par les balafres de celui avec qui elle avait chevauché sur les chemins qui longeaient le Mississippi. Gaspard, le corps inerte chercha une dernière fois le regard de celle qui avait été un rêve impossible. Sa bouche tenta d'articuler une dernière parole, on crut lire sur ses lèvres : « *Jennie ...* ». Ses yeux se figèrent pour l'éternité. La chaîne d'une gourmette en argent dépassait du creux de sa main encore serrée. Une lettre « *A* » y était gravée maladroitement. De la poche de sa veste était tombée la lettre que Vincent lui avait fait transmettre.

Le drame dont ils avaient été les témoins avait profondément marqué Vincent et Jennie. Ils gardaient de Gaspard des images contradictoires. Bien qu'il ait été élevé à ses côtés Vincent ne se souvenait pas que Gaspard l'ait considéré comme un frère. S'il lui manifestait une certaine confiance, il maintenait toujours un peu de distance entre eux, se plaçant d'ailleurs de lui-même en position d'infériorité. Il n'avait jamais réussi à surmonter la frustration liée à ses origines. Jennie, quant à elle, gardait aussi cette image d'un jeune homme renfermé, au caractère exclusif. Mais elle le revoyait s'animer lorsqu'il s'agissait de plaider la cause des esclaves de la plantation. L'agression avait été le déclic qui avait tout fait basculer. Depuis ce jour Gaspard s'était replié sur lui-même. Il s'était construit un monde où Jennie était idéalisée et son frère diabolisé.

— Décidément, ce monde-là n'était pas fait pour toi, Gaspard, furent les paroles de Vincent en forme d'épitaphe.

ÉPILOGUE

Retour en Louisiane

Hiver 1837

Le jour arriva où Vincent considéra qu'il lui fallait regagner la Louisiane. Son séjour avait été plus long qu'il ne l'avait prévu, la faute à sa rencontre avec Jennie. Jennie, justement, comment le prendrait-elle ? Il appréhendait sa réaction. Certes elle lui manifestait suffisamment de bons sentiments pour lui prouver son attachement, mais serait-ce suffisant pour lui faire abandonner la vie qu'elle s'était construite ici ?

— Il me faut envisager, lui dit-il, mon retour en Louisiane. Les Cannes Brûlées ont besoin de moi. Mon souhait le plus cher serait que vous m'accompagniez. Je sais tout ce qui vous attache à cette ville. Je comprendrai que vous ayez besoin d'y réfléchir. Accepteriez-vous de devenir mon épouse, Jennie ?

— Oui, Vincent, oui du fond du cœur !

La spontanéité de la réaction de Jennie emplit Vincent de bonheur. Il la prit dans ses bras, l'embrassa tendrement et l'entraîna dans une étreinte qui scellait leur union.

Les dispositions à prendre pour préparer leur départ étaient nombreuses. Elles furent surtout émaillées d'émotion. Jennie allait laisser derrière elle près de sept années de sa vie. Elle se les remémorait toutes, depuis le jour où leur bateau avait touché le port de Bordeaux. Elle avait découvert les frivolités de la vie française. Avec d'Alvort elle s'était installée parmi la bonne société. Le souvenir de l'aventure avec Philippe défila fugitivement dans sa tête. Elle avait surtout noué de solides amitiés dont elle allait s'éloigner, peut-être pour toujours. Mathilde, sa complice, la sœur qu'elle n'avait pas eue, qui l'avait initiée et guidée dans le dédale des relations mondaines. Et Louis. Son éternel amoureux ! Son enthousiasme pour l'avenir l'enchanterait toujours. D'ailleurs il était persuadé qu'ils se reverraient un jour.

Jennie confia au mari de Mathilde le soin de régler toutes ses affaires. Elle vendrait la maison de Marseille. Les propriétés seraient soit vendues soit mises en fermage en fonction des opportunités. Jean s'en occuperait. Mais elle tenait à tout prix à conserver *sa* Bastide. Elle la laissait à disposition de Louis afin qu'il en perpétue l'esprit. Celui-ci, ému aux larmes, pourrait y retrouver le souvenir de son amie, qui avait toujours une place dans son cœur.

Le navire passa sous le fort, laissant derrière lui le port et la ville. Jennie se retourna, jetant un dernier regard sur sept années de sa vie.

Le voyage fut long et monotone. Les alizés portaient le bateau en gonflant les voiles déployées au maximum. Louis avait bien dessiné l'avenir proche où les moteurs remplaceraient la voilure. Un vapeur à aube, le *Sirius*, n'avait-il pas déjà effectué la traversée en moins de trois semaines à la vitesse effarante de six nœuds. Pour le moment c'est le bruit du vent dans la mâture qui claquait. La houle s'amplifiait et les passagers soumis au mal de mer, choisissaient pour les uns de se cloîtrer dans leurs cabines, pour les autres de respirer l'air du large. Jennie avait bien tenté les deux méthodes, les nausées ne la quittaient pas. Elle profita d'un moment d'accalmie pour consulter le docteur du bord. Après quelques questions et un examen rapide de sa patiente, il rendit son diagnostic sur un ton qui se voulait paternel.

— La houle n'est pour rien dans votre état... vous êtes enceinte !

Lorsque les côtes américaines furent en vue, tous les passagers se ruèrent sur le pont.

Jennie était accrochée au bras de Vincent. Celui-ci pointait au loin en direction des terres que l'on distinguait à peine.

— C'est là-bas que notre avenir va s'écrire dorénavant.

Jennie prit la main de Vincent et la posa sur son ventre.

— Je crois que notre avenir est plus proche de nous que vous ne le pensez ! Ne le sentez-vous pas déjà présent, là ?

Vincent regarda sa compagne tout d'abord d'un air interrogateur puis son visage s'irradia lorsqu'il comprit enfin. Il serra Jennie dans ses bras et l'enlaça longuement, sous les yeux des autres passagers un peu étonnés de voir l'effet que pouvait avoir sur ce couple la vue des côtes américaines.

C'est sur leurs terres de Louisiane que le pasteur célébra leur union. Comme le voulait la tradition, ils montèrent les quelques marches qui conduisaient au perron en bois de la chapelle afin d'échanger leurs consentements. La petite cloche se mit à tinter se faisant l'écho de la joie qui avait envahi le domaine.

Jennie retrouvait les Cannes Brûlées. Rien n'avait vraiment changé et l'atmosphère lui apparut un peu désuète. Décidée à marquer les lieux de son empreinte, comme elle l'avait fait à Marseille, elle entreprit de reprendre en main la maisonnée. Célibataire, Vincent n'avait pas accordé beaucoup d'attention à son environnement, laissant le soin à la gouvernante de s'assurer de son bon fonctionnement. Jennie s'attacha à réorganiser le service de la maison, fit appel à un personnel domestique plus jeune. Elle convainquit Vincent que la vieille demeure Grima n'était plus adaptée à leurs besoins et à l'agrandissement prochain de leur famille. Ils la laisseraient à leur régisseur dès qu'une nouvelle demeure, plus fonctionnelle et plus grande serait construite.

Ignorant les appels à la prudence de son mari, Jennie n'avait pas renoncé à ses chevauchées sur les chemins de la plantation. Vincent pressentit qu'un malheur était arrivé lorsqu'un gamin venant des cases des esclaves courut vers lui en l'appelant.

— Maître, maître ! Venez vite, c'est Madame !

Jennie avait été transportée dans la demeure et reposait dans la chambre. Le docteur appelé d'urgence n'avait pu que constater la perte du bébé. La future mère avait perdu beaucoup de sang, mais elle était robuste et se remettrait.

Vincent tentait de la réconforter, mais les larmes ne cessaient de couler sur les joues de la jeune femme. Elle avait perdu le souvenir de l'accident qui l'avait jetée à terre.

— Je vous demande pardon, Vincent. J'aurais dû vous écouter. J'étais tellement heureuse à l'idée de vous offrir ce présent.

Et puis la vie avait repris aux Cannes Brûlées. Il arrivait à Jennie d'envier son frère aîné, Louis-Antoine, dont la famille l'entourait. Elle avait reporté un peu de l'affection maternelle dont elle était empreinte sur les plus jeunes enfants de celui-ci.

À l'autre bout du monde, Louis avait fini par céder aux manigances de Mathilde. Avec le départ de Jennie il s'était totalement investi dans son entreprise, comme pour s'étourdir. Mathilde, qui éprouvait toujours une profonde affection pour Louis, mit tout en œuvre pour le sortir de son isolement. Elle l'invita dans son cercle d'amis, lui fit rencontrer ses connaissances. Louis avait un charme infini, mais sa discrétion le rendait difficilement accessible. L'une des amies de Mathilde fut touchée par sa sensibilité. Louis ne se refusa pas cette fois, sans doute plus par raison que par amour véritable. Elle lui donna un fils, ils le prénommèrent Antoine, comme son grand-père.

Jennie s'était encore un peu plus rapprochée de l'épouse de Louis-Antoine lorsque toutes deux apprirent qu'elles étaient enceintes et que les naissances étaient prévues à peu près à la même date. L'arrivée d'une petite fille, ils l'appelèrent Flore, fit descendre sur la maison Ycard un grand bonheur. Vincent accorda une journée complète de fête aux esclaves de la plantation. La musique et les chants accompagnèrent donc la venue au monde de Flore.

Les années s'écoulaient aux Cannes Brûlées. Flore avait toute l'attention de ses parents.

Une missive venue de France vint briser cette routine. Louis, que ses affaires amenaient en Amérique, s'apprêtait à faire le voyage en Louisiane, à la condition que ses amis veuillent bien l'accueillir. Incorrigible Louis, se dit Jennie. Comment ne seraient-ils pas ravis de le revoir après plus de dix ans de séparation.

À cette occasion, Louis réalisait un rêve, celui de traverser l'Atlantique sur un bateau à vapeur. Et il ne choisit pas le moins célèbre. Après avoir fait le voyage jusqu'en Angleterre où il passa quelques jours chez son frère Philippe, il embarqua à Southampton sur le *Great Western*. Le navire avait été, à sa construction quelques années auparavant, le plus grand et le plus rapide paquebot du monde. Il avait détenu le *Ruban bleu*, qui récompense la plus rapide traversée de l'Atlantique, pendant plusieurs années. Il venait d'être racheté par la *Royal Mail Steam Packet Cy*, et par coïncidence, une nouvelle ligne avait été ouverte à destination de La Nouvelle-Orléans. L'occasion était trop belle.

Louis, d'un air de connaisseur, contemplait le bâtiment depuis le quai. Il jaugeait plus de mille sept cents tonneaux et mesurait deux cent douze pieds de long. Il se promit d'obtenir du capitaine l'autorisation de visiter la salle de la machine à vapeur qui agissait sur les roues à aubes.

Les retrouvailles avec Louis furent bien sûr empreintes d'une grande émotion. Chacun voulait connaître l'histoire de l'autre, durant ce long temps écoulé. Toutefois, à son habitude, Louis ne se montrait pas particulièrement prolixe lorsqu'il s'agissait de parler de lui. Il était très fier de son fils, Antoine, qui avait neuf ans et s'intéressait déjà aux machines de l'atelier de son père. Il évoquait peu son épouse, par gêne devant Jennie sans doute, car cette longue séparation n'avait pas amoindri le petit pincement au cœur qu'il ressentait chaque fois qu'elle se trouvait devant lui. Était-ce pour cela qu'il se prit d'affection pour Flore ? La voyait-il comme un prolongement de Jennie ?

— Oncle Louis, dessine-moi le grand bateau, et n'oublie pas la fumée !

La petite fille réclamait encore et encore que Louis, qu'elle finit par appeler Oncle Louis, lui raconte la traversée de l'océan, les vagues, les tempêtes, la fumée qui sortait de la cheminée, les grandes roues qui tournaient dans l'eau.

Louis avait apporté un cadeau qui tira les larmes des yeux de Jennie. Avant son départ il avait fait peindre sur une toile *la Bastide*. Il la déroula lentement pour ménager son effet. Jennie ne pouvait contenir son émotion. Instinctivement elle se rapprocha de Vincent et le serra contre elle, car elle n'oubliait pas que c'est là que leur amour s'était concrétisé. Et puis elle se jeta au cou de Louis en l'embrassant sur les deux joues.

— Pourquoi cette maison vous fait-elle pleurer ? demanda Flore ingénument.

— C'est une partie de mon cœur qui est resté en France, tenta de lui expliquer Jennie. Elle compte beaucoup pour moi.

— Alors, un jour, j'aimerais bien l'habiter. Et je la partagerai avec la partie de ton cœur !

La répartie de Flore ne fit qu'accroître les larmes qui coulaient sur le visage de Jennie.

Dans les jours qui suivirent, Flore entreprit de dessiner « *la maison du cœur de maman* ». Elle regardait attentivement le tableau avant d'essayer de le reproduire à l'aide de ses crayons de couleur. Le résultat était plutôt convaincant.

Profitant de son séjour, Louis s'intéressa à toutes les opérations de la production sucrière de l'exploitation. Il put conseiller Vincent sur les modernisations à apporter.

Vincent et Jennie tenaient absolument à ce que Flore reçoive la meilleure éducation possible, ce qui n'était pas habituel pour une fille à qui l'on demandait avant tout de savoir broder et de tenir une maisonnée. Ils firent venir un précepteur pour lui enseigner les disciplines auxquelles elle n'aurait pu avoir accès ordinairement. Il remarqua bien vite son peu d'enthousiasme pour tout ce qui touchait aux sciences alors que son esprit s'éveillait dès que l'on faisait appel à sa créativité.

La nouvelle se propagea à la vitesse d'une traînée de poudre dans toute la contrée, et lorsqu'elle parvint aux Cannes Brûlées, la sérénité de la vie familiale fut complètement brisée.

— La Louisiane a fait sécession ! La Louisiane a fait sécession !

L'atmosphère devint plus tendue dans les plantations, les esclaves noirs ne sachant pas très bien ce qu'il adviendrait de leur sort. Vincent avait toujours fait preuve de beaucoup d'humanité dans le traitement de ses travailleurs noirs. Beaucoup d'entre eux, d'ailleurs, étaient déjà affranchis, et les autres trouvaient malgré tout une certaine sécurité dans leur condition. Les propriétaires se réunissaient régulièrement chez les uns et les autres. Certains manifestaient avec véhémence en faveur des États du sud et de l'esclavage. Ils se persuadaient qu'un embargo officieux sur le coton vers l'Europe forcerait la Grande-Bretagne à utiliser sa marine pour intervenir dans la protection de la nouvelle Confédération. Pourtant la sécession et la guerre civile qu'elle engendrait n'étaient pas forcément perçues comme étant bonnes pour les affaires pour beaucoup d'autres, dans cette région entièrement tournée vers le commerce.

Lorsqu'ils apprirent l'élection de Lincoln comme Président de l'Union, les Confédérés surent qu'ils entraient dans une période de conflit qui aurait pour scène le Mississippi et La Nouvelle-Orléans.

Flore venait d'avoir dix-sept ans. Ses parents jugèrent, par prudence autant que pour parfaire son éducation, le moment opportun pour l'envoyer en France. Jennie écrivit deux lettres, l'une à Mathilde pour lui demander d'accueillir Flore durant cette période, et une autre à Louis pour le charger de veiller à son éducation.

Les deux amis répondirent bien sûr favorablement à la sollicitation de Jennie. Mathilde et Jean n'avaient pas eu d'enfants et ils seraient heureux de considérer Flore comme leur propre fille. Quant à Louis il s'attacherait à ce qu'elle reçoive la meilleure éducation.

Malgré le déchirement de la séparation, Vincent et Jennie ne purent que se féliciter de leur décision lorsque la situation du pays s'enflamma. La Nouvelle-Orléans fut prise par les armées de l'Union. Le gouverneur de Louisiane Thomas Overton Moore organisa la résistance, ordonna de brûler le coton, de cesser le commerce avec l'Union et recruta des troupes pour la milice de l'État.

C'est alors que le drame survint aux Cannes Brûlées. Vincent, épuisé par les incessants voyages entre la plantation et La Nouvelle-Orléans, contracta une mauvaise fièvre. Elle l'emporta en quelques jours.

Jennie se retrouva à nouveau seule, désemparée. Vincent était l'amour de sa vie, c'est pour lui qu'elle avait accepté de rentrer en Louisiane. Plus rien ne la retenait là désormais. La guerre civile s'était installée et elle n'en voyait pas l'issue. Elle fit part de sa décision à Louis-Antoine, son frère.

— J'ai décidé de rejoindre Flore en France, lui dit-elle. Sans Vincent je n'aurai pas la force de faire face à la conduite de l'exploitation et aux évènements qui vont immanquablement nous affecter.

Louis-Antoine lui proposa le rachat de la plantation qu'il confierait à l'un de ses fils.

Jennie partit se recueillir une dernière fois sur la tombe de Vincent, désespérée de devoir le laisser derrière elle. Elle déposa un petit bouquet de fleurs et s'en alla. Flore l'attendait en Provence.

NOTES HISTORIQUES

L'histoire contée dans ce roman n'est qu'une fiction. Elle s'appuie toutefois sur des faits historiques avérés et s'inspire de personnages ayant réellement existé.

Les marins de Martigues et la guerre d'Indépendance en Amérique

De 1778 à 1783, au moins 275 Martégaux sont inscrits sur les registres des marins ayant participé à la guerre d'Indépendance des futurs États-Unis d'Amérique. Ces marins seront enrôlés dans la marine de Louis XVI pour aider les insurgés américains. Au moins 153 marins de Martigues embarquent sur l'escadre du Comte D'Estaing qui quitte Toulon en 1778, puis 59 autres Martégaux embarquent sur celles des Comtes de Guichen et de Ternay qui quittent Brest en 1780 et enfin 63 sur l'escadre du comte de Grasse partie de Brest le 22 mars 1781. 62 bateaux ont participé à ces escadres et 50% de ces navires ont embarqué des marins de Martigues. 24 martégaux ne sont pas revenus de cette aventure.

La bataille de Chesapeake

Le 5 juillet 1781, de Grasse appareille pour Saint-Domingue en escortant un gros convoi. Au mouillage de Cap Français, de Grasse reçoit l'appel à l'aide de George Washington et du général Rochambeau, le commandant du corps expéditionnaire français débarqué l'année précédente dans le Rhode Island. La situation des Américains est alors très difficile : pas d'argent, plus de médicaments, des désertions en masse, deux importantes armées anglaises stationnant à New York et en Virginie. Rochambeau conseille à Washington de marcher plutôt vers l'armée anglaise du sud commandée par Charles Cornwallis, installé dans la presqu'île de Yorktown à l'entrée de la baie de Chesapeake. De Grasse, qui n'a pas d'ordre précis de Versailles, envisage un temps de monter une attaque sur la Jamaïque ou éventuellement New York. Il accepte cependant le plan qui

308

lui est proposé. L'escadre de Barras de Saint-Laurent qui stationne à Newport où elle est inactive depuis le premier combat de la Chesapeake, accepte de se joindre à l'opération. C'est un renfort important qui donne une très nette supériorité navale aux Français pour tenter cette opération de grande envergure. De Grasse emprunte sous sa signature 500 000 piastres à des banquiers espagnols, et fait embarquer sur sa flotte les sept régiments destinés à attaquer la Jamaïque, avec un petit corps de dragons et d'artilleurs : 3 200 hommes en tout, avec du matériel de siège, des canons et des mortiers. Le moral, stimulé par les victoires précédentes est très élevé. L'escadre se sent forte au point de couper au travers des écueils du canal de Bahama jusqu'alors inconnu aux flottes françaises.

Le 30 août commence alors une opération combinée extraordinaire. Les 28 navires de ligne et les 4 frégates de De Grasse se présentent à l'entrée de la baie de Chesapeake et jettent l'ancre devant Lynnhaven. Le débarquement des troupes sous les ordres du marquis de Saint-Simon commence aussitôt. La situation des Français reste, pendant plusieurs jours, extrêmement aventureuse, car avec 8 000 soldats réguliers et 9 000 Américains loyalistes, Cornwallis dispose de forces très supérieures. L'armée de Rochambeau est encore loin, mais de Grasse envoie 4 navires bloquer les rivières James et York.

Le 5 septembre, l'opération de débarquement n'est pas encore achevée qu'une flotte se présente à l'horizon, mais ce n'est pas celle de Barras de Saint-Laurent. Ce sont les pavillons des Anglais Hood et Graves qui apparaissent dans les longues vues, avec 19 navires de ligne et 7 frégates. L'instant est décisif pour les Français, qui d'assiégeants risquent de se retrouver en situation d'assiégés, enfermés dans la baie. Mais de Grasse réagit aussitôt : il stoppe le débarquement, laisse filer les ancres, et se prépare à engager le combat avant que l'escadre anglaise ne bloque la baie entre les caps Charles et Henry. De Grasse a un atout important : il a plus de vaisseaux que les deux amiraux anglais. Côté anglais, Hood trop sûr de lui — car il est du côté du vent — laisse passer sa chance en attendant que les Français se déploient pour ouvrir le feu. À cette première erreur, s'ajoute une confusion dans la compréhension des signaux : l'avant-garde anglaise s'éloigne de son centre et de son arrière-garde alors que les Français ouvrent le feu. La tombée de la nuit sépare les combattants. La bataille dure quatre heures et se révèle indécise, concentrée essentiellement sur les deux avant-gardes. Cependant, la flotte anglaise a beaucoup souffert : 5 vaisseaux sont très abîmés et l'un d'eux doit être sabordé dans la nuit. Hood et Graves restent encore au large jusqu'au 9 septembre alors que de Grasse cherche à reprendre le combat. En vain. Les deux chefs anglais finissent par rentrer sur New York pour réparer. De Grasse regagne à son tour son mouillage en saisissant au passage les frégates *Isis* et *Richmond*. Cette retraite signe la victoire de De Grasse à la « Bataille des caps », que l'histoire retient sous le nom de Bataille de la baie de Chesapeake. La nasse de Yorktown est désormais fermée : Cornwallis ne peut plus attendre aucun secours de la mer.

La Terreur à Martigues

Dans le sillage de Marseille qui bascule dans l'insurrection fédéraliste au printemps et été 1793 contre la Convention, Martigues adhère au mouvement sectionnaire le 17 mai 1793. Mais en août, après qu'une partie de l'armée départementale en fuite se réfugie à Martigues, Carteaux entre dans Martigues et met fin au mouvement fédéraliste. « *Vive la République, vive la Montagne* » clame avec retard la municipalité. Débutent alors les dénonciations et les arrestations. En septembre, un commissaire spécial est nommé, chargé d'établir la liste des personnes émigrées ou détenues pour cause de fédéralisme. Leurs biens font l'objet d'un registre, mis sous scellés, vendus aux enchères publiques, les terres et propriétés agricoles affermées. Une émigration massive s'ensuit. En janvier 1794 le catholicisme est prohibé à Martigues. L'église de la Madeleine est convertie le 16 mars 1794 en Temple de la Raison. La mort de Robespierre met fin à cette période de Terreur, et la réconciliation gagne du terrain, mais bientôt les Sans-culottes sont pourchassés à leur tour.

Les familles émigrées de Provence

Les personnages du roman, Nicolas Joseph, Antoine, Barthélemy et Jennie sont inspirés de l'histoire des familles émigrées de Martigues.

— Joseph Nicolas Sabatier naît en 1761 à Martigues. Dès son plus jeune âge Joseph Nicolas est inscrit sur les registres de navigation. Il embarque avec le capitaine Jean-Pierre Isnard en 1777 pour un voyage de commerce en Italie. L'année suivante, à l'âge de 17 ans, il embarque sur le *Caton* en qualité de novice. Il sera ensuite nommé aide-voilier. Nous sommes en plein dans la guerre d'Indépendance des États-Unis. Les colons britanniques se sont rebellés contre le Royaume britannique et les 13 colonies ont déclaré l'indépendance en 1776. La jeune république des États-Unis et la France de Louis XVI signent un traité d'amitié et de commerce. Les Français apportent leur soutien militaire avec les forces terrestres des généraux Lafayette et

Rochambeau et les forces navales des amiraux, les Comtes d'Estaing et de Grasse. Avec le *Caton,* il quitte Brest le 22 mars 1781 dans l'escadre du Comte de Grasse qui participera à la bataille de Chesapeake. Joseph Nicolas Sabatier est signalé absent par le commissaire des classes. Personne, à Martigues, ne semblait donc savoir ce qu'il était devenu. Joseph Nicolas est en fait resté en Amérique et s'installe en Louisiane. Il épouse Eugénie Grima en 1799 et s'installe à Saint-Louis au 144 rue de Chartres. Joseph Nicolas Sabatier ne reviendra pas à Martigues, il décède à Saint-Louis en 1837.

— Jean Nicolas Autheman naît à Martigues en 1736. À la fin de sa vie, il est dit ancien capitaine marin. Il épouse, à l'âge de 30 ans, Catherine Mille. Les deux époux font du commerce de vin et de tabac, des licences leur sont attribuées en 1791. Dans la période révolutionnaire, on trouve la trace de deux Autheman, Antoine et Nicolas. Ils seront tous deux représentants à l'assemblée du Tiers État de Martigues le 26 mars 1789. Antoine représente les Maîtres Chirurgiens et Jean Nicolas le corps des Boutiquiers. Ces activités politiques pendant la Révolution poussent Jean Nicolas à s'enfuir avec une partie de sa famille vers la Louisiane pour éviter des persécutions. En 1794, Jean Nicolas arrive pour la première fois en Louisiane avec six de ses enfants. L'un d'eux, Joseph Gaspard aura des enfants de son esclave qu'il légitimera et fera baptiser à Saint-Louis.

— Jean-Jacques Audibert naît en 1682 à Martigues et émigre en Acadie vers 1700. Port-Royal est pris par les Anglais en 1710, quelques mois après qu'il y ait signé un registre de baptême. Il épouse Marie-Jeanne en 1712 à Beaubassin, où il s'était sans doute enfui après la chute de Port-Royal. Le traité d'Utrecht en 1713 laissait entre les mains de la France l'île Royale, l'île Saint-Jean et la rive nord et nord-est de la

Baie Française. C'est au fond de cette baie que se situe le village de Beaubassin. Ils auront 10 enfants dont la plus jeune Marie naît en 1740. Marie Audibert a un début d'existence agité. Orpheline de père en bas âge, elle subit la déportation forcée des populations acadiennes par les Anglais en 1755. Elle fait partie des civils réfugiés et assiégés dans le dernier fort tenu par les Français, le fort Beausejour, le 16 juin 1755. Avec sa mère Marie-Jeanne et le second mari de celle-ci, Charles Hunaut, ils passent la vallée du Saint-Laurent et à l'automne de 1757, arrivent à Québec. Marie Audibert épouse en 1758, François Prieur, originaire de Normandie et second officier sur un bateau marchand. Le couple s'établit sur une île du Saint-Laurent, l'île aux Grues, face à la ville de Montmagny sur la rive sud du fleuve, un peu en aval de Québec. François y œuvre comme agriculteur et aussi comme *équipeur* de bateaux. Marie ne perd pas de temps pour assurer sa descendance : le 15 avril 1759, 10 mois après son mariage, elle donne naissance à son premier-né, nommé François Prieur comme son père. Moins de deux ans après s'être réfugiée à Québec pour fuir l'avance anglaise, au prix de grandes privations, et à peine quelques mois après la naissance de son fils, Marie voit la guerre la rattraper. Québec est assiégée par la marine anglaise au cours de l'été 1759 et tombe en septembre. Marie n'est toujours en cet automne 1759 qu'une jeune femme de 19 ans. Depuis la prise de Beaubassin en 1750, c'est-à-dire pendant toute son adolescence, elle fut une fugitive, puis une réfugiée. Maintenant, avec un bébé de 6 mois, elle se trouve dans une ville dévastée et occupée par l'ennemi. C'est dans ces circonstances que son mari François Prieur emmène sa famille en Louisiane où il obtient en concession une terre. Le couple s'y construit une maison en 1760, et il peut enfin mener à partir de cette date une existence paisible. Depuis cette année de 1760, François Prieur et Marie occupent une position en vue dans la petite société locale, car François sait lire et écrire, ce qui lui permet d'occuper certaines charges civiques.

La Louisiane

Le retour de la Louisiane dans le giron de la France est concrétisé par le traité - secret - de San Ildefonso, signé le 1er octobre 1800 par Bonaparte et Charles IV d'Espagne. Bonaparte espère alors instaurer un nouvel empire colonial. Mais après ses défaites en Europe, il devra abandonner ses ambitions américaines.

Paradoxalement, officiellement la Louisiane redevient française le 30 novembre 1803, alors que Bonaparte, l'avait, purement et simplement déjà vendu aux États unis. Les accords de rétrocession resteront secrets jusqu'au 26 mars 1803, date à laquelle le préfet aux colonies, Pierre Laussat, fera l'annonce du transfert. Les Louisianais, qui avaient appris avec décalage qu'ils étaient devenus espagnols et s'étaient demandé pendant des années si ce changement de nationalité allait réellement apporter des modifications à leur vie, découvrent donc, avec deux ans de retard, qu'ils sont redevenus français. Ils apprendront le 8 août qu'ils ont été vendus par la France aux États-Unis le 30 avril...

Le 30 novembre, le drapeau tricolore remplace officiellement les couleurs espagnoles au sommet du mât de la place d'armes (Jackson Square). Le 20 décembre, vingt jours après, il est remplacé par la bannière étoilée devant une foule silencieuse. La Louisiane constitue un cadeau royal pour les États-Unis leur permettant quasiment de doubler leur superficie... un cadeau qui ne leur a coûté que 11.250.000 dollars !

La cohabitation avec les Américains ne se fera pas aisément, car on voit d'un mauvais œil ces nouveaux venus anglophones et protestants. Le premier gouverneur américain sera William C. C. Clairbone et la Louisiane, de territoire indépendant, deviendra un nouvel état de l'Union en 1812, marquant ainsi son intégration définitive dans les États-Unis d'Amérique. Cette période sera marquée par une importante augmentation de la population, tant américaine que française.

Mais le conflit avec les Anglais, qui cherchent à prendre La Nouvelle-Orléans, persiste. La guerre va durer trois ans, de 1812 à 1815. Bizarrement, cet évènement va renforcer l'unité des Louisianais : toutes les origines se regroupent en masse aux côtés des Américains contre les Anglais. Même le pirate Jean Lafitte mettra sa flotte à la disposition des Américains. Le point final sera la bataille de La Nouvelle-Orléans, le 8 janvier 1815, où les Anglais seront définitivement battus. Le conflit avait repris de la vigueur en avril 1814, car les Anglais, ayant vaincu Napoléon sur le continent, purent s'intéresser de nouveau à ce qui se passait outre-Atlantique. La victoire spectaculaire de l'Union fut remportée alors que le traité de Gand, qui mettait fin aux hostilités et marquait la réelle indépendance des États-Unis, était signé depuis deux semaines. Andrew Jackson, qui infligea à cette occasion une rude défaite aux Anglais avec un minimum de pertes américaines, fut considéré par ses compatriotes comme un héros et largement célébré comme tel à La Nouvelle-Orléans.

Dès lors, le progrès peut vraiment entrer en Louisiane : chemin de fer, canne à sucre, coton, architecture... Malheureusement, cela n'était possible que grâce à des armées d'esclaves, ce qui divisera les Américains et provoquera une guerre civile, la *Guerre de Sécession*, qui plongera la Louisiane, pendant 17 ans, dans la plus grande tragédie de son histoire.

La canne à sucre en Louisiane

Elle venait de Saint-Domingue où elle était cultivée avec succès. En Louisiane pendant longtemps cette culture ne prospéra pas. On ne cultivait alors la canne à sucre que pour produire du sirop et une sorte de rhum nommé tafia.

En 1793 et 1794, un insecte dévasta la récolte d'indigo et les planteurs furent presque ruinés. L'un d'eux, Jean-Etienne de Boré résolut de se tourner vers la canne à sucre. À la fin de 1796 les cannes de De Boré furent portées à la sucrerie. Elles furent écrasées ou roulées, le jus ou vin de canne fut bouilli et devint du sirop. Il avait fondé l'industrie sucrière et bientôt toutes les terres du midi de la Louisiane furent couvertes de champs de cannes Créole. Ensuite vinrent la canne Tahiti et en 1825 la canne dite à rubans qui convenait mieux au climat de la Louisiane.

Les planteurs se servirent de la vapeur en 1822 dans les sucreries. Après avoir travaillé la terre, il faut retirer le sucre des cannes environ huit mois après qu'elles sont sorties de terre et il faut les replanter tous les deux ans. La canne récoltée, sous forme de tronçons de tige, est transportée dans une sucrerie. Les tiges sont broyées dans un moulin, produisant un jus sucré ou vesou et un résidu fibreux, la bagasse. Le vesou fait l'objet d'une clarification (tamisage, chauffage, ajout de chaux : chaulage) évaporation conduisant au sirop, puis concentré pour obtenir le sucre cristallisé (chauffage à 55°C) transformé ensuite dans une raffinerie. Le vesou peut aussi faire l'objet d'une fermentation et distillation pour obtenir le rhum agricole. Le résidu liquide de la fabrication du sucre, sucré, noirâtre et visqueux est la mélasse. Après fermentation et distillation, on obtient le rhum industriel (le tafia). Le mélange de mélasse et de bagasse peut être utilisé pour l'alimentation du bétail.

La bataille de La Nouvelle-Orléans

Elle se déroula entre le 25 avril et le 1er mai 1862, dans la paroisse de Saint-Bernard et la ville de La Nouvelle-Orléans. Faisant suite à la bataille des forts Jackson et Saint Philip, elle permit la capture de la ville de La Nouvelle-Orléans sans grande résistance, ce qui lui épargna la destruction que connurent d'autres villes sudistes.

L'élection de Lincoln en 1860 provoque la réaction de l'un des plus ardents sécessionnistes de Louisiane, son gouverneur, Thomas Overton Moore. Démocrate solide, Moore organise un mouvement qui fait sortir la Louisiane de l'Union lors d'une convention de sécession qui représente seulement 5 % des citoyens de la Louisiane. Moore ordonne aussi à la milice de la Louisiane de capturer l'arsenal fédéral à Bâton Rouge, et les forts fédéraux. Avec des compagnies militaires se formant dans toute la Louisiane, la convention vote pour la sortie de la Louisiane hors de l'Union par 113 voix contre 17, entraînant La Nouvelle-Orléans dans la guerre de Sécession. La stratégie de l'Union est de prendre le contrôle du Mississippi pour diviser les Confédérés. Après les batailles des forts Jackson et Saint Philip qui défendent l'accès à la ville, les troupes de l'Union entrent dans La Nouvelle-Orléans. Malgré la réaction des citoyens de la ville et des autorités militaires, le drapeau de l'État de Louisiane est enlevé de la mairie le 29 avril 1862.

La contre-offensive des Confédérés ne bénéficie pas du soutien populaire et encore moins du soulèvement espéré.

Elle échoue. D'autant que les esclaves se rebellent, se tournent vers l'Union et défendent leur liberté retrouvée.

Vapeur et révolution industrielle à Marseille

L'aventure des frères Bourrely, qui se partagent le cœur de Jennie dans le roman, est vue à travers l'histoire de la vapeur à Marseille.

Celle-ci commence en 1819 avec les frères Barlatier qui équipent un moulin à farine, initiative infructueuse. Il faut attendre les années 1830 et le Pacte colonial qui limite les importations de sucre brut étranger pour voir Marseille devenir le premier entrepôt de sucre indigène (betterave) et les raffineurs introduire la vapeur dans leurs fabriques.

Parmi les pionniers des constructeurs de machines à vapeur, on trouve Elzéar Degrand. Il met au point une nouvelle chaudière à condensateur capable de cuire sous vide une grande quantité de pains de sucre raffiné. Grâce à cette invention, il connaît un grand succès.

L'Anglais Philip Taylor, se consacre d'abord à la pharmacie avant de rejoindre son frère et de s'orienter vers la construction mécanique. Il travaille à Londres avec le constructeur John Martineau, vendant des machines et des chaudières à vapeur à des raffineurs de sucre de la région parisienne ainsi qu'à Marc Seguin pour une compagnie de navigation à vapeur sur le Rhône. En 1834, il a 48 ans, il s'établit à Marseille pour le compte des minotiers Marliani. Fort de ses succès, il fonde alors sa propre entreprise. La demande locale n'étant pas assez importante, il constitue un puissant réseau de mandataires généraux spéciaux qui sillonnent l'Europe. Affaiblis par les évènements insurrectionnels marseillais de juin 1848, les actifs Taylor seront repris en 1853 par la nouvelle Compagnie des forges et chantiers de la Méditerranée.

La navigation transatlantique

Elle va être profondément transformée avec l'apparition des machines à vapeur.

En 1837, la Great Western Steamship Co. construit le *Great Western* aux chantiers navals de Bristol. Navire de 1340 tonneaux et 212 pieds de long, il est propulsé par une machine à vapeur agissant sur des roues à aubes. Il dispose en outre, en cas de défaillance de la machine, d'un gréement à voile de 4 mâts.

Pouvant recevoir 128 passagers à l'arrière et 20 à l'avant il est le premier navire à vapeur spécialement conçu pour la traversée de l'Atlantique Nord. En 1838, il s'empare du Ruban bleu en traversant l'Atlantique en 15 jours 10 heures 30 minutes, soit une vitesse moyenne de 8,9 nœuds. Son retour entre New York et Bristol se fait même avec un jour de moins. Plus grand et plus rapide navire transatlantique de son époque, il effectue soixante-dix traversées entre 1838 et 1844 et reprend, en 1843, le Ruban bleu au navire de la Cunard Line, le *Columbia,* qui s'en était emparé en 1841. Il détient le trophée encore deux ans avant d'être de nouveau battu par un autre navire de la Cunard, le *Cambria.* En 1855, il participe à la Guerre de Crimée comme transport de troupes de la Royal Navy, peu de temps avant d'être démobilisé en 1856 puis démoli en 1857.

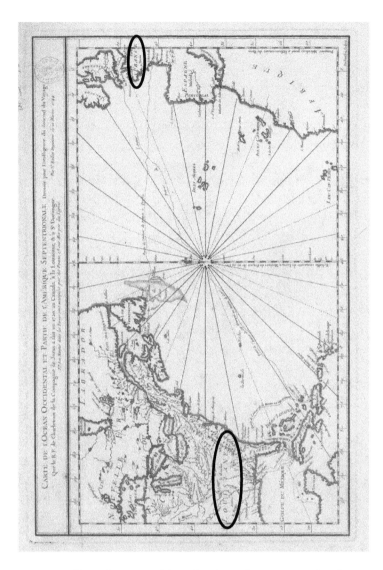

Carte Océan occidental et Amérique septentrionale

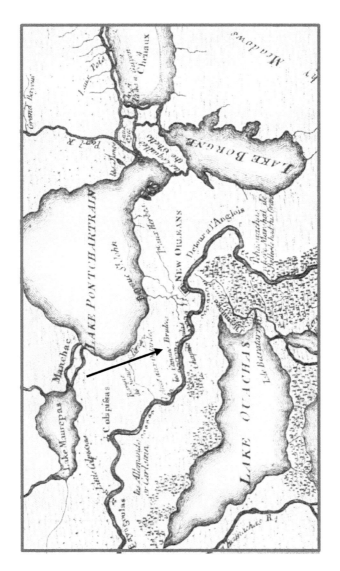

Les Cannes-Brûlées aux Chapitoulas

BIBLIOGRAPHIE

Archives du commerce (P. Henrichs et F. Colombel – Paris 1846).

Description des machines et procédés (M. Christian - Paris 1824).

Diligences et malles-poste (A. Carlier – Cannes 1932).

Enquête du Parlement d'Angleterre sur l'industrie en France (Paris 1825).

Etat général des postes du royaume de France (Paris 1825).

Guerres maritimes de la France : Port de Toulon (V. Brun - Paris 1861).

Histoire de la dernière guerre entre l'Angleterre, les États-Unis de l'Amérique, la France, l'Espagne et la Hollande, depuis son commencement en 1775, jusqu'à sa fin en 1783 (Paris 1788).

Histoire des événements des guerres maritimes entre la France et l'Angleterre depuis 1778 jusqu'en 1796 (Y. J. Kerguelen).

Histoire de la Louisiane (M. Le Page du Pratz - Paris 1758).

Histoire de la Louisiane (M. Barbé-Marbois - Paris 1829).

Histoire de la guerre de l'Indépendance des États-Unis (Odet-Julien Leboucher - Paris 1830).

Histoire du règne de Louis XVI – La Révolution française (Joseph Droz - Bruxelles 1839).

Industries traditionnelles du port de Marseille. Le cycle des sucres et des oléagineux (Louis Pierrein - Persée 1977).

L'Abeille – Journal politique, commercial et littéraire (1828).

La poste aux chevaux en 1833 (Gérard Joly – Le Magasin Pittoresque 1833).

Le Cercle artistique de Marseille (J. Charles-Roux – Paris, Lyon, Marseille 1906).

Le Moniteur de la Louisiane (1804 – 1810).

Le raffinage du sucre, l'huilerie et la métallurgie : trois branches emblématiques de la Révolution industrielle à Marseille (MIP Provence 2005).

Les dernières années de la Louisiane française (Chevalier de Kerlèrec – Paris 1905).

Les marins provençaux dans la guerre d'Indépendance des États-Unis d'Amérique (Dr J. Fontan - Toulon 1918).

Les migrants de Saint-Domingue en Louisiane avant la guerre de Sécession (Nathalie Dessens-Hind - Persée 1998).

Les planteurs sucriers de l'ancien régime en Louisiane (Alcée Fortier – Paris 1906).

Louisiane : l'avoir ou ne pas l'avoir... (Napoléon.org 2003).

Mémoire sur le sucre de betterave (Jean-Antoine Chaptal – Paris 1815 et 1821).

Notice sur la culture de la canne à sucre et sur la fabrication du sucre en Louisiane (B. Ditreait - Paris 1852).

Nous, citoyens de Martigues (Martigues 1989).

Quotidien de Marseille : Le Sémaphore.

Revue Racines et Rameaux – Français d'Acadie.

Un technicien britannique en Europe méridionale : Philip Taylor (Olivier Raveux – Persée 2000).

Vapeur et révolution industrielle à Marseille 1831-1857 (Xavier Daumalin – Marcel Courdurie - CCIMP 1997).

Voyage à la Louisiane (M. Baudry des Logières - Paris 1802).

Voyage (second) à la Louisiane (M. Baudry des Logières - Paris 1803).

Voyages et déplacements au XIXe siècle (Archives du Château d'Espeyran).

https://fr.wikipedia.org (divers articles).

http://monola.net/nolala.htm (la Louisiane).

TABLE

PROLOGUE

PREMIÈRE PARTIE
De la Provence à la Louisiane

DEUXIÈME PARTIE
Marseille

TROISIÈME PARTIE
Jennie

ÉPILOGUE

Tous mes remerciements vont à ma fille Stéphanie,
pour la perspicacité de ses recherches,
ses critiques toujours pertinentes et
ses relectures attentives,
sans lesquelles ce livre n'eût pas été le même.

Mes remerciements à mon épouse Martine,
qui a accepté mes longues séances d'écriture,
et pour la clairvoyance de ses avis,
et à Jean-Charles et Rachel.